家藏文库

欧阳修词选

〔宋〕欧阳修 著　　李之亮 注析

中州古籍出版社

·郑州·

导　读

　　欧阳修，字永叔，吉州吉水（今江西吉安）人，生于真宗景德四年（1007），卒于神宗熙宁五年（1072），享年六十六岁。

　　欧阳修的少年时期过得比较艰苦，他出生在绵州（今四川绵阳），当时他父亲欧阳观在那里当军事推官。真宗大中祥符三年（1010），欧阳观在泰州（今江苏泰州）军事判官任上病逝，其母不得不带着年仅四岁的欧阳修投奔时在随州（今湖北随县）任推官的叔父欧阳晔，并在那里定居下来。此时他母亲只有二十九岁，由于寄人篱下，欧阳晔又算不上达官显贵，母子二人生活之拮据可想而知。据《欧阳文忠公年谱》载，当时其母"贫无资，以荻（芦苇）画地，教公书字"。这位贤惠的母亲为了儿子的成长耗费了太多的精力。欧阳修稍长几岁时，母亲又教他诵读古文，并"使学为诗"。欧阳修后来成为北宋最负盛名的文学大家，和他母亲自幼的启蒙教育是分不开的。大中祥符九年（1016），十岁的欧阳修已经有了强烈的求知欲，当时随州城南有个姓李的大户，家中有不少藏书，欧阳修时常到李家串门，有一次见到一部《韩愈文集》，于是借回家里，如饥似渴地阅读，恨不得把那些文字都吃进肚里去。他后来成为倡导古文运动的伟大旗手，和他早年便受到韩愈散文的熏陶有直接的关系。天赋聪颖加之少年好学，欧阳修十来岁时已能写诗作赋，且下笔如成人。叔父曾对其母感叹道："此奇儿也，不惟起家以大吾门，他日必名重当世。"

仁宗天圣元年（1023），十七岁的欧阳修参加了随州乡试，考试的题目是《左氏失之诬论》。他的试卷写得十分精彩，其中有云："石言于晋，神降于莘，内蛇斗而外蛇伤，新鬼大而故鬼小。"当时便引起了科场的轰动，可惜因不尽符合官韵的要求而被黜落。四年之后，他以随州贡士的资格参加了礼部会试，可惜没能中第。回到随州的欧阳修在第二年遇到了他生命中的第一位贵人——从许州通判调任汉阳军（今武汉汉阳）知军的老臣胥偃。当欧阳修拿着自己的旧作来到汉阳军拜谒胥偃时，胥偃大为惊奇，索性把他留在了自己门下。当年冬天，受召回京任三司度支勾院、修起居注的胥偃把欧阳修带到了京师。仁宗天圣七年（1029），欧阳修参加了国子监试，考了第一名。当年秋赴国学解试，又名列第一。他的名声很快大噪于京师。天圣八年（1030），朝廷举行会试，主考官为晏殊。这次考试他再列榜首，成为"会元"。遗憾的是在接下来的殿试中，他仅排在甲科第十四名。从此以后，欧阳修正式步入了仕途。

他的第一任官是西京留守推官。当时任西京留守的是大名鼎鼎的文坛宗师钱惟演，门下聚集着不少名士，如谢绛、尹洙、梅尧臣等人，都在洛阳供职。上有钱惟演的青睐和提携，下有诸多名流相推毂，使欧阳修如鱼得水，这段时间里，他"日为古文歌诗，遂以文章名冠天下"。也就在此时，胥偃把爱女许配给他。天圣九年（1031），欧阳修与胥氏结婚。这段时间欧阳修过得相当惬意，时常与朋友们游历山川、赋诗饮宴，几乎没遇到什么烦心事。然而好景不长，明道二年（1033）三月，夫人胥氏因病亡故，年仅十七岁。此事对他打击很大。过了很多年后，他还时常记起与胥氏相亲相爱的美好时光。第二年即景祐元年（1034），推官任职期满，欧阳修回到京师，被授予宣德郎、试大理评事兼监察御史、馆阁校勘。同年，他又娶了谏议大夫杨大雅的女儿为妻。

年轻气盛的欧阳修根本不了解朝廷内部政治斗争的激烈与残酷。景祐三年（1036），他遇到了仕途中第一次大麻烦。时任开封知府的范仲淹因言事触怒了宰相吕夷简，被贬出京师任饶州知州。当时不少大臣都上书论救，而身为左司谏的高若讷为了巴结宰相，竟说范仲淹罪当贬黜。欧阳修得知后，愤然写了封《与高司谏书》，称高若讷"不复知人间有羞耻事"。高若讷看罢大怒，将这封信呈给了仁宗，结果是高若讷依旧当他的司谏，而欧阳修被贬为峡州夷陵（今湖北宜昌）县令。在宋代，夷陵还是刀耕火种的落后山区，当地人的日子，几乎尚处在原始状态。更糟的是，欧阳修到了这样一个闭塞的环境，等于被抛到了政局之外，与流放相差无几了。为了给他精神上的安慰和支持，年迈的母亲毅然与他同赴贬所，也来到了夷陵。

在夷陵一年多后，欧阳修调任光化军乾德（今湖北光化）县令，直到宝元二年（1039），他才复旧官，被授予权武成军节度判官厅公事（即滑州节度判官。滑州在今河南滑县）。第二年即康定元年（1040），范仲淹受命为陕西经略使，征辟欧阳修为掌笺奏。欧阳修闻而叹之："吾初论范公事，岂以为己利哉？同其退不同其进可也。"最终没有答应范仲淹的征召。当年六月，他重新入朝充馆阁校勘，参与修纂《崇文总目》。庆历三年（1043），仁宗思广开言路，增谏官定额为四员，三十七岁的欧阳修荣膺此选，进入谏院供职。此时的欧阳修锐气不减，勇于言事，当年七月便上言参知政事王举正懦弱无为，举荐范仲淹有宰相之才，请求朝廷罢免王举正而任用范仲淹，得到了仁宗的许可。此后他出使河东，兴利除弊，大刀阔斧，不畏强横，深得仁宗信任。当时保守派人物夏竦被有识之士斥为"大奸"，而杜衍、范仲淹等人则被认为是"众贤"。夏竦等人对此十分恼怒，造出"党人"之论，并明确把欧阳修归为杜、范的同党。针对保守派的谗言，欧阳修针锋相对地写出了著名的《朋党论》，其中说道：

"大凡君子与君子以同道为朋，小人与小人以同利为朋，此自然之理也。然臣谓小人无朋，惟君子则有之，其故何哉？小人所好者，利禄也；所贪者，财货也。当其同利之时，暂相党引以为朋者，伪也；及见利而争先，或利尽而交疏，则反相贼害，虽其兄弟亲戚不能相保。故臣谓小人无朋，其暂为朋者，伪也。君子则不然，所守者道义，所行者忠信，所惜者名节。以之修身，则同道而相益；以之事国，则同心而共济，始终如一。此君子之朋也。故为人君者，但当退小人之伪朋，用君子之真朋，则天下治矣。"然而此时保守派势力十分强大，不久杜衍、范仲淹等改革派人物相继遭到罢免，欧阳修愤然上书说："杜衍、韩琦、范仲淹、富弼，天下皆知其可用之贤，而不闻其可罢之罪。自古小人谗害忠贤，其说不远：欲广陷良善，不过指为朋党；欲动摇大臣，必须诬以专权。其故何也？去一善人，而众善人尚在，则未为小人之利；欲尽去之，不过善人少过，难为一一求瑕，惟指为朋党，则可尽逐。"一针见血地揭露了保守派的阴谋，保守派当然不会轻易放过他。就在他出使河北担任转运使期间，京城里一些居心叵测的人"造为蜚语"，污蔑他与外甥女张氏有染，企图借此把他彻底赶出朝堂。谏官钱明逸以此弹劾欧阳修，朝廷只得把他召回，下到开封府鞫治。时任开封府尹的杨日严曾受到过欧阳修弹劾，也想借此机会报一箭之仇。为了慎重起见，仁宗特命户部判官苏安世、入内供奉官王昭明仔细调查，结果是"查无此事"，欧阳修这才没有因此遭受灭顶之灾。尽管如此，他还是在庆历五年（1045）被贬到了滁州，这是他仕途上遭受的第二次重大打击。

庆历八年（1048），四十二岁的欧阳修改知扬州，次年即皇祐元年（1049）改知颍州（今安徽阜阳）。刚到这里，他便被西湖的盛景迷住了，于是决定在这里买地建屋，作为终老一生的归宿。皇祐二年（1050），欧阳修改知应天府。就在这一年，他约旧友梅尧臣一同在颍州买地，把想了一年之久的打算付诸实施。皇祐四年（1052）三月，欧阳修老母病逝，他回到颍州为母亲守丧，并于次年护送母亲的灵柩回家乡吉安安葬。当年冬重新回到了颍州。直到至和元年（1054），四十八岁的欧阳修才被召回京城。六月份觐见时，仁宗见他鬓发皆白，恻然问他在外几年，"恩意甚至"。九月，仁宗排除了某些大臣的阻拦，任命他为翰林学士兼史馆修撰。至此，他才重新在朝廷里站稳了脚跟。

嘉祐二年（1057），欧阳修担任了会试大主考，算是抓住了上天赐予的改革文章之弊的大好机会。《宋史·欧阳修传》中说："时士子尚为险怪奇涩之文，号'太学体'，修痛排抑之，凡如是者辄黜。毕事，向之嚣薄者伺修出，聚噪于马首，街逻不能制；然场屋之习，从是遂变。"以论事恣肆著称的苏轼、苏辙兄弟，都是这一榜的进士，成了欧阳修的得意门生。

嘉祐三年（1058）六月，欧阳修继包拯之后权知开封府，以镇静为要务，京师肃然。嘉祐五年（1060），擢升为枢密副使。六年（1061）闰八月，再升为参知政事，这一职位一直持续到治平四年（1067）英宗驾崩神宗即位，这一年他已经六十一岁。他深知久在相位必然会引起同僚的嫉妒，所以几次请求离开朝廷，都没有得到应允。这时某些心怀叵测的小人再次对他进行诬陷，御史中丞彭思永、御史蒋之奇造谣说他与儿媳吴氏"帷薄不修"（即有男女不当之事）。欧阳修闻知后气愤至极，遂闭门不出，请求朝廷彻底调查，给出说法。神宗派人对彭思永、蒋之奇细细询问，二人词穷，不得不承认这些说法仅仅是凭借"风闻"，拿不出任何确凿的证据。神宗下旨贬黜了彭思永和蒋之奇，并亲笔写信劝欧阳修及早归位，继续打理朝政。此时的欧阳修已经心灰意懒，执意请求离开朝廷。神宗拗不过他，只得同意他到京东的亳州担任知州。熙宁元年（1068），六十二岁的欧阳修改知青州（今属山东），也就是在这一年，他在颍州修建了一所宅第，为不久后的致仕做好了最后的准备。此后他虽然还在州郡任职（担任过短时间的蔡州知州），但还是接连不断地上书求退，特别是此时王安石变法进行得如火如荼，他对新法的很多内容都持反对意见，却得不到神宗的支持，对仕途就更加厌倦了。神宗看出他的确无心再仕，熙宁四年（1071），在他的执意请求下，批准了他的致仕请求。欧阳修为此兴奋异常，六月受致仕之命，七月便如释重负，毅然回到了魂牵梦绕的颍州，很快写下了最能表达心声的数首《采桑子》，讲述西湖风物之美。此时任颍州知州的名臣吕公著，在西湖设宴款待他；致仕在应天府的老友赵概闻知他回到了颍州，特地来看望他。这时的欧阳修才真正体会到了什么是真正的友情，什么是真正的人生。可惜本该十分逍遥的退居生活仅仅过了一年，他便在颍州溘然长逝了。听到欧阳修逝世的消息，神宗甚为震惊，为他辍视朝一日。朝中士大夫得知噩耗，不少人都流下了眼泪。

　　欧阳修的一生是刚正不阿、敢于与权臣小人作斗争的一生，也是大力倡导文以载道、继承和发扬韩愈古文运动并最终扫荡北宋文坛绮靡文风的伟大旗手，故而千百年来，人们都把他与韩愈、柳宗元等量齐观，充分肯定他在中世纪文坛上不可撼动的领袖地位。明代更有人提出"唐宋八大家"的概念，这八大家除唐代的韩、柳之外，宋代为首的便是欧阳修。其他几个分别是苏洵、苏轼、苏辙、王安石、曾巩。而这几个人除王安石之外，都是欧阳修的弟子，从中也可看出他在宋代文坛上无可比拟的影响力和号召力。他的诗歌创作也取得了相当大的成就。由于受到韩愈诗的影响，他提出了"诗穷而后工"的理论，加之他与现实主义诗人梅尧臣情同莫逆，而梅尧臣的诗歌也都是关注民生、关注现实的作品，在诗歌创作上，两人可谓同声相应，同气相求，最终都达到了宋诗创作的高峰。

　　以下再就欧阳修的词作稍作交代。

北宋词坛众星真正蔚成大观其实是很晚的事，并不像一些人想象的那样从开国就有了词的繁荣。大量创作词的第一个人是柳永，而他已是仁宗时期的人了，也就是说，词的创作在五代十国时期的南唐和后蜀有过一段兴盛后便归于沉寂，宋朝建国前几十年，这种体裁的作品并没有为中原士大夫接受和喜爱，即使有人写过几首词，也不过偶一为之，不成气候。宋朝到了仁宗时期，外患基本上消除，国家内部也安定下来，人们真正过上了稳定的生活，而宋朝又是个重文轻武的朝代，文人们的日子过得相对安闲舒适，于是有文人开始关注"词"这个载体。词这种文学形式从一开始就是文人案头的雅玩意儿，抒发的大多是文人情怀、男女欢爱、风花雪月一类的闲情，而此时宋朝的读书人，恰恰具有了这种闲情逸致，生存状态与南唐、后蜀文人有很多相似之处，词才算找到了合适的土壤，被文人们带上了酒宴和案头。从这个意义上说，词从一开始就不是"言志"之作，不过是市井街肆、红粉青楼以及士子们举行的各种宴会上供歌女演唱的靡靡之音，这种倾向在柳永词中可以得到最直接的印证。从这个时期开始，诸如晏殊、欧阳修等人，开始大量写词。他们不仅在政治上地位相当高，从文学上说，也都是旗手巨擘一级的人物，所以他们的喜好很容易引领当时的风尚。客观地说，晏殊、欧阳修等人的词作，并没有从根本上扭转词的绮靡倾向，基本上还是按照五代以来的绮丽风格在写作，即便出现过一些改良和创新，也仅仅是把词的写作范围扩大到表现士子的人生取向、更高层次的审美上，写出了部分清新典雅之作。这种没有革新意义的传承，直到苏轼出现，才有了根本性的变化，使词的创作愈加接近诗歌"言志"的属性，即所谓"豪放词"的横空出世。

现在回到欧阳修的词上来。综观他创作的二百多首词，绝大部分没有脱离五代之习，特别是他年轻时的一些词，大都是写男女情思，写宴会上的舞女如何迷人之类。一直到四五十岁之后，他笔下的词才有了风格上的转变,出现了带有言志倾向的文人词。如《朝中措》:"平山阑槛倚晴空,山色有无中。手种堂前垂柳,别来几度春风。　文章太守,挥毫万字,一饮千钟。行乐直须年少,尊前看取衰翁。"又如尽人皆知的《踏莎行》:"候馆梅残,溪桥柳细,草薰风暖摇征辔。离愁渐远渐无穷,迢迢不断如春水。　寸寸柔肠,盈盈粉泪,楼高莫近危阑倚。平芜尽处是春山,行人更在春山外。"稍加比较,便能明显地感觉到风格上的迥异。《踏莎行》不能说写得不美,也不能说言情不到位,但没有脱出男女情爱的窠臼,则是不争的事实。欧词中像《踏莎行》这样的作品占去了百分之六七十,而像《朝中措》那样读来令人振奋的沧桑之作,仅仅是凤毛麟角。处在这两者之间的一类作品,是像《采桑子》组词("群芳过后西湖好"等十首)、《渔家傲》组词("正月斗杓初转势"等十二首)那样的清新小作,而这些创作,是他历经沧桑回归真我、对生命的意义有了更加深刻的认知后才写出的。与此相反,这个时期的欧词,反而找不到那些雍容典雅、莺莺燕燕之作了。这也很正常,有些人分析古人作品,很喜欢将其风格固定在一种模式上,似乎此人从开始写诗文直到最终风格是不变的,这怎么可能呢?就欧词来说,创作时间长达数十年,人生阅历也发生了很大的变化,词风出现相应的变化不是再正常不过的事吗?有人评价欧词说:"欧阳修在政治生活中刚劲正直,见义勇为,他的诗文和部分'雅词'表现出其性格中的这个侧面。而他的日常私生活,尤其是年轻时的生活,则颇风流放任,因而也写了一些带世俗气的艳词,其中有的比较庸俗,另一些内容和情调则比较健康,体现出一种与五代词追求语言富丽华美的贵族化倾向相异的审美趣味,而接近市民大众的审美情趣。"我觉得此说比较符合欧词的实际。宋人罗大经《鹤林玉露》中说:"欧阳公虽游戏作小词,亦无愧唐人《花间集》。"这句本为褒扬的话,恰恰说明了欧词的基本风格与《花间集》如出一辙的基本特征。清人王时翔《小山诗文全稿》卷二

《莫荆琰词序》中说:"词自晚唐温、韦主于柔婉,五季之末李后主以哀艳之辞倡于上,而下皆靡然从之。入宋号为极盛,然欧阳(修)、秦(观)、黄(庭坚)诸君子且不免相沿袭。"也强调了欧词基本上没有脱离五代香艳绮靡的风气。

欧阳修的词绝大多数都是短小精悍的小令,他很少作长调慢词,像《摸鱼儿》那样的词,仅仅是偶一见之,这一点也与五代词人和秦观、黄庭坚大体相同。值得注意的是,在欧阳修的词作中,有一些贴近民间、贴近生活,甚至用口语写成的"通俗词",内容也是民间小人物的世情百态,如本书所选最后一首《玉楼春》:"夜来枕上争闲事,推倒屏山塞绣被。尽人求守不应人,走向碧纱窗下睡。 直到起来由自殢,向道夜来真个醉。大家恶发大家休,毕竟到头谁不是?"刻画的是两口子因男子酒醉而吵架怄气的情景,而且活灵活现,其中也不乏像"恶发"之类的口语,是别具一格的情趣小作。但总体来说,在散文、诗歌和词三大类体裁的创作中,欧词的成就是排在最末的。

由于词往往属于文人的消闲之作,不像散文、诗歌那样值得作者们珍视,所以即使像欧阳修这样严谨的人,对自己写过的词也没有进行过认真的梳理和收集,以至后人编纂欧集时,很难确认他一生究竟写了多少首词,有些可能不是他写的词,也编入他的文集中了,相反可能还有些词的确出于他之手,却被编辑到别人的词集里,这种情况不仅在欧阳修的词集里如此,在别人的词集里也多有这种情况。就欧集而言,一些窜入的词主要集中在晏殊、张先和冯延巳三人身上,这也从侧面反映出欧阳修的词风与这三个人十分相似。本书以唐圭璋《全宋词》为依据,参考了中华书局1986年版黄畲整理的《欧阳修词笺注》。全书选取了欧词一百八十余首,大致可以涵盖其各个时期、各种风格的作品,基本上能反映出欧词的全貌。全书按照中州古籍出版社的整体要求,对所选欧词进行了简单的注解和有针对性的解析，难字都加上了注音，便于读者诵读。由于水平所限，书中若有不当甚至错谬之处，恳请读者不吝指教是幸。

李之亮

2014 年 3 月 1 日于北京昌平

目 录

采桑子（群芳过后西湖好） …………………………………… 1

采桑子（轻舟短棹西湖好） …………………………………… 2

采桑子（春深雨过西湖好） …………………………………… 3

采桑子（画船载酒西湖好） …………………………………… 4

采桑子（何人解赏西湖好） …………………………………… 6

采桑子（清明上巳西湖好） …………………………………… 7

采桑子（荷花开后西湖好） …………………………………… 8

采桑子（天容水色西湖好） …………………………………… 9

采桑子（残霞夕照西湖好） …………………………………… 11

采桑子（平生为爱西湖好） …………………………………… 12

诉衷情（眉意） ………………………………………………… 14

踏莎行（候馆梅残） …………………………………………… 15

蝶恋花（庭院深深深几许） …………………………………… 17

蝶恋花（谁道闲情抛弃久） …………………………………… 18

蝶恋花（几日行云何处去） …………………………………… 20

玉楼春（别后不知君远近） …………………………………… 21

词牌	页码
浪淘沙（把酒祝东风）	23
青玉案（一年春事都来几）	24
采桑子（画楼钟动君休唱）	25
采桑子（十年一别流光速）	27
采桑子（十年前是樽前客）	28
朝中措（送刘仲原甫出守维扬）	29
长相思（蘋满溪）	31
长相思（花似伊）	32
长相思（深花枝）	33
望江南（江南蝶）	35
减字木兰花（留春不住）	36
减字木兰花（伤怀离抱）	37
减字木兰花（楼台向晓）	38
减字木兰花（画堂雅宴）	40
减字木兰花（歌檀敛袂）	41
生查子（元夕）	43
生查子（含羞整翠鬟）	44
清商怨（关河愁思望处满）	46
阮郎归（刘郎何日是来时）	48
阮郎归（落花浮水树临池）	49
蝶恋花（帘幕东风寒料峭）	50
蝶恋花（南雁依稀回侧阵）	51
蝶恋花（腊雪初销梅蕊绽）	53
蝶恋花（海燕双来归画栋）	54

蝶恋花（面旋落花风荡漾）……………………………… 56
蝶恋花（帘幕风轻双语燕）……………………………… 57
蝶恋花（永日环堤乘彩舫）……………………………… 59
蝶恋花（越女采莲秋水畔）……………………………… 60
蝶恋花（水浸秋天风皱浪）……………………………… 62
蝶恋花（梨叶初红蝉韵歇）……………………………… 63
蝶恋花（独倚危楼风细细）……………………………… 65
蝶恋花（帘下清歌帘外宴）……………………………… 67
蝶恋花（翠苑红芳晴满目）……………………………… 68
蝶恋花（小院深深门掩亚）……………………………… 70
蝶恋花（欲过清明烟雨细）……………………………… 72
蝶恋花（画阁归来春又晚）……………………………… 73
蝶恋花（尝爱西湖春色早）……………………………… 74
渔家傲（一派潺湲流碧涨）……………………………… 76
渔家傲（与赵康靖公）…………………………………… 77
渔家傲（暖日迟迟花袅袅）……………………………… 79
渔家傲（红粉墙头花几树）……………………………… 81
渔家傲（妾本钱塘苏小妹）……………………………… 83
渔家傲（花底忽闻敲两桨）……………………………… 84
渔家傲（叶有清风花有露）……………………………… 86
渔家傲（荷叶田田青照水）……………………………… 87
渔家傲（叶重如将青玉亚）……………………………… 88
渔家傲（粉蕊丹青描不得）……………………………… 90
渔家傲（幽鹭谩来窥品格）……………………………… 91

渔家傲（楚国细腰原自瘦）……………………………… 93

渔家傲（七夕）…………………………………………… 94

渔家傲（乞巧楼头云幔卷）……………………………… 96

渔家傲（别恨长长欢计短）……………………………… 97

渔家傲（九日欢游何处好）……………………………… 99

渔家傲（青女霜前催得绽）……………………………… 100

渔家傲（露裛娇黄风摆翠）……………………………… 102

渔家傲（对酒当歌劳客劝）……………………………… 104

玉楼春（题上林后亭）…………………………………… 105

玉楼春（西亭饮散清歌阕）……………………………… 106

玉楼春（春山敛黛低歌扇）……………………………… 108

玉楼春（樽前拟把归期说）……………………………… 109

玉楼春（洛阳正值芳菲节）……………………………… 111

玉楼春（残春一夜狂风雨）……………………………… 113

玉楼春（常忆洛阳风景媚）……………………………… 114

玉楼春（池塘水绿春微暖）……………………………… 115

玉楼春（两翁相遇逢佳节）……………………………… 117

玉楼春（西湖南北烟波阔）……………………………… 118

玉楼春（燕鸿过后春归去）……………………………… 120

玉楼春（蝶飞芳草花飞路）……………………………… 121

玉楼春（红绦约束琼肌稳）……………………………… 123

玉楼春（檀槽碎响金丝拨）……………………………… 124

玉楼春（金花盏面红烟透）……………………………… 126

玉楼春（雪云乍变春云簇）……………………………… 127

玉楼春（柳）··129

玉楼春（珠帘半下香销印）························130

玉楼春（沉沉庭院莺吟弄）························131

玉楼春（去时梅萼初凝粉）························133

玉楼春（酒美春浓花世界）························134

玉楼春（湖边柳外楼高处）························135

玉楼春（南园粉蝶能无数）························136

玉楼春（江南三月春光老）························138

玉楼春（东风本是开花信）························139

玉楼春（阴阴树色笼晴昼）························141

玉楼春（芙蓉斗晕燕支浅）························142

渔家傲（正月斗杓初转势）························143

渔家傲（二月春耕昌杏密）························145

渔家傲（三月清明天婉娩）························146

渔家傲（四月园林春去后）························148

渔家傲（五月榴花妖艳烘）························149

渔家傲（六月炎天时霎雨）························151

渔家傲（七月新秋风露早）························152

渔家傲（八月秋高风历乱）························154

渔家傲（九月霜秋秋已尽）························155

渔家傲（十月小春梅蕊绽）························156

渔家傲（十一月新阳排寿宴）····················158

渔家傲（十二月严凝天地闭）····················160

南歌子（凤髻金泥带）······························161

御街行（天非华艳轻非雾）……………………… 163

桃源忆故人（梅梢弄粉香犹嫩）………………… 165

桃源忆故人（莺愁燕苦春归去）………………… 166

临江仙（柳外轻雷池上雨）……………………… 168

临江仙（记得金銮同唱第）……………………… 169

圣无忧（世路风波险）…………………………… 172

浪淘沙（花外倒金翘）…………………………… 173

浪淘沙（五岭麦秋残）…………………………… 174

浪淘沙（万恨苦绵绵）…………………………… 176

浪淘沙（今日北池游）…………………………… 177

定风波（把酒花前欲问他）……………………… 179

定风波（把酒花前欲问伊）……………………… 180

定风波（把酒花前欲问公）……………………… 181

定风波（把酒花前欲问君）……………………… 182

定风波（过尽韶华不可添）……………………… 183

定风波（对酒追欢莫负春）……………………… 185

蓦山溪（新正初破）……………………………… 186

浣溪沙（云曳香绵彩柱高）……………………… 188

浣溪沙（堤上游人逐画船）……………………… 189

浣溪沙（湖上朱桥响画轮）……………………… 191

浣溪沙（叶底青青杏子垂）……………………… 192

浣溪沙（青杏园林煮酒香）……………………… 194

浣溪沙（红粉佳人白玉杯）……………………… 195

浣溪沙（翠袖娇鬟舞《石州》）………………… 196

浣溪沙（灯烬垂花月似霜）················· 197

浣溪沙（十载相逢酒一卮）················· 199

御带花（青春何处风光好）················· 200

虞美人（炉香昼永龙烟白）················· 203

鹤冲天（梅谢粉）······················· 204

夜行船（忆昔西都欢纵）··················· 205

夜行船（满眼东风飞絮）··················· 207

洛阳春（红纱未晓黄鹂语）················· 208

雨中花（千古都门行路）··················· 210

越溪春（三月十三寒食日）················· 211

贺圣朝影（白雪梨花红粉桃）··············· 213

洞天春（莺啼绿树声早）··················· 214

忆汉月（红艳几枝轻袅）··················· 215

清平乐（小庭春老）····················· 216

凉州令（东堂石榴）····················· 218

南乡子（翠密红繁）····················· 220

南乡子（雨后斜阳）····················· 222

鹊桥仙（月波清霁）····················· 223

圣无忧（珠帘卷）······················· 225

摸鱼儿（卷绣帘）······················· 226

少年游（去年秋晚此园中）················· 228

少年游（肉红圆样浅心黄）················· 229

少年游（玉壶冰莹兽炉灰）················· 230

鹧鸪天（学画宫眉细细长）················· 232

怨春郎（为伊家）……………………………………… 233

千秋岁（画堂人静）……………………………………… 234

千秋岁（罗衫满袖）……………………………………… 235

醉蓬莱（见羞容敛翠）…………………………………… 237

于飞乐（宝奁开）………………………………………… 239

鼓笛慢（缕金裙窣轻纱）………………………………… 241

看花回（晓色初透东窗）………………………………… 242

蝶恋花（几度兰房听禁漏）……………………………… 244

宴瑶池（恋眼啾心终未改）……………………………… 246

解仙佩（有个人人牵系）………………………………… 247

少年游（阑干十二独凭春）……………………………… 248

阮郎归（雪霜林际见依稀）……………………………… 250

望江南（江南柳）………………………………………… 251

夜行船（闲把鸳衾横枕）………………………………… 252

夜行船（轻捧香腮低枕）………………………………… 254

迎春乐（薄纱衫子裙腰匝）……………………………… 255

减字木兰花（去年残腊）………………………………… 257

减字木兰花（年来方寸）………………………………… 258

定风波（把酒花前欲问伊）……………………………… 259

玉楼春（艳冶风情天与措）……………………………… 260

玉楼春（红楼昨夜相将饮）……………………………… 262

玉楼春（金雀双鬟年纪小）……………………………… 263

玉楼春（夜来枕上争闲事）……………………………… 265

采桑子（群芳过后西湖好）

群芳过后西湖好①，狼籍残红②，飞絮濛濛③，垂柳阑干尽日风④。　笙歌散尽游人去，始觉春空⑤，垂下帘栊⑥，双燕归来细雨中。

【注释】

①群芳过后：指百花凋谢的暮春时节。西湖：此处指颍州西湖，在今安徽省阜阳市西北。　②狼籍残红：落花散乱的样子。狼籍，当作"狼藉"，纵横散乱之貌。籍，通"藉"。　③飞絮濛濛：指柳树的白絮像下雪一样飘飘洒洒。　④垂柳阑干：指柳丝在春风的吹拂下摇曳多姿。阑干，横斜交错的样子。　⑤春空：春意将尽。　⑥帘栊（lóng）：窗帘。

【评析】

这首词是作者致仕后居于颍州时（神宗熙宁四年即1071年7月以后）所作。作者为什么对颍州有着深深的感情，以至选择这里作为终老之地呢？因为他一生中曾三度在这里生活和居住：仁宗皇祐元年（1049）正月，作者由扬州知州改命为颍州知州，而此时正是他受到诬陷被贬出京城后的第四个年头、自号"醉翁"的第三个年头，仕途上的失意还在继续。来到颍州后，"乐西湖之胜，将卜居焉"。第二年，他与朋友梅尧臣相约在颍州买了一块地，随后被命为应天府知府而离开颍州。皇祐四年（1052）三月作者母亲去世，他回到颍州为母守丧，第二年八月护送母亲的灵柩归葬于老家吉州的泷冈,当年冬天又返回了颍州。直到至和元年(1054)五月除授馆职,他才回到汴京。了解了作者这段经历,就不难理解他为什么对颍州情有独钟了。

作者在经历了政治上的风风雨雨终于致仕闲居后,并没有因政治生涯的结束而兴发人生易老的感叹。词中描写的西湖,是个"群芳过后"的西湖,这恰如他一生拼搏奋斗,如今轰轰烈烈的日子已经过去。然而人生的美好并不仅仅表现在仕途上的得意,只要热爱生命,那么生命中的每个阶段,都会有它独到的美好,所以"狼籍残红"在作者心目中,依然是美丽动人的。鼎沸的笙歌总会散去,再喧闹的春天也会有空寂之时。当一个人退出政治舞台,"垂下帘栊"时,他是觉得被社会遗弃了呢?还是寻到了新的归宿?作者在全词之末借用了一个耐人寻味的场景:一双燕子在蒙蒙春雨中飞回自己的故巢。很显然,面对成双的燕子,作者虽然略显孤寂,但并没有迷失自我,他坚信不管是在暗夜还是在雨中,总能找到自己的归宿。

近人俞陛云在《宋词选释》中说:"西湖在宋时,堤上香车,湖中画舸,极游观之盛。此词独写静境,别有意味。"这是就词而论词。如果把这首词与作者的人生背景联系起来,就更能显出深意了:此时正处在王安石大力推行新法的"热闹"当中,作者对新法非常反感,所以"闹中取静",正是他要表现的精神境界。

采桑子(轻舟短棹西湖好)

轻舟短棹西湖好,绿水逶迤①,芳草长堤,隐隐笙歌处处随。无风水面琉璃滑,不觉船移,微动涟漪②,惊起沙禽掠岸飞。

【注释】

①逶迤（wēi yí）：曲折绵延的样子。　②涟漪（yí）：水面的微波。《文选》左思《吴都赋》："濯明月于涟漪。"吕向注："涟漪，细波纹。"

【评析】

　　这首词写得如诗如画，有动有静，把春末夏初的西湖景致描绘得十分迷人，体现出作者对自然美景的无比喜爱和不同流俗的审美情趣。上阕用"轻舟短棹"表现欢快轻松的情绪，随后是逶迤的绿水、长满芳草的长堤，静谧中透出勃勃的生机，却不显得喧闹。接下来耳闻的笙歌，也只是在"隐隐"当中出现，这就把空间无限地扩大，令人感受到大自然的丰富和开阔。下阕写近在眼前的水面，因为没有风，所以水面平静得像琉璃一般晶莹温润，接下来的"不觉船移"，却人为地打破了水面原有的平静，于是出现了微微荡漾的"涟漪"。可以想象，作者刚刚上船时虽有"短棹"，却还没有离开原地，他似乎被"绿水逶迤，芳草长堤"的美景迷住，以至忘了身在何处、此来何为了。直到为眼前的景致所感，希望尽览西湖美景时才轻轻划动了短棹，于是乎静如琉璃的湖面上泛起了层层涟漪。可以想见，以轻舟为中心泛起的仅仅是涟漪，而不是多大的浪花，尽管如此，还是将岸边的禽鸟惊得掠岸高飞。由静态的景致过渡到动态的描述，仅仅是在"不觉"之间，这个过渡是何等巧妙，又是何等自然，所以俞陛云在《宋词选释》中说："下阕四句，极肖湖上行舟波平如镜之状。'不觉船移'四字，下语尤妙。"

采桑子（春深雨过西湖好）

　　春深雨过西湖好，百卉争妍，蝶乱蜂喧，晴日催花暖欲然①。

兰桡画舸悠悠去②，疑是神仙，返照波间，水阔风高扬管弦③。

【注释】

①欲然：像要燃烧。然，"燃"的古字。　②兰桡（ráo）：木兰木制成的船桨。《楚辞·九歌·湘君》："荪桡兮兰旌。"王逸注云："桡，船小楫也。"画舸（gě）：船身画有图案的船。　③扬管弦：使乐曲声高高地飘入云中。

【评析】

　　这首词写暮春时节雨过天晴后的西湖美景。此时满眼所见都是盛开的鲜花，蝴蝶、蜜蜂在花间自由自在地飞舞穿行，显得热热闹闹，骄阳之下，百花旺盛得像要燃烧起来，呈现出一片热烈的景象。上阕把自然美景展示出来后，下阕进入了对人的描写：有人乘着华丽的船在水中悠然荡桨，宛如天上神仙怡然游赏的倒影；宽阔的水面上、温暖的熏风中，管弦之声悠扬飘移，更为宛如仙境的西湖增添了许多灵气。

　　这首词展现的是西湖人间仙境的另一面：由"蝶乱蜂喧"来衬托岸边百花的繁茂，由雨过天晴后的骄阳烘托百花的艳丽夺目，一幅美不胜收的自然美景。接下来描写画舸游人，作者别出心裁地用了"疑是神仙，返照波间"八个字，把当时游览的心境升华到宛如仙界的极致，真可谓是"天上人间"。

采桑子（画船载酒西湖好）

　　画船载酒西湖好，急管繁弦①，玉盏催传②，稳泛平波任醉眠③。　行云却在行舟下④，空水澄鲜⑤，俯仰留连⑥，疑是湖中别有天⑦。

【注释】

①急管繁弦：指管弦之声激越而急促。钱起《玛瑙杯》诗："繁弦急管催献酬，倏若飞空生羽翼。"　②玉盏：玉制的酒盏。催传：频频劝酒。　③稳泛平波：指船在平静的水中安然行进。　④行云却在行舟下：天上的行云倒映在湖面，仿佛船是在行云上行进一般。　⑤空水澄鲜：天空与水面都显得澄澈鲜明。　⑥俯仰留连：上看天下看地不停地观赏。　⑦湖中别有天：湖里面别有洞天。

【评析】

　　这首词写的是西湖饮宴的场景。古人饮宴大多有管弦丝竹为其佐酒，所以开篇直入主题，在"急管繁弦"的乐曲声中，作者和友人开始推杯换盏，觥筹交错，大有"今朝有酒今朝醉"的豪宕之气。船的行进十分平稳，没有任何摇晃和颠簸，可以尽情地酣睡。接下来的文字会令读者感到：作者的确是喝了不少，即便没醉，也是迷离惝恍的状态了。他惊奇地发现：天上的白云怎么坠到湖里了？船儿怎么会在云朵中行走了？天空与水面怎么连接在一起了？难道西湖里真的又出现了一个神仙世界？此词的妙处集中表现在下阕，作者抓住白云倒映在湖面这一特定景致开始联想，很自然地把西湖之美与天界有机地联系起来，形成了天人合一的奇幻遐想，增添了具象以外的神趣。俞陛云《宋词选释》说："湖水澄澈时，如在镜中，云影天光，上下一色。"也着意在赞其下阕中的描绘。

采桑子（何人解赏西湖好）

何人解赏西湖好①，佳景无时②，飞盖相追③，贪向花间醉玉卮④。　谁知闲凭阑干处⑤，芳草斜晖，水远烟微，一点沧洲白鹭飞⑥。

【注释】

①解赏：懂得欣赏。　②佳景无时：指西湖的美景不分季节，时时都有。　③飞盖相追：谓车马相追随。此处化用三国曹植《公宴诗》："清夜游西园，飞盖相追随。"　④玉卮（zhī）：玉制的饮酒器。《汉书·高帝纪》上："上奉玉卮为太上皇寿。"颜师古注："卮，饮酒圆器也。"　⑤阑干：楼阁外的栏杆。　⑥沧洲：烟波浩渺的水际。

【评析】

这首词上、下两阕描写的是西湖截然不同的两种美：前半部分写的是凡俗之辈眼中的西湖，您看，四时不同的美景，每时每刻都吸引着公子王孙们华车驰逐，在鲜花美人丛里求醉寻欢，他们能在西湖获得想要得到的一切。后半部分描写的是有人在此凭栏远望，他见到的却是萋萋芳草，落日余晖，水波浩渺，轻烟笼罩，那不大的洲渚上，正有白鹭在自由地飞翔。如果说前半部分是花团锦簇，那么后半部分明显变成了烟水空灵；前半部分热烈而喧哗，后半部分清幽而静谧。相同的地方，相同的景色，为什么会出现截然不同的感受呢？因为任何的物质世界在不同人眼里，都会有不同的反应,这也正是作者在开篇时所说的"何人解赏西湖好"——追欢逐乐的人看到的是四时佳景中飞盖成群、醉饮花间的俗世之乐,心志高远的人看到的则是与其内心相应的芳草斜阳、沙洲白鹭,高洁文雅,卓尔不群。其实无论是飞盖相追、醉饮花间,还是水远烟微、沧洲白鹭,都是客观存在,只不过仁者见仁智者见智罢了。

采桑子（清明上巳西湖好）

清明上巳西湖好①,满目繁华,争道谁家②,绿柳朱轮走钿车③。 游人日暮相将去④,醒醉喧哗⑤,路转堤斜,直到城头总是花。

【注释】

①上巳:古节日名。汉代以前,以农历三月上旬巳日为上巳。魏晋以后,定为三月三日,不必取巳日。古代北方人在这一天到河边洗澡,祛除污垢,祓除不祥。《后汉书·礼仪志》上:"是月上巳,官民皆洁于东流水上,曰洗濯祓除去宿垢疢为大洁。" ②争道谁家:即"谁家争道"的倒装,意思是什么人（的车子）在争夺道路。 ③朱轮:涂有朱漆的车轮,指郡太守所乘的华车。钿车:用嵌金来装饰的车。白居易《浔阳春》诗:"金谷踏花香骑入,曲江碾草钿车行。" ④相将（jiāng）去:前后相跟着离开这里。 ⑤醒醉喧哗:醉酒的人和没饮酒的人都在大声地喧哗。

【评析】

　　这首词作于熙宁五年（1072）的三月上巳节，是作者西湖组词之一。

　　上巳是古人春游的节日，所以此词的气氛显得十分热烈。上阕开篇用"满目繁华，争道谁家，绿柳朱轮走钿车"三句，高度概括了当时的热闹场面：由于游人太多，车水马龙，以至平常宽敞的大道骤然间拥堵起来，于是你争我抢，互不相让，就成了这一天特别的风景。写到这里似乎已经尽兴，谁知作者笔锋一转，转到了柳阴下：太守的车子在往前行进，没有受到游人的阻碍。这句话究竟要说明什么呢？首先是在说太守不甘寂寞，与民同乐：二十年前自己当太守的时候，不也是要驾车出游，与百姓一起欢游终日吗？其次是在说今非昔比，当年的老知州如今已成为一介平民，无法再有鸣锣开道的那一天了。是失落？是庆幸？还是更感到无官一身轻之后带来的不便？

　　这个疑问在下阕有了答案：尽管作者绕开一天的嬉游，一笔写到了"日暮"，但从他的情绪来揣摩，应该是没有失落，也没有因无官一身轻带来的不便而感到不快，他依旧非常高兴地度过了这个上巳节，而且一直到游人散去，他还在兴致勃勃地沿着湖堤慢慢前行，走在回城的路上。"直到城头总是花"七个字，把此游的兴奋情绪推到了最高潮，也把颍州的美渲染到了极致，在他心目中，选择颍州为终老之地是绝对没错的。

　　全词除了记述颍州上巳的繁华热闹之外，也灌注了作者本人渴望亲近自然、亲近百姓的愿望，是一首格调很高的小词。

采桑子（荷花开后西湖好）

荷花开后西湖好，载酒来时，不用旌旗①，前后红幢绿盖随②。

画船撑入花深处，香泛金卮③，烟雨微微，一片笙歌醉里归。

【注释】

①不用旌旗：指出游时没有旌旗仪仗的随从。②红幢绿盖：幢，车上的帐幔；盖，车上的伞。此处指荷花的红苞和绿叶。言花如帐幔，叶如伞。③香泛金卮（zhī）：美酒的醇香从金杯里飘出。卮，酒杯。

【评析】

这首词写荷花盛开时的西湖美景，以及自己在这美景中的感受。用语清雅，却能营造出唯美的意境。上阕直言荷花开后的西湖中，作者与友人载着美酒来到湖边，谁也看不出这位老人曾经是何等尊贵，此时他的出行与平民没有任何区别，再也不会像二十年前当知州时那样前呼后拥了。恰恰是这种毫无拘羁的生活，使他更觉得轻松和自由。下阕写乘船在西湖中荡漾，一直荡到荷花深处，花在头上开，人在花中游，舟中饮美酒，人闲心里静，在霏微的烟雨里，欣赏着远处传来的笙歌，这种身心全部放松开来的醇美享受，才是这位忙碌大半生的老人最需要的。

全词虽然出现了"红幢绿盖""一片笙歌"等声像和色彩，却没有给人造成"闹红"的杂乱感，整体意境依然是宁谧而安详，空灵而杳渺，似乎这点声像和色彩与恢宏的自然比起来，仅仅是一点点缀而已。

采桑子（天容水色西湖好）

天容水色西湖好，云物俱鲜①。鸥鹭闲眠，应惯寻常听管弦。

风清月白偏宜夜,一片琼田②。谁羡骖鸾③,人在舟中便是仙。

【注释】

①云物:白云等景物。俱鲜:都十分光鲜。 ②琼田:言水面如碧玉之田。东方朔《海内十洲记》说:"东海有不死之草,生琼田中。" ③骖鸾:车乘。《文选》江淹《别赋》:"驾鹤上汉,骖鸾腾天。"李善注引雷次宗《豫章记》:"洪井西鸾岗、鹤岭,旧说洪崖先生与子晋乘鸾鹤憩于此。"

【评析】

这首词与上几首同时而作,也是写颍州西湖之美的。起首二句先把西湖的天光水色融而为一,不管是天上白云还是地上景物,都显得十分光鲜亮丽。随后把目光集中到眼前,只见鸥鸟白鹭旁若无人地自在酣睡,湖边、湖上游人的丝竹管弦声,它们也充耳不闻,好像早就习惯了一样。这四句话从不同角度赞美了天人的和谐。前两句说的是天光水色自然交融,宛如一体,构成大自然的和谐;后两句说的是动物与人和谐相处,毫不妨碍各自的生活。作者经历了太多不和谐之后深深感到:处在一片和谐中,才会得到最美的感受。

下阕写夜景,明月高挂,清风徐来,再看那十顷西湖,宛如一片琼田。生活在如此宁静的环境中,何须再羡慕神仙境界?小舟一叶在琼田之中缓缓摇荡,真要比神仙还惬意万倍。

这首词反映了刚刚从残酷政治斗争中退出的欧阳修对宁静生活的赞美和满足。"你太累了,也该歇歇了",在如此清幽的环境里歇一歇,大概是他几十年来梦寐以求的夙愿。

采桑子（残霞夕照西湖好）

残霞夕照西湖好，花坞蘋汀①，十顷波平，野岸无人舟自横②。西南月上浮云散，轩槛凉生③。莲芰香清④。水面风来酒面醒⑤。

【注释】

①花坞：四面隆起的花圃。蘋汀（tīng）：长满蘋草的小洲。 ②野岸无人舟自横：此处化用唐代韦应物《滁州西涧》"独怜幽草涧边生，上有黄鹂深树鸣。春潮带雨晚来急，野渡无人舟自横"之句。 ③轩槛：有栏杆的亭榭。 ④莲芰（jì）：指荷花与菱角。 ⑤酒面：饮过酒的脸庞。

【评析】

此词是西湖组词的第九首，作于熙宁四年（1071），写的是西湖宁静的一面，时间是一个初秋的傍晚。开篇点明此时已是"残霞夕照"：霞光很快就要散去，夕阳很快就要落山，十顷西湖的水面归于平静。此时能见到的一切都是那么静谧，花圃、汀洲静静地感受着白日里喧嚣后的安详，还有一条小船横在渡口，也已进入了"休眠"状态。

下阕在时间上有所推移，残霞已经散去，夕阳落在了山下，西南方升起的月亮像是把浮云驱赶到远处，独自高悬在清朗的天空。此时作者在哪里呢？他静静地待在湖边的亭阁上，感受着湖中飘过来的莲芰清香，手把栏杆沐浴着阵阵清风，完全进入了天人合一的状态，"不知今夕何夕"

了。

"宇天澄澈"是本词的基调，也是作者在特定时间里需要的特定环境。人不能永远处在喧嚣之中，那样会把人熏染得俗而又俗。如果把这首词和欧阳修的生平联系在一起，就能发现，到了晚年，他对政治的喧嚣和官场的恶浊是何等厌倦，似乎只有在这样的环境里，才能让他久已疲惫的身心放松下来。

采桑子（平生为爱西湖好）

平生为爱西湖好，来拥朱轮①。富贵浮云②。俯仰流年二十春③。　归来恰似辽东鹤④，城郭人民，触目皆新。谁识当年旧主人⑤？

【注释】

①朱轮：古代太守乘坐的车子。以朱红漆轮，故名。　②富贵浮云：意谓人生富贵如同浮云，顷刻间就会散尽。杜甫《丹青引赠曹霸将军》诗："丹青不知老将至，富贵于我如浮云。"　③俯仰流年二十春：欧阳修皇祐元年（1049）至二年时曾任颍州知州，至此时刚好过了二十年。《欧阳文忠公年谱》："皇祐元年正月丙午，移知颍州。二月丙子，至郡。乐西湖之胜，将卜居焉。皇祐二年七月丙戌，改知应天府，兼南京留守司事。"　④辽东鹤：《搜神后记》卷一："丁令威，本辽东人，学道于灵虚山。后化鹤归辽，集城门华表柱。时有少年，举弓欲射之。鹤乃飞，徘徊空中而言曰：'有鸟有鸟丁令威，去家千年今始归。城郭如故人民非，何

不学仙家累累。'遂高上冲天。"此典多表示长久离开故地后对人世变迁的感叹。　⑤旧主人：二十年前的颍州太守。即作者自己。

【评析】

　　这首词是描写西湖组词中的最后一首，也作于熙宁四年（1071）。欧阳修最初到颍州在皇祐元年（1049），从扬州知州调任到此。奇怪的是，他对天上人间的扬州并没有太多的眷恋，到了颍州之后，便认为这里最适宜人居，而且有了终老于此的想法（见上注③）。次年改知应天府，还约了梅尧臣在颍州买地建房。此后他母亲去世，他便在这里守丧，并从这里出发回江西为母亲和胥氏、杨氏二夫人安葬，当年又回到颍州，可见欧阳修对颍州的感情之深。

　　上阕回忆第一次身为知州来到颍州，那时的情景还历历在目。一晃二十年过去，富贵如浮云，如今全都飘散了。下阕感慨人世变迁之快。他在治平四年（1065）写的《思颍诗后序》中说："皇祐元年春，予自广陵得请来颍，爱其民淳讼简而物产美，土厚水甘而风气和，于时慨然已有终焉之意也。尔来俯仰二十年间，历事三朝，窃位二府，宠荣已至而忧患随之，心志索然而筋骸惫矣。其思颍之念，未尝少忘于心。……可以偿夙志者，此其时哉。因假道于颍，盖将谋决归休之计也。乃发旧稿，得自南京以后诗十余篇，皆思颍之作，以见予拳拳于颍者，非一日也。"可以见证欧阳修对颍州的情愫的确是由来已久而且一成不变。令他大为感慨的是，尽管内心从来没有一刻忘怀，今日归来，仍有隔世之感，仿佛当年的丁令威，"城郭人民，触目皆新"，不知道还有没有人认得二十年前他们的父母官？发出如此感慨，一是看穿了"富贵如浮云"的实质，二是感叹时光易逝日月如梭，似乎二十年光阴转瞬之间便消逝了，而他对颍州、对西湖的感情却更深更浓，因为只有这里，才能为他提供最清纯、最美好、最宁静的心境。此前那"历事三朝，窃位二府，宠荣已至"的岁月，看似繁华，却时时伴随着忧患和疲惫。这正是一位历尽沧桑的老人对生命价值的重新思考。

诉衷情（眉意）

清晨帘幕卷轻霜，呵手试梅妆①。都缘自有离恨②，故画作远山长③。　思往事，惜流芳④，易成伤。拟歌先敛⑤，欲笑还颦⑥，最断人肠。

【注释】

①呵手：呵气以暖手。梅妆：梅花妆。相传南朝宋武帝的女儿寿阳公主一日卧于含章殿下，梅花落在她的额头上，成五出之形，揩之不去。于是宫中女子纷纷效仿，名之为"梅花妆"。　②都缘：都是由于。　③远山：形容女子的眉毛画得如远山般弯而细长。葛洪《西京杂记》："文君娇好，眉色望如远山。"　④流芳：极易流逝的青春年华。　⑤拟歌先敛：想要唱歌，却先敛住声息。形容女子歌唱之前有心事涌上心头。　⑥颦(pín)：皱起眉头。

【评析】

这是一首描写歌女的词。上阕写女子在自家时的情态，其实这种情态是作者想象出来的。"轻霜"表示天已深秋，作者以自己对深秋的感受去想象这位歌女也一定感到天气寒冷，必先"呵手"，才开始打扮梳妆。一句"呵手试梅妆",把歌女的清纯与美丽点画出来。然而就是这样一位楚楚可人的女子,内心里却隐藏着离愁别恨。何以见得呢?一看她那画得像远山一样的长眉便可知晓了。金圣叹《评注才子古文》卷十二说:"'都缘自有离恨,故画作远山长。'即有恨,亦何与画眉事?以画眉作使性事,真是儿女性格也。"不仅分析到位,还把女子喜欢"使性"的特点也剖析出来了。清人陈廷焯《词则·闲情集》也说:"能于无理中传出痴心女子心肠。"见解与金圣叹不谋而合。下阕写歌女来到宴席前为客人弹唱,那"拟歌先敛""欲笑还颦"的模样,更深刻地勾画出女子内心的痛楚。是啊,一个靠弹筝卖笑而求生的女子,为人演唱,向人微笑,是她的职业,她必须要唱,必须要笑,必须要博得满堂喝彩。然而她内心的忧伤又是难以抑制的,这忧伤挂在脸上,与她那幽怨的歌声、酸楚的笑容交织在一起,使细心的作者为之深深伤感。

词的前半部分情调和缓低沉,宛如一条涓涓溪流,越到后来,情绪起伏就越明显,直到最后一句"最断人肠",使人感到这本来静静流淌的小溪似乎遇到了巨石的阻遏,迸起了飞溅的水珠,令人动容。

踏莎行(候馆梅残)

候馆梅残①,溪桥柳细,草薰风暖摇征辔②。离愁渐远渐无穷,迢迢不断如春水。　寸寸柔肠,盈盈粉泪③,楼高莫近危阑倚④。平芜尽处是春山⑤,行人更在春山外。

【注释】

①候馆:驿站所设的旅舍。　②草薰风暖:指春天时节。此处化用江

淹《别赋》："闺中风暖,陌上草薰。"摇征辔:驭马远行。 ③盈盈粉泪:指女子泪水涟涟的样子。 ④危阑:即危栏,高高的栏杆。 ⑤平芜:长满杂草的平旷原野。

【评析】

 这首词是欧阳修的代表作之一,主题是写男女离愁,这也是词作中最常见的题材。如何能写好,让读者感受到真真切切的"情",就要看作者艺术造诣的高下了。这首词中,作者把离愁比作"春水",显然是化用了南唐李煜《虞美人》中"问君能有几多愁,恰似一江春水向东流"的名句,不足为奇。奇就奇在作者把"离愁"和远行的心上人紧紧联系在一起,女主人公的愁是随着心上人渐渐远行的身影而变化的,心上人走得越远,愁思就越浓烈,直至心上人的影子完全消失时,她的愁也随之达到了顶峰,乃至"寸寸柔肠""盈盈粉泪"。不论是写实也好,还是把对男主角的想象入词也好,总之作者是要把"愁"推向高潮。"楼高莫近危阑倚",可能是男主角由衷的愿望,也可能是女主角无奈的自解。不论此句作何理解,它都是前一句的注脚:有情人天各一方已是无可挽回的现实,多情的女子已经肝肠寸断,纵然是粉泪盈腮,倚楼眺望,又有何益?又有何用?在这"草薰风暖"的日子里,男主角离开他无比眷恋的家,那滋味同样是凄苦无比的。金圣叹《评注才子古文》卷十二说:"'摇'字不知是草,不知是风,不知是征辔,却便觉有离愁在内。"讲得入木三分。词的末二句语虽平淡,却颇有情致。王世贞《艺苑卮言》说它是"淡语之有情者",就是因为这两句话把女主人公的绝望心情用平和的景物映衬出来,并与上阕"离愁渐远渐无穷,迢迢不断如春水"二句前后照应,使读者体味到两处相思是何等凄苦。明人李攀龙《草堂诗馀稿》说:"春水写愁,春山骋望,极切极婉。"解说得十分透彻。而最末一句"行人更在春山外"，更把二人的相思之苦、离别之痛推向了极致，难怪清人茅暎《词的》称："结语韵致更远。"

蝶恋花（庭院深深深几许）

庭院深深深几许？杨柳堆烟①，帘幕无重数。玉勒雕鞍游冶处②，楼高不见章台路③。　　雨横风狂三月暮④，门掩黄昏，无计留春住。泪眼问花花不语，乱红飞过秋千去。

【注释】

①杨柳堆烟：谓晨雾如烟，浓浓地堆聚在柳枝之上。　②玉勒雕鞍：指华贵的车马。玉勒，玉饰的马勒。　③章台：汉代长安街道名，故址在今陕西咸阳渭水南岸。《汉书·张敞传》："敞无威仪，时罢朝会，过走马章台街。"颜师古注："在长安中。"后多代指妓女所居之处。此句意谓楼阁虽高，却仍旧见不到丈夫走马章台之处。　④雨横（hèng）：谓雨势来得十分猛烈。横，凶猛。

【评析】

这是一首描写少妇幽怨的断肠词，首句连用三个"深"字，把一个独守空房的女子孤苦落寞之情刻画得入木三分。从这样的描写中读者不难察觉：词中这位女子被禁锢在一个贵族家庭中，一座深宅大院里，在丰足的物质生活外壳包裹之中的，却是一颗寂寞而不自由的心。结合下文，我们更能印证：他的丈夫终日出入于歌楼妓馆，丝毫没有顾及妻子精神上的需求。这种为加深某种情态而采用叠字的修辞手法,深为后人所喜爱,杨慎《词品》说:"句中连三字者,如'夜夜夜深闻子规',又'日日日斜空醉归',又'更更更漏月明中',又'树树树梢啼晓莺',皆用叠字也。"

关于此词,古人早有精到的议论,其中以毛先舒的分析最为精细,今录于此:"永叔词云:'泪眼问花花不语,乱红飞过秋千去。'此可谓层深而浑成。何也?因花而有泪,此一层意也;因泪而问花,此一层意也;花竟不语,此一层意也;不但不语,且又卵落、飞过秋千,此一层意也。人愈伤心,花愈恼人,语愈浅而意愈入,又绝无刻画费力之迹,谓非层深而浑成耶?"(《古今词论》)毛氏把词分成了四层来体会其意境之美妙,是很有道理的,后人亦多同意这样的鉴赏态度。如《宋词鉴赏词典》中,著名词学家夏承焘的分析,就与之大体相同。夏先生说:"含着眼泪问花知不知道人的心情,这是她无可告诉的怨恨,是第一层;花不能语,是说不但人不能了解她,也得不到花的同情,是第二层;'乱红飞',花自己也被风雨摧残了,是第三层;花偏偏又被风吹过秋千去,而秋千却是她和丈夫旧时嬉戏之处,更使她触景伤情,不堪回首,是第四层了。"

也有人认为这是一首政治讽刺词。清人张惠言《词选》说:"庭院深深,闺中既已邃远也。楼高不见,哲王又不悟也。章台游冶,小人之径。雨横风狂,政令暴急也。乱红飞去,斥逐者非一人而已。殆为韩、范作乎?"他的意思是说庆历新政中仁宗被群小蒙蔽不能自悟,将主张改革的韩琦、范仲淹贬出京城,此词应是为韩琦、范仲淹所作。我以为张惠言过于敏感,也过于牵强了。以欧阳修的大君子风范,断不会以这种方式表达自己的政治主张,而欧公写离愁别绪,则可称为圣手。

蝶恋花(谁道闲情抛弃久)

谁道闲情抛弃久?每到春来,惆怅还依旧。日日花前常病酒①,

不辞镜里朱颜瘦。　　河畔青芜堤上柳[2],为问新愁,何事年年有[3]?独立小桥风满袖,平林新月人归后[4]。

【注释】

①病酒:饮酒过多而烂醉后的失常状态。　②青芜:青青的草地。芜,野草丛生的样子。　③何事:唐宋人俗语,相当于今言"何故""为什么"。　④平林:平旷处的树林。新月:阴历初一至初五刚刚生出的弯月。

【评析】

这是一首感慨青春易逝的伤春词。首句点破"闲情"之愁,显然指的是一种莫名其妙的愁闷,不似男女离愁、宦海浮沉之愁那样具体。唯其是"闲"情,所以使人感到百无聊赖;唯其百无聊赖,才更使人摆脱不了它的困扰。天地之间,人为最灵,有情之物,喜怒哀乐总是免不了的,尤其是中国封建时代的士大夫,在情感的变化上更为明显。人们常说:中国古代知识分子是生活在儒、释、道三教合一的矛盾和统一中,事实确实如此。当他们初涉仕途时,总是怀着一腔热血,企图以个人的才干,借重皇权,完成拯苍生、济黎民的宏愿,这正是儒家所提倡的"入世"思想起着主导作用。进而当他们在宦海中浮沉俯仰,经历了太多的磨难后,他们那疲惫的身心,迫切地需要一个清静的港湾,这个由疲惫到渴求清静的过程,就是这首词中所说的"闲愁"过程。佛教主张对当世的苦难视而不见,把光明和希望寄托于来世;道教主张虚无清静,在虚无清静中修炼成仙,得到永恒。然而"来世"和"成仙"仅仅是一种憧憬而已,永远也不可能成为现实,正因为如此,才使得这些苦苦追求清静的文人士子的"闲愁"永生也摆脱不掉。"为问新愁,何事年年有?"纵然是赏花饮酒,也不能阻断这无休无止的闲愁。正因为无法阻断闲愁，就只有任情肆意地赏花饮酒。人生就是这样一个怪圈，即使聪明如欧阳修，也很难跳得出来。

蝶恋花（几日行云何处去）

几日行云何处去①？忘了归来，不道春将暮②。百草千花寒食路③，香车系在谁家树？　　泪眼倚楼频独语，双燕来时，陌上相逢否？撩乱春愁如柳絮④，依依梦里无寻处⑤。

【注释】

①行云：行踪不定的浮云，此处喻外出的心上人。　②不道春将暮：意思是你晓得不晓得春天都快过完了。　③寒食：古节名，在清明前一两天。相传春秋晋文公时，介子推与母亲居于绵山之中。文公命他出山做官，他不肯，文公便烧山逼他出来，而他宁肯被活活烧死也未从命。文公为了纪念这位志士，下令禁止在介子推被烧死那天举火煮食，国人在这一天里只吃冷食，故称"寒食"。　④撩乱：由于外界的干扰而扰乱内心。　⑤依依：思慕怀念的心情。

【评析】

这是一首典型的闺怨词，女主人公是位用情执着的年轻女子，而她丈夫却是个寻花问柳的轻薄之徒。词的前两句用虚实相杂的手法，一语双关，把丈夫行踪飘忽、寻欢作乐的情态与云飞草长、飞速流逝的春光以及女主人公感叹青春易逝、"人无千日好，花无百日红"的无奈心情淋漓尽致地表达出来，展示了作者高超的概括能力。在这个前提下，想到丈夫不知把香车拴在哪家青楼的门前，让读者感觉出她思念丈夫的同时，内心还积压着怨怒之气。尽管如此，她依然抑制不住自己的春心，"泪眼倚楼频独语，双燕来时，陌上相逢否"？把女子一片痴心表现得十分真切。她太孤独了，她对丈夫的思恋无人可诉，只好对着燕子喃喃自语：可爱的小精灵，你们来的时候可曾见到了我那个冤家？最末一句"依依梦里无寻处"，一方面点明直到入夜，这冤家还没回到家中，另一方面又表明女子对他既爱且恨、魂牵梦绕的矛盾心情，这种被压抑、被窒息的感情，恰恰是对那个时代的控诉。不难想象，女主人公是一位贵族家的少妇，她不愁衣食，住着画楼，然而她内心的凄凉和孤独，却是任何物质生活都无法填补的。

玉楼春（别后不知君远近）

别后不知君远近，触目凄凉多少闷。渐行渐远渐无书，水阔鱼沉何处问①？　夜深风竹敲秋韵②，万叶千声皆是恨③。故欹单枕梦中寻④，梦又不成灯又烬⑤。

【注释】

①鱼沉：没有鲤鱼能够传递书信，指音信不通。古乐府《客从远方来》："客从远方来，遗我双鲤鱼。呼儿烹鲤鱼，中有尺素书。"　②秋韵：秋风中的萧瑟之声。此处指秋风吹动竹丛飒飒作响的声音。　③恨：

深深的遗憾。 ④故欹（qī）单枕：所以斜靠在枕头上。欹，斜倚。⑤灯又烬：指灯油已经熬干，灯芯烧成了灰烬。

【评析】

　　这首词的主题与上一首大致相同，也是写闺怨的，只不过上首词让人感到女主人公凄怨中带有对丈夫的恼恨，这首词的女主人公则是更多缠绵、更多柔情的一位少妇。面对离她远行的情郎，她没有埋怨，没有指责，只在心底思念着、期盼着，她渴望得到情郎的书信，知道他现在何处，何时才能重新回到自己的身边。作者以细腻的笔调，把一个多愁善感的女子内心的苦闷表现出来。全词注重气氛的渲染：在直抒"触目凄凉多少闷"的强烈感情之后，便开始用景物来烘托思念之情——夜深了，风起了，竹叶被吹得飒飒作响了。这令人心碎的飒飒竹风，多像心底一阵紧似一阵的凄凉啊。它摩荡着内心，搅动着脏腑，虽然没有实实在在的疼痛，但这种孤寂的折磨，比疼痛更难忍受。因为疼痛折磨的是肉体，而孤寂折磨的是精神和心灵。用秋风竹韵的万叶千声表现女子柔弱凄苦的内心世界，能给读者留下十分深刻的印象。

　　说女主人公对情郎一点埋怨都没有也不完全对，"渐行渐远渐无书，水阔鱼沉何处问"二句，就隐隐表达出对情郎杳无音信的不满：即使再忙，总不至于连写封家书的时间都没有吧？长久地得不到情郎的信息，不但会使女子的思念愈加深重，更会使她产生揪心的疑虑：他该不会把奴家忘了吧？这种把外出男子置于有情无情之间的文字，更多地表达出女子内心多重的纠结，这样一来，女主人公的内心世界就变得更加丰富，更深化了古代思妇无法挣脱的情感藩篱。

浪淘沙（把酒祝东风）

把酒祝东风①，且共从容②。垂杨紫陌洛城东③。总是当时携手处，游遍芳丛。　　聚散苦匆匆，此恨无穷。今年花胜去年红。可惜明年花更好，知与谁同？

【注释】

①把酒：手端酒杯。祝东风：向着东风祈祷。　②从容：流连。此句化用唐代司空图的《酒泉子》："黄昏把酒祝东风，且从容。"　③紫陌：京都及附近的官道。洛城：洛阳城，在今河南省洛阳市。北宋时都城在开封，称东京，洛阳为陪都，称西京。

【评析】

这是一首写朋友聚散的词，抒发了对友情的留恋和对"别时容易见时难"的深深感慨。从用语上讲，全词并没有更多刻意的修饰，显得平淡而自然。其胜人之处表现在作者在不多的词语中，把三个不同的时间概念巧妙地融合为一：去年在这里，曾与友人游遍芳丛，那情景还历历在目；今年在这里，又与友人共同赏花，这场景没有直接描写，而是通过"把酒祝东风"的举动表达自己希望春光不要早早逝去、能让自己与友人多一些赏心乐事的心愿；然而春风是不可能以人的意志而驻留的，因此作者自然又想到了明年：明年在这里，是不是还能与旧友携手同游，就不得而知了。明人沈际飞《草堂诗馀正集》说："末三句虽少含蕴，不失为情语。"他所谓的"少含蕴",恰恰是作者需要撇开含蓄直言胸臆的内心独白,这种直截了当不加修饰的、接近于民间白话的表达方式,更能体现作者情意的真挚和热烈。近人俞陛云《宋词选释》说:"因惜花而怀友,前欢寂寂,后会悠悠,至情语以一气挥写,可谓深情如水,行气如虹矣。"才算真正品评得到位。或许沈际飞把此词"携手"的对象当成了红颜女子,才认为"少含蕴"的。

这首词作于作者担任西京留守推官时,当时西京留守是大名鼎鼎的文坛巨匠钱惟演,他手下集结了一群优秀的青年文人,如尹洙、梅尧臣等。欧阳修与他们情投意合,共同的志趣使他们成为知己,公务之余,他们经常饮酒赋诗,赏花踏月。对于这份真挚的友情,欧阳修当然十分看重,越是看重友情,就越担心友人南北分离,这首词表现的就是这样一种情感。

青玉案(一年春事都来几)

一年春事都来几①?早过了、三之二。绿暗红嫣浑可事②,绿杨庭院,暖风帘幕,有个人憔悴。　　买花载酒长安市③,又争似家山见桃李④?不枉东风吹客泪⑤,相思难表,梦魂无据⑥,惟有归来是。

【注释】

①春事:春天的景致。此处泛指春风春雨春景春色。都来:唐宋时俗语,相当于今言"算来"。　②绿暗红嫣(yān):绿叶繁茂,红花娇艳。嫣,艳丽。浑可事:全都合人心意。　③长安市:汉、唐两代京城长安的

街道。此处借指北宋西京洛阳的街市,此时作者刚中进士不久,在洛阳担任西京留守推官。　④争似:怎如。家山:故乡之山,泛指家乡。　⑤不枉:不必责怪。　⑥无据:没有着落。

【评析】

　　这是一首抒写游子思乡的词,唯一的主人公就是作者自己。古往今来,思乡是游子们永恒的主题。人的一生就是这样奇妙:当他刚刚长大成人时,内心的冲动会使他急不可耐地渴望跳出故乡,去品味"外边"精彩的生活,因为异乡有他施展才干的土壤,异乡是个新奇的、有着连串梦想和无尽诱惑的地方。然而当他客居他乡,尤其是在仕途上遇到挫折时,油然而生的第一个期望,就是**回到生他养他的故乡去**,因为那里有爱,有感情的归宿。**这首词极力渲染都市的繁华**:眼中的绿柳红花,街上的香醪美酒,这一切对于游子来说,纵然是人间天堂,也不如家乡那烂漫的山花更使他魂牵梦绕。故乡就像母亲,它与游子有着割舍不断的情缘,不论你走到天涯海角,这种情缘都时时系在你的心中,让你做出"惟有归来是"的唯一选择。

采桑子（画楼钟动君休唱）

　　画楼钟动君休唱①,往事无踪。聚散匆匆,今日欢娱几客同?去年绿鬓今年白②,不觉衰容。明月清风,把酒何人忆谢公③?

【注释】

　　①画楼钟动:画楼上钟鼓已动。指楼上的宴席上,音乐开始演奏。

②绿鬓：乌黑的鬓发。　③谢公：指南朝谢灵运。李白《梦游天姥吟留别》："我欲因之梦吴越，一夜飞渡镜湖月。湖月照我影，送我至剡溪。谢公宿处今尚在，渌水荡漾清猿啼。脚著谢公屐，身登青云梯。"此处代指作者在洛阳时的友人、河南府通判谢绛。谢绛，字希深，两浙富阳人。历通判常州、国史编修官、通判河南府、开封府判官、知邓州，宝元二年（1039）十一月卒，年四十六岁。

【评析】

　　这是一首怀人之作，作于宝元二年谢绛卒后。欧阳修初仕到洛阳时，结交了不少朋友，这些人大多是钱惟演的低级属僚，唯独谢绛职位较高，是仅次于钱惟演的府通判，客观地说，应该是欧阳修、梅尧臣等人的上级，但因此人一向谦恭下人，故而与一般下僚的关系十分融洽，用现在的话说，就是全然没有官架子。尽管如此，欧阳修等还是对他十分尊重，把他当成长者，同时他也得到过谢绛不少的遮护，所以二人可称为知心朋友。不幸的是，欧阳修与谢绛分别才六七年，就得到了他去世的消息，心中非常悲痛。

　　上阕写与友人在一起饮宴，这本该是件快乐的事，但因谢绛的去世，使得宴席变得异常肃穆，甚至在酒宴开始音乐响起的时候，作者都不让宾客唱歌，表示对故人的思念与哀悼。随后发出人生无常、聚散不定的感慨：离开洛阳才六七年，一同饮宴的宾客，还有几位是那时的旧人呢？下阕回到自己身上，且不说斯人已去，看看自己的鬓发，不也是去年还乌黑发亮，今年就有了白丝吗？今天的容颜，还能与六七年前同日而语吗？最末两句直奔主题：当此明月清风的夜晚，除了旧友之外，不知还有何人在为谢公祭奠哀悼？这样的表述充分表现了作者对友人和友情的无比珍爱。

采桑子（十年一别流光速）

十年一别流光速①，白首相逢。莫话衰翁②，但斗樽前语笑同③。　　劝君满酌君须醉，尽日从容。画鹢牵风④，即去朝天沃舜聪⑤。

【注释】

①流光：飞速流逝的时光。　②莫话衰翁：不要把欧某的衰老当成话题。　③但斗樽前语笑同：只管面对着酒杯欢声笑语。　④画鹢（yì）：船头画有鹢鸟的船。《文选》司马相如《子虚赋》："浮文鹢，扬旌枻。"李善注："鹢，水鸟也，画其象于船首也。"牵风：画船引领着风儿前行。谓船行之快。　⑤即去朝天沃舜聪：意谓在此逍遥之后，便到京城去朝见天子。舜聪，舜的聪明，后以此代指帝王。《尚书·舜典》："月正元日，舜格于文祖。询于四岳，辟四门，明四目，达四聪。"

【评析】

这首词大约作于熙宁五年，作者已经退居颍州。但不清楚他送的朋友究竟是谁。从"即去朝天沃舜聪"句分析，此人当是调官入朝的人，而不是为已经致仕的老友赵概而作。

上阕起首感叹与友人一别十年，才在颍州重新聚首，而此时的欧某，已是个满头白发的老者了。这位友人可能是欧阳修的晚辈，所以作者调侃说："难得一聚，不要总拿老夫的白发说事儿，还是多说些高兴的话题。"

这两句话不但包含了作者深感年已老去的无奈，更多体现的还是与友人相逢的欢乐情绪。下阕自然回到眼前的宴席。作者努力劝说友人一定要尽情欢饮，不醉不休，反正有整整一天的时间，即便醉了，也不会影响到明日乘船出行入京朝觐。

词的基调十分健朗，虽然作者已在暮年，但表现出的精神状态却很乐观，且对友人入朝持赞许态度，处处洋溢着饱满的热情。

采桑子（十年前是樽前客）

十年前是樽前客，月白风清。忧患凋零，老去光阴速可惊。

鬓华虽改心无改，试把金觥①。旧曲重听②，犹似当年醉里声。

【注释】

①金觥（gōng）：金制的酒杯。觥，盛酒器。 ②十年前一同听过的歌曲。此处有旧情重温的寓意。宋之问《别之望后独宿蓝田山庄》："鹈鸪有旧曲，调苦不成歌。自叹兄弟少，常嗟离别多。"

【评析】

这首词写作者遇见故人时怀念十年前的洛阳生活。上阕回忆的是十年前与友人觥筹交错的欢快场景，那时的"月白风清"给作者留下了极其难忘的美好记忆。可惜自那以后便是一桩接一桩的"忧患凋零"，原来的几位故交中有三人相继去世，自己的生活也充满了"凋零"的悲剧。明道二年（1033）三月，夫人胥氏卒。景祐元年（1034），再娶杨大雅之女为妻。谁知次年九月,继室杨氏又遭不幸而亡。不到一年,作者因切责高若讷被贬为夷陵县令。宝元元年(1038),胥氏所生之子也死去了。这一系列的打击,使踏上宦途不久的欧阳修心力交瘁,所以他说自己"忧患凋零"丝毫不为过。在经历了这么多心理创痛之后变得衰老,令他感到非常无力。

下阕以铮铮的词语向友人宣示:虽然鬓发开始发白,但初心是不会改变的,理想和豪情还在心里没有丢失。面对友人,他举起酒杯,重听旧曲,还如当年激昂,还如当年执着。这首词是欧阳修词中写得最慷慨激昂的佳作,有人称之为"开启苏辛"。虽然有些过当,但其悲壮之气溢于言表,倒是事实。

朝中措（送刘仲原甫出守维扬①）

平山阑槛倚晴空②,山色有无中。手种堂前垂柳③,别来几度春风。　　文章太守④,挥毫万字,一饮千钟。行乐直须年少,尊前看取衰翁。

【注释】

①刘仲原甫:刘敞,临江新喻(今属江西)人。庆历进士。历知汝州、判南京御史台。熙宁元年(1068)卒,年五十。《宋史》有传。②平山:平山堂,扬州堂名,在扬州西北五里大明寺侧。庆历八年(1048)欧阳修知扬州时,撤废屋为堂,江南诸山,拱列檐下,因取名为平山堂。③手种堂前垂柳:据宋人张邦基《墨庄漫录》载:"扬州蜀冈

上大明寺平山堂，欧阳文忠手植柳一株，人谓欧公柳。" ④文章太守：以文章著称的太守，指新任扬州知州刘敞。此人是当时名气很大的才子，故作者称之为"文章太守"。

【评析】

　　这首词作于嘉祐元年（1056）。这年闰三月，知制诰刘敞被命知扬州，翰林学士欧阳修为他送行，写下此词。欧阳修于庆历八年（1048）曾任扬州知州，皇祐元年（1049）离任，到此时已经过去了七年之久。

　　虽然离开了扬州，但那段日子给欧阳修留下了极为深刻的印象，所以听说友人刘敞将要到那里去当父母官，立刻触动了他的情思。而最让他挂心萦怀无法忘怀的，莫过于他亲自修建的平山堂。叶梦得《避暑录话》卷上载："欧阳文忠公在扬州作平山堂，壮丽为淮南第一。堂据蜀冈，下临江南数百里，真、润、金陵三州，隐隐若可见。公每暑时，辄凌晨携客往游，遣人走邵伯，取荷花千余朵，以画盆分插百许盆，与客相间。遇酒行，即遣妓取一花传客，以次摘其叶，尽处则饮酒，往往侵夜载月而归。"上阕的回忆写得格外深情，作者想象那座平山堂矗立在蜀冈，四面青山都处在若有若无之中。接下来又想到亲手种下的那株垂柳，已经过去这么多年，不知如今长成什么样子了。这两处旧景的描述，无不显出绵绵的情思。尤其是那句"山色有无中"，当时便引起很多人的赞赏，后人对此同样也是赞不绝口。明人潘游龙《古今诗馀醉》说："只'山色'一句，此堂已足千古。"

　　下阕的情绪变得激昂起来，"文章太守，挥毫万字，一饮千钟"，是以老者的口吻奉劝刘敞：身为文士，到了那里，尽可挥毫万字，一饮千钟。人生苦短，若不及时行乐，到了"衰翁"的年纪，想行乐都没有资本了。对于"行乐直须年少"一句，历来有不同的解释。清人黄蓼园

《蓼园词选》认为:"君子进德修业,欲及时也,无事不须在少年努力者。现身说法,神采奕奕动人。"他把"行乐"理解为进德修业。也有学者认为这是在说刘敞的风流儒雅,正所谓"诗无达诂"。我们能肯定的是,此时刘敞只有四十多岁,而欧阳修则已是六十开外的老人了。他希望后进之士不要像他那样一辈子忙忙碌碌,还是潇洒些好。

长相思(蘋满溪)

蘋满溪,柳绕堤。相送行人溪水西,回时陇月低①。　　烟霏霏②,风凄凄。重倚朱门听马嘶,寒鸥相对飞。

【注释】

①陇月:陇上的月亮。　②烟霏霏:烟霭迷蒙之貌。霏霏,浓密盛多。

【评析】

这是一首送人的小词,写得清雅有致。开篇以"蘋满溪,柳绕堤"交代自然之景,白蘋满溪、柳树绕堤,都是初秋的景致,于是我们晓得了作者送人的时间。送人归来时明月已经升空,虽然不高,也是即将入夜的时候了。下阕又用"烟霏霏,风凄凄"六字写归途的阴冷,实则是在用这种凄冷衬托作者内心的凄清与失落。末二句写回到家中重倚朱门时,听到远处传来阵阵马嘶声。这马嘶声未必是友人坐骑发出的声音,但作者宁可相信那声音就是来自友人的。抬头看时,只见两只鸥鸟正在相对而翔,这种对比的写法反衬出作者的心情更加凄凉：鸥鸟还能相对而翔，而自己和友人却要天各一方，不知何时才能再见。词的语句不多，但感情却浓厚而深沉，读完后会觉得浑身清冷，这种清冷，正是从作者内心弥漫生发出来的。

长相思（花似伊）

花似伊，柳似伊。花柳青春人别离①，低头双泪垂。　　长江东，长江西。两岸鸳鸯两处飞，相逢知几时？

【注释】

①花柳青春人别离：花一样的年华，柳一样的柔弱，如今却要分别。

【评析】

这是一首平易浅近的小词，以男子的口吻写一对青年男女分别时的哀伤。语言虽然明白如话，情却写得十分浓厚。上阕写男子对心爱女子发自内心的赞美，说她面庞像花儿一样美丽，腰身像柳条一样柔细。这种比喻性的赞赏算不上新颖，然而下一句却称得上别出心裁：就在这花样年华、柳般柔弱的少小年纪，却要经历一场长时间的别离。作者巧妙地把"花"和"柳"的比喻悄然移到了"年华"的概念上，完成了相貌与年龄之间的转换。面对心上的情郎，女子黯然神伤，禁不住流下了眼泪。这种惨然离别，能引起读者的共鸣，而且是极具美感的共鸣，令读者为这位娇小的女子深深惋叹。

下阕用"长江东,长江西"来形容男女二人相隔之远。在古代,长江几乎是难以逾越的天堑,一对恋人被分隔在大江南北,给人的感觉如同牛郎和织女,虽然仅隔一条银河,相见却是那么困难。接下来作者又用了最常见的鸳鸯为喻,这种棒打都不分开的鸟儿一旦被分隔到大江南北,它们的内心将是何等痛苦!

　　词的魅力并不在于使用了多么华美的辞藻,有时辞藻太过考究,反而会削弱它的感染力。恰恰是平实简朴的词语,只要把情感烘染得炽烈,就是真正意义上的好词。

长相思(深花枝)

　　深花枝,浅花枝。深浅花枝相并时,花枝难似伊。　　玉如肌①,柳如眉②。爱著鹅黄金缕衣③,啼妆更为谁④?

【注释】

　　①玉如肌:是"肌如玉"的倒装,言肌肤像美玉一般润泽。　②柳如眉:是"眉如柳"的倒装。白居易《长恨歌》:"芙蓉如面柳如眉,对此如何不泪垂。"　③金缕衣:用金丝线织成的衣裳。唐杜秋娘《金缕衣》诗:"劝君莫惜金缕衣,劝君惜取少年时。花开堪折直须折,莫待无花空折枝。"　④啼妆:女子的一种化妆形式。东汉时,妇女以粉薄拭于目下,状如啼痕,故名。《后汉书·五行志》一:"啼妆者,薄拭目下若啼处。"

【评析】

　　这是一首描绘美人的小词,开篇不直入主题,却从花枝写起:不论是深色的花枝还是浅色的花枝,抑或是深浅相并的花枝,都比不得你更加妩媚动人。由花写到人,而这个美人初露娇美,又是个迷离惝恍的形象。下阕开始具体地描绘女子"玉如肌,柳如眉",还爱穿鹅黄色的金缕衣,最后竟绘出了女子的"啼妆",从肌肤、眉眼、衣着和妆容来了个"人盘点"。金圣叹《评注才子古文》卷十二说:"只看前半阕,不用一字,只是一笔写去,却成异样绝调。后半阕偏有许多'玉肌''柳眉''鹅黄''金缕''啼妆'等字,偏觉丑拙不可耐。"又说:"'深花枝,浅花枝。深浅花枝相并时,花枝难似伊',四句十八字一气注下,中间更读不断,真是妙手。看他四句,有四个'花枝'字,两个'深'字,两个'浅'字。'玉如肌,柳如眉。爱著鹅黄金缕衣,啼妆更为谁',后半不称。"很明显,金氏认为上阕的描写才是"绝调",四个"花枝"字,两个"深"字,两个"浅"字,构成了非常协调有致的情状。下阕的具体描写,则入俗颇深,以至把上阕营造的灵气都淡化掉了。持这种看法的还不独金氏一人,清代陈廷焯《词则》也说:"连用四'花枝'、二'深''浅'字,姿态甚足。"如果把上下阕颠倒过来,可能效果会更好。不过他们都没有提到一个细节,那就是女子的"啼妆"问题,似乎啼妆就是女子化妆的样式。如果这么理解就错了,因为从情理上说,女子无论如何都没有理由化个倒霉的"啼妆"。既然不是女子主动化的妆,那该如何解释呢?其实很简单,女子离开了心爱的情哥,终日啼哭不止,不正像是化了"啼妆"吗?这个词之所以用得妙,就在于他把"啼妆"变成了真实版。

望江南（江南蝶）

江南蝶，斜日一双双。身似何郎全傅粉①，心如韩寿爱偷香②。天赋与轻狂。　微雨后，薄翅腻烟光③。才伴游蜂来小院，又随飞絮过东墙。长是为花忙。

【注释】

①何郎全傅粉：三国魏何晏皮肤白皙，脸上像涂了白粉。《世说新语·容止》："何平叔美姿仪，面至白。魏明帝疑其傅粉，正夏月，与热汤饼。既啖，大汗出，以朱衣自拭，色转皎然。"　②韩寿爱偷香：晋权臣贾充之女贾午爱上父亲的门客韩寿，将贾充密藏的奇香偷出赠给了韩寿。后贾充闻韩寿身有异香，知是其女所为，遂将女儿嫁给了韩寿。《晋书·贾充传》："韩寿美姿貌，贾充女见而悦之，潜通音好。时西域贡奇香，一著人，则经月不歇，魏明帝惟赐充，充女密盗以遗寿。"　③薄翅腻烟光：轻薄的翅膀在雨后烟光的照耀下显得非常滑润。

【评析】

这是一首咏蝶的闲适小词，大约作于天圣末或明道初任西京留守推官时。上阕写蝴蝶的形貌与心性，作者巧妙地用了两个常用典故，一是"何郎傅粉"，一是"韩寿偷香"，既诙谐又切当。下阕继续写蝶的"行动规律"：要么是陪伴着蜜蜂来到小院，要么是随着飞絮越过东墙，总之全都是为花而忙。整体看来，用语并不晦涩，即便是用典，也是熟得不能再熟的典故，几乎没人不懂。如此说来，这首词是不是再也无话可说了呢？

有一个问题还得多说几句，那就是作者为什么要把所咏的蝴蝶定义为"江南蝶"？蝴蝶是一种无区域昆虫，东南西北方到处都有，作者偏偏要点明：我说的是江南的蝴蝶，而不是江北的蝴蝶，其中有什么文章呢？对这首词，有学者认为是"句句咏蝶却句句写人"，我认为此说甚有见地。如果真是这样，那可就有意思了。这些"江南蝶"究竟在喻什么人呢？没有人做过考察，我想，不外乎两种可能：一是在讽刺某人或某几个人蜂狂蝶浪的行径，不过他们一定是江南籍，这一条不能变；另一种可能是自嘲之词，因为欧阳修是地地道道的"江南"人，且少年时期的他，也是相当迷恋女色的。如此解释，则下阕起首的"微雨后"也能迎刃而解：那一定是具体记录某日雨后自己"为花忙"行径的写照。

减字木兰花（留春不住）

留春不住，燕老莺慵无觅处①。说似残春，一老应无却少人②。
风和月好，办得黄金须买笑③。爱惜芳时，莫待无花空折枝④。

【注释】

①燕老莺慵：燕子和黄莺都已难以寻觅。表示春天已经所剩无几。②一老应无却少人：一旦老去断不会有返老还童的情况出现。③黄金须买笑：刘禹锡《秦娘歌》："蕲州刺史张公子，白马新到铜驼里。自言买笑掷黄金，月堕云中从此始。"④莫待无花空折枝：唐杜秋娘《金缕衣》诗："劝君莫惜金缕衣，劝君惜取少年时。花开堪折直须折，莫待无

花空折枝。"

【评析】

　　这是一首感叹时光易逝的小词,开篇直言美好的春光是挽留不住的,正如人的青春,同样是转瞬即逝,这规律与"留春不住"道理完全相同,谁见过老人越活越年轻的?这种感慨,反映出作者不想辜负大好年华、希望及时行乐的渴求。下阕一反前文"留春不住"的感叹,转而说如今还在风和月好的季节,于人而言,正当中年尚未衰颓之时,为什么不紧紧抓住有限的时光,用千金去买笑呢?芳华须格外珍惜,错过了大好年华,想去享受人间至乐也做不到了。

　　作者写此词时情绪比较压抑,由此推断,此词或作于遭受小人陷害、被贬到淮南滁州之时。虽未明言,但从整首词的情绪分析,绝非在朝廷期间所作。第一,欧阳修重回朝廷已经不是壮年;第二,那种日理万机的日子,他根本不可能有闲心想这些事。词写得并不含蓄,甚至直接引用唐代杜秋娘的原诗,来表达身处逆境时的无奈与颓唐。

减字木兰花(伤怀离抱)

　　伤怀离抱①,天若有情天亦老②。此意如何?细似轻丝渺似波③。　　扁舟岸侧,枫叶荻花秋索索④。细想前欢,须著人间比梦间。

【注释】

　　①伤怀离抱:离别时感伤的情怀。　②天若有情天亦老:李贺《金铜

仙人辞汉歌》："衰兰送客咸阳道，天若有情天亦老。" ③细似轻丝渺似波：谓离情细腻缠绵，无法割舍。 ④枫叶荻花秋索索：白居易《琵琶行》："浔阳江头夜送客，枫叶荻花秋瑟瑟。"索索，义同"瑟瑟"。

【评析】

这首词可能是作者青年时期的作品，写的是与女子别离的凄切之情。这位女子究竟是什么样的身份，与作者究竟是什么关系，现已很难厘定。

全词缠绵悱恻，婉转细腻且真情灼然，可以想见，作者与她的感情一定非同一般。上阕用了李贺诗的名句，表达出内心无限的深情，又以设问的形式问道：你能知道这番深意是怎样的吗？告诉你，就如同细丝一般扯也扯不断，像水波一样前波刚去后波又来，永远不可能断绝。下阕写到具体的场景，把人送走后，作者还独自站立在岸边，目送着白帆远去后，才发现这里剩下的，只有白居易诗中"枫叶荻花秋瑟瑟"的萧疏。此景最能令人想起"前欢"，那是多么令人魂飞魄散的极致享受，与眼前的孤独索寞形成的对比，就如同冰冷的人间和美梦中的情景一样不可同日而语。这种强烈的对比，更加大了作者心理上的落差，正是这种落差，令人感到了他的情意是何等真挚。下阕以"人间"与"梦间"的对比，与上阕"天若有情天亦老"相呼应。

减字木兰花（楼台向晓）

楼台向晓①，淡月低云天气好。翠幕风微，宛转《梁州》入破时②。　　香生舞袂,楚女腰肢天与细③。汗粉重匀④,酒后轻寒不著人⑤。

【注释】

①向晓:即将拂晓,指宴会已经进行到很晚。　②《梁州》:《凉州曲》,唐代教坊曲名。入破:古代的大曲一般都由散序、中序和破三个部分组成,入破指进入最后"破"的段落。　③楚女腰肢天与细:言女子腰肢纤细。《韩非子·二柄》:"故越王好勇而民多轻死,楚灵王好细腰而国中多饿人。"天与,天生。　④汗粉重匀:把汗水打乱的面庞重新涂匀。　⑤酒后轻寒不著人:谓饮酒之后浑身灼热,轻微的寒意不会让人感到太凉。著,黏着。

【评析】

这首小词大约作于天圣末年作者任西京留守推官时。金圣叹《评注才子古文》卷十二说:"看他前半阕,从楼台、翠幕说到人。后半阕,从衣袂、腰肢、汗粉说到说不得处,有步步生莲之妙。衣袂、腰肢、汗粉还说得,至末句,真不好说得矣。"他所谓的"不好说得",指的是"妖淫"之事,我看金氏大概是把问题想偏了。其实"汗粉重匀,酒后轻寒不著人"两句,仅仅在说女子唱罢重新装扮,少饮了点酒之后更加光艳照人的形貌而已,至于其后还会发生什么事,那是词外的事,并没有在本词中交代。从整体结构看,金氏分析得很在理:上阕先写楼台和翠幕,进而过渡到人,自远及近,有章有法。下阕接续前文,写女子的衣袂、腰肢和演唱结束后的"汗粉",把女子活动的整个过程记录下来,使形象达到完美。

我们很难说此词有什么积极的意义,无非是年轻时即兴之作,充其量带有作者对美的欣赏,所以历来学者都说它还没脱离"艳词"的窠臼,只是还没滑落到"艳俗"的地步罢了。

减字木兰花（画堂雅宴）

画堂雅宴，一抹朱弦初入遍①。慢捻轻笼②，玉指纤纤嫩剥葱③。　　《拨头》憁利④，怨月愁花无限意。红粉轻盈⑤，倚暖香檀曲未成⑥。

【注释】

①一抹朱弦初入遍：谓所弹琵琶刚刚进入到正曲。遍，相当于今天所说的"一段"。抹，琵琶演奏的技法之一。　②慢捻轻笼：都是琵琶弹奏的手法。白居易《琵琶行》："轻拢慢捻抹复挑，初为《霓裳》后《六幺》。"　③玉指纤纤嫩剥葱：纤纤十指像剥去外皮的葱一样又嫩又白。白居易《筝》诗："双眸剪秋水，十指剥春葱。"　④《拨头》：又名《钵头》，古舞蹈名，唐代由西域传入中原。《文献通考·乐考》："《拨头》出西域。胡人为猛兽所噬，其子求兽杀之，为此舞以象也。"憁（còng）利：动作匆匆的样子。　⑤红粉轻盈：指女子身材窈窕轻柔。⑥倚暖香檀曲未成：靠在檀槽良久，也没有把曲子弹奏完。香檀，檀木制成的琵琶架。

【评析】

这首词约作于天圣末年，作者时任西京留守推官，写的是一次宴会上女子演奏琵琶的场景。

上阕点明宴会在宽敞的画阁里进行，其后立刻进入正题，写到了女子弹奏琵琶的技巧。大概作者明知描写琵琶演奏不可能超越白居易的《琵琶行》，所以干脆把《琵琶行》里"轻拢慢捻抹复挑"的成句搬移到词中，反倒显得朴素真切。欣赏琵琶的人，不可能不同时欣赏弹奏者高超的技巧，于是作者的目光自然而然地落在了女子的手上，干脆又把白居易的"十指剥春葱"挪移过来，于是翻新成了另一个完美的琵琶女。这种移花接木的效果，往往比自出机杼更有神趣。

下阕刻意点明女子弹奏的曲子是《拨头》，其中妙处，今天的读者可能无法知晓，因为这支曲子已经失传了。然而作者之所以要明言曲名，一定有他的深意，这种深意在随后的描写中显露无遗，先是出现了"怨月愁花无限意"的幽怨哀愁，而且是面对皎月和鲜花产生的愁怨，表明女子的弹奏一定触动了她内心的隐痛，她是把自己想象成了皎月和鲜花，其晶莹娇美本该得到尊重和清赏，如今却沦落到为人佐酒的下贱地步，其中的"无限意"谁能理解？作者似乎隐隐感到了女子情绪的变化，所以对这位"红粉轻盈"的美女为什么突然停止弹奏产生了极大的疑问，这种疑问他没有道破，留给读者去细细体会，这个出人意料的结局，才是这首词最成功的设计。

减字木兰花（歌檀敛袂）

歌檀敛袂①，缭绕雕梁尘暗起②。柔润清圆，百琲明珠一线穿③。　　樱唇玉齿，天上仙音心下事④。留住行云⑤，满坐迷魂酒半醺⑥。

【注释】

①歌檀：拍击檀板准备歌唱。敛袂（mèi）：整饬衣袖。这里指歌唱前的准备动作。　②缭绕雕梁：形容女子的歌声婉转悠扬。《列子·汤问》："秦青顾谓其友曰：'昔韩娥东之齐，匮粮，过雍门，鬻歌假食。既去，而余音绕梁欐。'"　③百琲（bèi）明珠：王嘉《拾遗记》卷九："（石崇）屑沉水之香，如尘末，布象床上，使所爱者践之，无迹者赐以真珠百琲，有迹者节其饮食，令身轻弱。故闺中相戏曰：'尔非细骨轻躯，哪得百琲真珠？'"琲，珠串。此处言女子的歌声清越，像穿成串的珍珠相碰，泠然作响。　④天上仙音心下事：谓女子歌声如天上仙子之音，演唱的都是心里的幽怨。　⑤行云：谓歌声响亮，回荡空中。《列子·汤问》："薛谭学讴于秦青，未穷青之技，自谓尽之，遂辞归。秦青弗止。饯于郊衢，抚节悲歌，声振林木，响遏行云。"　⑥迷魂：为女子的歌声感到情迷。醺（xūn）：醉酒。

【评析】

这首词作于天圣末或明道初，作者在西京任留守推官之时，写的是歌伎演唱时的情貌。从女子即将演唱时握紧檀板敛袂行礼写起，紧接着是绕梁之声响起，再细欣赏，那歌声如玉之润，如珠之圆，清丽婉转，妙不可言。下阕从歌声转移到形貌，写女子樱桃般的艳口，美玉般的牙齿，伴随着袅袅仙音的流淌，却能感到她内心藏着无限的幽怨，都从那一颦一笑之间流露出来。眼看着楚楚可怜的妙龄少女，耳听着如泣如诉的天籁之音，加上酒力，使在座的人都已如醉如痴。

从情境渲染方面看，"缭绕雕梁尘暗起""百琲明珠一线穿"还达不到令人拍案叫绝的地步，尽管作者极力想把女子的歌声写得难有其伦，但用语太露,过于直白,缺乏含蓄,所以无法引起读者的惊叹。倒是下阕的几句话,安排得十分巧妙,"天上仙音心下事"七个字,把女子内心的幽怨与外在的歌声串联在一起,使读者对这位看似光鲜却有着难言之痛的少女顿生无限的同情和怜爱。金圣叹《评注才子古文》卷十二说:"'天上仙音心下事','天上''心下',斗成七字,不知是千锤百琢语,不知是天成语。"末句"满坐迷魂酒半醺"同样使用了把两种情状串联起来的手法,给人以惝恍迷离的奇妙感觉:是酒醉了人呢,还是歌声令人痴迷呢?谁也说不清楚。正是这种"说不清道不明"的感觉,才使全词具有了艺术的魅力。

生查子（元夕①）

去年元夜时,花市灯如昼。月到柳梢头,人约黄昏后。　　今年元夜时,月与灯依旧。不见去年人,泪满春衫袖。

【注释】

①元夕:正月十五元宵节的夜晚。按,此词《词品》卷二以为是朱淑真词,《续选草堂诗馀》卷上以为是秦观词。清王士禛《池北偶谈》卷十四说:"今世所传女郎朱淑真'去年元夜时,花市灯如昼',见《欧阳文忠公集》一百三十一卷,不知何以讹为朱氏之作。世遂以此词疑淑真失妇德,记载不可不慎也。"清陆以湉《冷庐杂识》卷四也说:"'去年元夜'一词,本欧阳公作,后人误编入《断肠集》,遂疑朱淑真为泆女,皆不可不辨。"故此词当为欧阳修所作无疑。

【评析】

　　这首词写的是两年元宵时一对男女相约的不同情景,语句虽简,情态却真。今天的年轻人似乎很难理解词中男女遇到的"难处"了,因为现在没有人可以随便阻止男女的相爱,可在一千年前的宋朝,父母之命媒妁之言才是决定男女爱情可否的主宰。看上阕,一对相爱至深的男女在元夜相约,那种甜蜜,那种心跳,太令他们神往和陶醉。然而到了下阕,已是一年过去,主角之一再次来到去年相约的地方,夜还是那个夜,月还是那轮月,花市还是那番花市,花灯还是那些花灯,唯一不同的是,心上那个人却再也没有出现。去年的收获是幸福,今年却只剩下满袖的泪水。是谁截断了他们的相爱?不用说,肯定是某一方受到了家庭的阻力,无法再继续那段刻骨铭心的爱。

　　金圣叹《评注才子古文》卷十二说此词:"看他又说去年,又说今年,又追述旧欢,又告诉新怨,中间凡叙两番元夜、两番灯、两番月,又衬许多'花市'字、'如昼'字、'柳梢'字、'黄昏'字、'泪'字、'衫袖'字,而读之者只谓其清空一气如话,盖其笔法高妙,非人之所及也。"说的是此词在写作方法上极其考究,却又用语平白,毫无雕琢而深情自现,堪称情词中最能动人心者。

生查子(含羞整翠鬟)

　　含羞整翠鬟①,得意频相顾。雁柱十三弦②,一一春莺语③。娇云容易飞,梦断知何处④?深院锁黄昏,阵阵芭蕉雨。

【注释】

①翠鬟：梳成环形的发髻。这是古代少女常梳的发式，所谓"丫鬟"，即从这种发髻而得名。　②雁柱十三弦：古筝共有十三根弦。唐李远《赠筝伎伍卿》诗："座客满筵都不语，一行哀雁十三声。"雁柱，筝上整齐排列用以固定筝弦的小柱。　③一一春莺语：每根弦上发出的声音都如同声声莺鸣。　④娇云容易飞，梦断知何处：暗用宋玉《高唐赋》典故："昔者先王尝游高唐。怠而昼寝，梦见一妇人，曰：'妾巫山之女也，为高唐之客。闻君游高唐，原荐枕席。'王因幸之。去而辞曰：'妾在巫山之阳，高丘之阻。旦为朝云，暮为行雨。朝朝暮暮，阳台之下。'"

【评析】

这首词一说为张先词，副题为"咏筝"。唐圭璋《全宋词》收于欧阳修名下，今从之。尽管副题为"咏筝"，实则所咏依旧是弹筝的女子，特别是这位女子还让作者有了"娇云容易飞，梦断知何处"的非分之想，就更不能称为咏物词了。

上阕开篇先写的是弹筝女子，她一脸的娇羞，说明还是个新入欢场的青春少女；随后说她"得意频相顾"，又在表明此女情窦已开，能够理解男子对她顾盼生情的奥妙了。这位可爱的女子的形象借助于男子的"得意"确立之后，作者才开始写她技巧的高超，只见她玉指轻弹，指尖下流淌出的，无不是黄莺般清脆的鸣叫，令人十分陶醉。到此为止，女子的娇容和技艺的精湛都用极其精练的词语交代清楚了。下阕不再继续描绘女子和她的乐曲，笔锋转到了欣赏她筝声的男子身上：男子恍惚间想到此时就如当年楚襄王梦游巫山，与仙女成其欢爱。而今眼前这位女子，哪一点比不上"旦为朝云，暮为行雨"的仙子呢？遗憾的是，上阕那位令人神魂颠倒的妙人，此时已经不在眼前，所有的一切，都只是曾经的一段经历，所以男子发出"娇云容易飞，梦断知何处"的喟叹：当初的欣赏和欢爱，今天只能在梦里重现。此时女子是什么处境呢？男子并不知道，但他想象着如此黄昏之时，女子肯定深居于庭院之中，听着窗外阵阵雨打芭蕉的凄苦之声。

这首词在写作上颇为考究，故亦深得人们的喜爱。金圣叹《评注才子古文》卷十二对此词十分赞赏，今录于兹："'雁柱十三弦，一一春莺语'，此二句之妙，人未必知，予不得不说。盖从'十三'字生出'一一'字，从'雁柱'字生出'莺语'字也。'娇云容易飞，梦断知何处'，如此用梦云事，便如曾未经用。'深院锁黄昏'，黄昏如何锁得？且'锁黄昏'与人何与？只说'锁黄昏'，更不说怨，而怨无穷矣。"指的是词的起结铺设巧妙而有章法，且婉约柔丽，前后贯通。《蓼园词选》的评价更高，说道："'一一'字从'频'字生来；'春莺语'从'得意'字生来。前一阕写得意时情怀，无限旖旎；次一阕写别后情怀，无限凄苦，胥于筝寓之。凡遇合无常，思妇中年，英雄末路，读之皆堪下泪。"

清商怨（关河愁思望处满）

关河愁思望处满①，渐素秋向晚②。雁过南云③，行人回泪眼。双鸳衾裯悔展④，夜又永⑤，枕孤人远。梦未成归，《梅花》闻塞管⑥。

【注释】

①关河：山关河流。指行人跋涉的路途。　②素秋：秋天。古代五行

之说，秋属金，其色白，故称"素秋"。　③南云：南方之云。雁过南云，指北雁南飞。　④双鸳衾裯（chóu）：刺绣着双凤的锦被。裯，单被。悔展：后悔铺开。　⑤夜又永：长夜漫漫。永，长。　⑥《梅花》：古笛曲《梅花落》。《乐府诗集》卷二四："《梅花落》，本笛中曲也。"塞管：边塞地区常用的管乐器，即笛。

【评析】

　　这是一首描写男女离愁的小词。有学者称欧阳修于仁宗至和二年（1055）时曾出使契丹，此词可能是那时所作，但没有确凿的依据。在这首词里，被强行拆开的男女主角形象与感情都十分真切，读之令人鼻酸。上阕开篇直言男子身处"关河"遥远之处，那种离开家的惶惑和愁思跃然纸上，接着又点明时间是在越来越深的秋季，满眼所见都是肃杀之象，更增添了羁旅之人深深的哀怨。当男子看到北雁南飞时，对家乡、对亲人的思念达到了高潮，再也忍不住情感的奔涌，流下了心酸的眼泪。

　　下阕将笔墨用在了女子身上。她爱着的人已离她而去，却仍习惯性地展开了两人合盖的锦被，然而当她明白，即使展开锦被也不可能有情郎在身边时，难免生出几丝懊悔，因为这样做的结果，只能使她更加寂寞，更加伤感，更加无法成眠。鸳枕依然，情郎却远在天边，即便是昏昏睡去，梦里也没能见到情郎回归的身影，却听见了远方朔漠传来的凄咽笛声。

　　全篇用的都是实景，却又都可能是出于主人公的想象，构成了一幅既真实又虚幻的凄凉美景：上阕是真实的描述呢，还是出于女子的想象？下阕是真实的描述呢，还是出于男子的想象？这些都说不清，或者说作者根本没想说得太清的场景，只要能营造两地相思辗转难眠、行人垂泪女子凄哀的气氛，就足够了。

阮郎归（刘郎何日是来时）

刘郎何日是来时①？无心云胜伊②。行云犹解傍山飞，郎行去不归。　强匀画③，又芳菲，春深轻薄衣。桃花无语伴相思，阴阴月上时④。

【注释】

①刘郎：古代情郎的统称。李商隐《无题》："蜡照半笼金翡翠，麝熏微度绣芙蓉。刘郎已恨蓬山远，更隔蓬山一万重。"　②无心云胜伊：无心的云都比你懂得感情。　③强匀画：勉强梳洗打扮。　④阴阴：清冷朦胧的样子。

【评析】

这是一首闺怨词，文字虽然不多，却写得哀婉动人。上阕直言情郎久盼不得归，"无心云胜伊"——连白云都懂得傍着山间飞，而他却一去不再归！明人沈际飞《草堂诗馀续集》说："云无定踪，犹胜伊人，不得比之陌上尘矣。"语句用得平淡无奇，其中的蕴意却让人感到余味无穷。下阕写女子为情所困的情状。她勉强地梳洗一番，然而没有"悦己者"在身边，这样的"匀画"又有多大意义呢？接下来用"春深轻薄衣"将女子的凄惶表现得十分真切：草草梳洗后，连再加件衣裳的心绪都没有，久久伫立在花前，才觉出丝丝的凉意不断袭来。桃花像是理解她的孤独，默默无言地陪伴着她，一直陪伴到月色朦胧。写到这里戛然而止，后面的情景,留给读者去猜想、去体味,大有"不绝如缕"的意蕴。

阮郎归（落花浮水树临池）

落花浮水树临池,年前心眼期①。见来无事去还思②,而今花又飞。　浅螺黛③,淡燕脂④。闲妆取次宜⑤。隔帘风雨闭门时,此情风月知。

【注释】

①心眼期：心里和眼里都在期盼。　②见来无事去还思：见到时并没有太多的感慨,离去后又时时思念。　③螺黛：古代女子化妆用的黛粉。颜师古《隋遗录》："宫吏日给螺子黛五斛,号为蛾绿。螺子黛出波斯国。"　④燕脂：即胭脂。　⑤闲妆：非正式场合化的淡妆。取次宜：一样一样都很合时宜。

【评析】

这是一首典型的婉约词,明沈际飞《草堂诗馀续集》说它"波折婉约",其波折之处表现在哪里呢?上阕开篇点明所写的景致并不是百花绚丽的阳春,而是大多数花儿已经开败,缤纷的落英浮在清池水面,柳树的枝条也长得很繁茂,垂在池旁的暮春之景。自从年前就期盼着春的到来,当春天到来百花盛开时,又觉得本该如此。转眼间花开花落,却又十分怀念它们的芳姿。如今又到了百花凋谢的时候了。这种起起伏伏的情绪,也够波折了吧?下阕用"浅螺黛""淡燕脂"把已经变得淡雅了的春景拟人化地表现出来,在作者眼里,这些由落花、垂柳等组成的特殊景致,就如同淡妆素裹的美女,同样令人赏心悦目。待到垂下绣帘关上房门时,所有这一切,就都交给风月去品鉴了。

这首词不但婉约,而且颇显隐晦。作者究竟要写什么,很难得其要领。细细品味,作者所要表现的是对自然轮回的感受,其中既有惜春的情结,又有对春天终归要逝去的淡定。作者认为,花开正盛的时节固然值得珍爱,落英缤纷同样有着迷人的魅力,大可不必为此而怨天尤人。

蝶恋花(帘幕东风寒料峭)

帘幕东风寒料峭①。雪里香梅,先报春来早。红蜡枝头双燕小②,金刀剪彩呈纤巧③。　　旋暖金炉薰蕙藻④。酒入横波⑤,困不禁烦恼⑥。绣被五更春睡好,罗帏不觉纱窗晓。

【注释】

①料峭:形容风力寒冷尖利。　②红蜡枝头双燕小:指红蜡般的梅枝顶端落着两只别致小巧的燕子。　③金刀剪彩呈纤巧:指人们用剪刀裁剪成的花朵十分精美。　④旋暖金炉:刚刚烧暖的香炉。蕙藻:即蕙草,一种香草。　⑤横波:眼波。李白《长相思》之二:"昔日横波目,今成流泪泉。"　⑥困不禁烦恼:意谓烦恼的情绪都被酒力所代替。"不禁",即"禁",压制。

【评析】

这首词写饮酒前后的不同感受,上阕是饮酒前的所见,下阕是饮酒后的懒散。

开篇把时间定格在春寒料峭的初春,虽然东风已经频吹,寒意却仍旧很浓,地上还留着冬天里大片的积雪。就在这一片白茫茫中,梅花开得正盛,为人们报上早春的消息。令人颇感惊喜的是,梅树枝头已经站立着两只小燕子,也在为即将到来的春暖花开传递着可靠的信息——梅花的开放、燕子的光临,都是寒冷的冬季里不可能出现的,人们在天寒地冻中期盼了很久,总算见到了充满生机的景物,那份欣喜再也压抑不住,不少人拿起剪刀,剪出别样的花朵,庆贺新春的到来。这几句是作者亲眼所见,他的心情也和别人一样充满欣喜。

下阕完全进入到个人世界,只见他点燃香炉,熏上蕙香,自斟自饮起来。酒乃忘忧之物,不管心里积存着多少委屈和烦恼,都能借助酒力把它稀释掉。看来作者心里还是有不少烦恼的,不过此时已经减轻了许多,什么都想开了。趁着酒劲掀开锦被蒙头大睡,直睡到窗外红日高悬才醒转过来,那份酣畅,那份宁静,那份自得,固然有酒力的作用,但不可忽视的是,又一个新春即将到来,万物复苏,生机勃勃,在这样的大好时光里,还有什么烦恼不能抛在脑后?

蝶恋花(南雁依稀回侧阵)

南雁依稀回侧阵①。雪霁墙阴,遍觉兰芽嫩。中夜梦余消酒困,炉香卷穗灯生晕②。　急景流年都一瞬③。往事前欢,未免萦方寸④。腊后花期知渐近,东风已作寒梅信⑤。

【注释】

　　①南雁：南方往北飞的大雁。侧阵：大雁飞行中排成的斜行。　②炉香卷穗：炉中的香燃烧后，顶部蜷曲如同下垂的麦穗。灯生晕：谓灯光如同月亮一样团绕着光晕。韩愈《宿龙宫滩》："梦觉灯生晕，宵残雨送凉。"　③急景：迅速过去的光景。都一瞬：全都在转瞬之间。　④方寸：心。沈约《齐太尉王俭碑铭》："顷方寸以奉国，忘七尺以事君。"　⑤东风已作寒梅信：东风已将梅花催开嫩蕊，为即将到来的春天报个信。

【评析】

　　这是一首感慨时光飞逝的小词，其中影影绰绰又有作者的影子，期盼与女子的"往事前欢"能在新的一年里重续前缘。为什么说是"影影绰绰"呢？因为仅从字面上看，"往事前欢，未免萦方寸"的对象究竟是什么人？他曾有过什么样的往事？为什么如今独自索居？"腊后花期知渐近，东风已作寒梅信"，他盼望的又是什么人？这些问题都无从弄清，甚至到底是男子在盼女子归来，还是女子在盼男子归来，都很难做出定论，所以明沈际飞《草堂诗馀续集》说此词"境、趣、情皆在内，而皆指不出，妙"。连沈际飞都感到迷离惝恍不知所云，我们就更难具体解说了。不过静下心来多读几遍，还是能找出些蛛丝马迹，并能感受到作者写此词时的心绪。

　　上阕用南方的大雁开始北归开篇，明确了初春的时间节点，随后用墙根积雪渐渐融化、新生的兰芽冒出土层，表示大地已经萌动，新生命也开始表现自身的顽强。在这样的季节里，作者的状态似乎并没有那么激昂，傍晚时饮了不少的酒，睡到半夜被梦搅醒，觉得酒力渐消睁开眼看时，但见炉香的顶端蜷曲着燃尽的灰，宛如下垂的麦穗，灯光昏昏，如同月亮生晕。

  这一醒再也睡不着了，于是下阕开始浮想联翩起来。他首先感慨的是人生苦短，不知不觉间年纪老大。接着又回想起与女子纵情欢爱的日子，虽然过去了很久，所有的情景仍然历历在目，仿佛就在昨天。那种彻心彻骨的爱，直到如今依然萦绕在心田。如今腊月已过，百花盛开的春天就在眼前，东风频吹，梅花绽放，不知心中那朵美人花是否也能随着花信翩然而至？正如沈际飞所言，这首词写得缥缥缈缈，如在幻梦，又如在清净无尘的仙境，传达出的情感也十分细腻委婉，可惜的是我们没办法找到打开作者心门的那把钥匙。

蝶恋花（腊雪初销梅蕊绽）

  腊雪初销梅蕊绽。梅雪相和，喜鹊穿花转。睡起夕阳迷醉眼，新愁长向东风乱。　　瘦觉玉肌罗带缓①。红杏梢头，二月春犹浅。望极不来芳信断②，音书纵有争如见③。

【注释】

  ①罗带缓：谓人因消瘦，衣带都显得宽大了。《古诗十九首》之一："相去日已远，衣带日已缓。浮云蔽白日，游子不顾返。"　②望极不来：望眼欲穿却没能盼他归来。芳信：好消息。　③音书纵有争如见：就算是有书信写来，怎如亲眼见到。

【评析】

  这是一首思妇词，女子的情感描写得细腻而真挚，时间在早春二月。

开篇先写外景，腊月里下的雪都已消融，梅花已经绽放，几只喜鹊在梅花中间来回穿飞，令人感到春回地暖的气息越来越浓了。女子懒洋洋地睡醒起来，已是夕阳斜照的时辰，尚带酒意的她睁开眼睛，感到夕阳的余晖还很刺眼。入春以来的愁闷越来越重，她却只能面对东风而惆怅万端。

下阕具体写到女子自身，她明白这几个月消瘦了很多，因为系在腰间的罗带感觉宽松了很多。她下意识地朝外望望，红杏刚刚长出花蕾，二月仲春，还远没到百花盛开的阳春三月。女子真的在期盼万紫千红百花齐放吗？不，她真正期盼的是那个在远方游走了数月的情郎，这冤家总该在花期归来了吧？每每站在楼头望穿双眼，却从来没见到他的踪影。即使常有书信寄来，也解不开那渴望重相聚首的心结。这种感受，或许我们也都曾有过，两地相思的恋人，每当得到寄来的书信便欣喜若狂，恨不得读上一千遍一万遍。然而书信只能传达信息，那种希望相拥相抱的冲动，才是最美好的感受，而那种感受，是书信根本无法替代的。

读完此词，我们还是为这位女子感到庆幸，毕竟她思念的情郎心里惦记着她，时常捎信回来，不至于令她过度焦躁和绝望，比起那些一去不返、音信全无的薄情郎来说，女子算是有福了。祝愿她再耐心地等上几天，因为既然情郎肯写信给她，就不会在外头耽搁得太久。

蝶恋花（海燕双来归画栋）

海燕双来归画栋。帘影无风，花影频移动。半醉腾腾春睡重[①]，绿鬟堆枕香云拥[②]。　　翠被双盘金缕凤[③]。忆得前春，有个人人共[④]。花里黄莺时一弄[⑤]，日斜惊起相思梦。

【注释】

①腾腾：迷糊懵懂之貌。　②绿鬟：女子的翠鬟。香云拥：谓满头的乌发都堆拥在枕头上。　③翠被：翠绿色的锦被。双盘金缕凤：以金线刺绣着双凤的图案。　④有个人人共：有心爱的男子与我同床共枕。　⑤一弄：一曲。《草堂诗馀》卷二次句下注云："晋王徽之闻桓伊善笛，使人谓曰：'试为我一弄。'"

【评析】

　　这也是一首思妇词。起首一句用海燕归来提起，先动而后静，又显然是女主人公亲眼所见。有了这一提起，接下来的"帘影无风，花影频移动"就有了依托。不过这两句来得有些蹊跷，既然帘影纹丝不动就说明此时无风，花影又为什么不停地摆动呢？按照金圣叹的说法，这其中灌注了女主人公的主观意念。他在《评注才子古文》卷十二中分析说："余尝言写景是填词家一半本事，然却必须写得又清真又灵幻，乃妙。只如六一词'帘影无风，花影频移动'九个字，看他何等清真，却何等灵幻？盖人徒知'帘影无风'是静，'花影频移'是动，而殊不知花影移动只是无情，正为极静；而'帘影无风'四字，却从女儿芳心中仔细看出，乃是极动也。呜呼！善填词者，必皆深于佛事者也。只一帘影、花影，皆细细分别不差，谁言慧业文人不生天上哉？'帘影无风，花影频移动'，轻轻斗出帘影、花影，妙妙！说'无风'，又说'移动'；说'移动'，又偏说'无风'。深闺独坐，活画出来。"的确，帘子是僵死之物，所以不动；花朵乃灵性之物，代表的是女子一颗芳心，所以在女子眼中它不停地摇动，其实是女子的心在摇动。为何而动呢？当然是为心中那个曾经与她同眠共枕的"人人"。此时女子处在什么状态下呢？你看她酒劲儿还没消，睡眼半

欧阳修词选 | 55

睁半闭，满头的乌发堆积在枕上。这种"云鬓半偏"的惺忪之态，正说明女子的心还在半醉的状态，她怕彻底醒来，那就要真真切切地面对和承受孤独的滋味了。

下阕着意描画女子的锦被，上面绣着"双盘"的金凤。为什么要强调"双"呢？因为春来之前那段日子里，就是在这条锦被下，情郎曾与她相拥而眠，那才符合"双盘金凤"呢。如今形单影只地缩在被底，怎不令她深感凄惶？金圣叹又说："'翠被双盘金缕凤。忆得前春，有个人人共'，前春人共，何日忘之？却偏说被盘双凤，因而忆得。蕴藉之极，又映衬之极。'花里黄莺时一弄，日斜惊起相思梦'，通篇说睡，结只轻轻一掉转。"明潘游龙《古今诗馀醉》说："前以惊梦起，以伤春转；后以伤春起，惊梦转，大概一机局，而笔性远过之。"意思是说此词在遣词用语上十分考究，起承转合设计得自然而熨帖，把女子内心的凄苦表现得真切而婉曲。

蝶恋花（面旋落花风荡漾）

面旋落花风荡漾①。柳重烟深，雪絮飞来往②。雨后轻寒犹未放③，春愁酒病成惆怅。　　枕畔屏山围碧浪④。翠被华灯，夜夜空相向⑤。寂寞起来褰绣幌⑥，月明正在梨花上。

【注释】

①面旋落花风荡漾：面对被风吹得飘飞旋转的落花。　②雪絮：白如飞雪的柳絮。飞来往：来来回回地飘动。　③未放：没有施展开来。

④屏山：即屏风。温庭筠《南歌子》："呵花满翠钿，鸳枕映屏山。"围碧浪：指屏风上画的都是碧浪。　⑤空相向：空相对。　⑥褰绣幌（huǎng）：拉开刺绣的窗帘。幌，帘幔。冯延巳《更漏子》："红蜡烛，半棋局，床上画屏山绿。褰绣幌，倚瑶琴，前欢泪满襟。"

【评析】

　　这首词写思妇，用语颇具典雅之气。上阕开篇写女子在户外，面对着片片落花，有的花片甚至擦着她的脸滑落到地上，显然已是暮春时节。再看曾经金黄的柳条，如今也已长满绿叶，显得有些沉重地下垂着，团团柳絮在空中慢慢飘飞，似乎不甘心像花瓣一样落在地上。一场春雨之后，轻寒还没有到来，女子却因饮酒太多而倍感惆怅了。

　　下阕写女子回到房中，懒懒散散地撩开锦被，直愣愣地看着那张再熟悉不过的枕边小屏风，上面画的层层碧浪，仿佛有意把自己与情郎远远地隔开，令她心生寒意。这床曾经与情郎同眠共拥的锦被，这盏曾经见证二人欢爱无限的华灯，如今都显得孤孤零零，只剩女主人与它们默默相对了。寂寞难耐的女子无法成眠，只好再次起身，掀起绣帘，恰见一轮明月把辉光照射在窗前的梨花树上。

　　这是一首很典型的婉约词，大约作于欧阳修年轻时。那时的作者不但沉醉于男女之情，而且喜欢在填词中表现自己细腻而柔美的情感，用语也颇为典雅柔丽。拿这首词来说，写女子思念情郎的心态，真可谓一唱三叹，余音袅袅。如此多情而柔丽的女性，也正是作者心目中最完美的形象。

蝶恋花（帘幕风轻双语燕）

　　帘幕风轻双语燕①。午后醒来，柳絮飞撩乱。心事一春犹未见，红英落尽青苔院②。　　百尺朱楼闲倚遍。薄雨浓云,抵死遮人面③。羌管不须吹别怨④,无肠更为新声断⑤。

【注释】

①双语燕:帘幕之下相对呢喃的燕子。　②红英:红色的落花。③抵死:总是。　④羌管:羌笛。范仲淹《渔家傲》:"羌管悠悠霜满地,人不寐,将军白发征夫泪。"　⑤无肠更为新声断:意谓早已肠断殆尽,哪里还有继续为新声肠断的资本。指心已麻木。新声,新曲。

【评析】

这首词写愁情,起首时略显颓唐,越到后来情绪越激越,可能是作者遭贬夷陵时所作。

开篇先引出呢喃燕语,这两只燕子说得太亲热了,以至把午睡的人都吵醒了。作者懒散地起了床来到庭院里,但见柳絮飘飞,一片撩乱——柳絮的撩乱,恰恰反映出作者内心的烦乱,所以这番景象在作者眼里并没有什么美感,有的只是徒增烦恼罢了。"心事一春犹未见",是本词的"眼"——正因为所思所想所期盼的结果整个春天都没有出现,所以更加烦恼。作者的心事究竟是什么呢?他没有明说,我们也无从猜想,或许是仕途上的希求,或许是情感上的希求,或许都不是,但却是作者日日渴望得到的某种东西。

下阕写他走出屋门来到楼前,将栏杆拍遍,"无人会登临意"还不说,更恼人的是淅淅沥沥的小雨一直扑打着他的脸,更令他心烦意乱。随后听到远处传来悠悠羌管,吹得哀哀怨怨。此时的作者并没有随着它的声音陷入深深的忧伤,而是大声疾呼:是谁在此时吹响羌管?你难道不知我早已痛断肝肠,哪里还有余情为你的新声再度垂泪?这近乎暴怒的词语,表现出作者此时的心境差到了极点,这种情绪出现在欧词里,的确很少见到。

蝶恋花（永日环堤乘彩舫）

永日环堤乘彩舫①。烟草萧疏,恰似晴江上。水浸碧天风皱浪,菱花荇蔓随双桨②。　　红粉佳人翻丽唱③。惊起鸳鸯,两两飞相向。且把金尊倾美酿,休思往事成惆怅。

【注释】

①永日:终日。环堤乘彩舫:乘着彩船环绕湖堤而行。　②荇(xìng)蔓:荇菜的枝蔓。荇,一种可食用的野菜。《诗经·周南·关雎》:"参差荇菜,左右流之。"　③翻:演唱,演奏。丽唱:美妙的歌曲。

【评析】

这首词作于熙宁五年(1072)作者退居颍州之时。上阕全部文字都在描写西湖美景,且节奏舒缓,表现出作者闲散无羁的情怀。"永日环堤乘彩舫",如若不是作者这样的闲人,哪有这么多时间泡在西湖上?唯其如此,才更显出他对卸去政务尽享自然的生活深感惬意。这种基调一旦确定,接下来所有的文字就都围绕着闲游西湖而展开了。望着那萧疏有致的轻烟碧草,仿佛行进在晴江之上。再看眼前的湖水,与天相接,一片澄澈,即便在船儿经过之处,也仅仅荡起细细的微波。

下阕将笔墨集中在船上,美人亮起歌喉,唱着动听的歌曲,尽管歌声悠扬婉转,还是把湖里的鸳鸯惊飞起来,欣赏着这些小精灵受到惊吓却依旧雌雄相向,令人感到了别样的安详和满足。在这湖光山色中,在美人的清歌中,作者还是生出了些许的惆怅,于是端起酒杯,希望美酒能令他把前半生的是是非非功功过过都浇散,进入到只有自然没有人事的静谧中去。金圣叹《评注才子古文》卷十二评此词说:"从来词家,多以前半不堪,生出后半不堪之情。此独前半写得萧然天放,后半陡然因'丽唱',因'鸳鸯'转出'往事',又是一样身分也。"意思是说上阕写得十分清淡,直到下阕的后半部分,才偶然生出"往事",已经无足重轻,不再影响整首词的情绪了。

蝶恋花(越女采莲秋水畔)

越女采莲秋水畔①。窄袖轻罗②,暗露双金钏③。照影摘花花似面,芳心只共丝争乱④。 鸂鶒滩头风浪晚⑤。雾重烟轻,不见来时伴。隐隐歌声归棹远,离愁引著江南岸。

【注释】

①越女:越地的美女。亦泛指美女。 ②轻罗:质地柔软的轻纱。 ③金钏(chuàn):金制的手镯。 ④丝:荷塘里纵横密布的乱丝。 ⑤鸂鶒(xī chì):一种水鸟。文震亨《长物志》卷四:"鸂鶒能敕水,故水族不能害,畜之者宜于广池巨浸,十百为群,翠毛朱喙,粲然水中。"罗隐《江南行》:"鸳鸯鸂鶒唤不起,平铺绿水眠东风。"

【评析】

　　这首词写采莲女子。上阕直写这位女子在秋水中采莲，她穿着窄袖的上衣和轻柔的罗裙。这本已是个十分美丽的形象，作者又加上一句"暗露双金钏"，不但符合采莲女子当时的状态，更增加了她的修饰美。其后再用"照影摘花花似面"七个字继续描绘女子的艳丽，说她堪与水中的莲花相比。以下"芳心只共丝争乱"一句，有学者认为这里的"丝"与"思"音相谐，故当指女子思念情郎而撩乱的内心。这种说法不无道理，因为下阕那句"离愁引著江南岸"，也像是在为女子的"思"作着注脚。

　　下阕写自然之景，作者看到的是已经归休的水鸟和渐渐高起的风浪。雾气很重，云烟缭绕，忘情的女子一时间找不到来时的伙伴。正在她茫然无措的时候，忽听到远处传来女伴们轻快的歌声，才知道她们早已满载而归了。女子并没有埋怨女伴们把她丢在这里不管，恰恰说明这位女子因心中的思绪太浓走得太远，把其他女伴甩在了一边。本已内心孤独的女子，如今连一同采莲的女伴都离她而去，此时的孤独感可想而知。更令她失魂落魄的是那隔江不见的情郎。金圣叹《评注才子古文》卷十二评此词说："'离愁引著江南岸'，因其著岸，而知其心愁也，却反云愁心引之著岸，此则炼句之妙也。画出小心怯胆，令人读之犹怜，何况亲见其人。"此是在感叹作者炼句的巧妙。沈际飞《草堂诗馀续集》则说此词是"美人是花真身"，意在赞赏全词对女子的刻画十分娇美，不逊于光艳的荷花。我倒是觉得此词最胜之处在于把女子写得离群独处，这一点最有味道，因为她之所以成了独处的女子，一定是由于"忘情"。至于忘情的是哪段，则由读者自去揣摩。

蝶恋花（水浸秋天风皱浪）

水浸秋天风皱浪①。缥缈仙舟②，只似秋天上③。和露采莲愁一饷④，看花却是啼妆样⑤。　　折得莲茎丝未放⑥。莲断丝牵，特地成惆怅⑦。归棹莫随花荡漾，江头有个人想望。

【注释】

①水浸秋天：谓高天倒映在池塘中，如同被水浸泡。风皱浪：微风吹起细浪，池塘的水面如同起了皱纹。　②缥缈仙舟：池塘里采莲的小舟宛如天上的仙舟。　③秋天上：秋高气爽的天上。　④和露：伴随着露水。　⑤啼妆：见前《长相思·深花枝》注④。　⑥丝未放：藕丝没有被扯断。　⑦特地：特别地。

【评析】

这是一首闲适小词，写作者在池塘畔观看少女采莲的情景。格调清丽，用语新巧，描写少女的情思也十分细腻。

上阕直接出现池塘：高天白云倒映在平静的池水中，忽然一阵微风吹来，池面上皱起层层细浪。不远处能见到一条小船，就像神仙所乘的仙舟在池塘水面上轻轻漂荡。作者为什么这样比喻呢？前面交代过，高天倒映在池塘上，这条小船自然就成了荡漾在高天上的仙舟，这样的构思已十分巧妙。更妙之处在于，在作者眼里，小船上的人儿也一定如天上仙子一般令人心驰神往。为什么这样说呢？因为他此时并没有真正见到船上的人，完全是在想象。渐渐地，船上的人能看清些了，果不其然，上头坐的是位妙龄少女，只可惜女子脸上没有笑意，却带着满脸的愁容，尤其是她观看莲花时那副神态，活像化了一个啼妆般凄惨。

  作者先把少女的形态容貌交代一番，而且留下了一个悬念，留待下阕慢慢揭开谜底。女子采上一段莲藕，却没有把藕丝扯断，正所谓"藕断丝连"。这下可有的说了，女子为什么"和露采莲愁一饷，看花却是啼妆样"也有了合理的解释：原来她心里有说不尽的愁苦，她心爱的人已经与她"藕断"了，这对于一个怀有美好爱情的少女来说，是多么沉重的打击，还用细说吗？可悲的是，少女至今依然痴心未改，时时刻刻地思念着那个带走她灵魂的少年，可又实在不知道少年还能不能重新回到她的身边，所以她不忍心把藕丝彻底扯断，希望它能为自己带来惊喜：惆怅而接近冰冷的心，能否因藕丝相连而出现转机呢？这是少女的期望，也是她唯一的祈求。然而此时作者却颇有些恶作剧的意思，大概是被少女的容貌迷住了，竟然想入非非起来：可爱的女郎，你把船儿摇回来时，千万平稳些啊，不要随着莲花的摇摆而摇摆，那样我会看不清楚的。你知道不知道，岸上有个人想真真切切地把你看个够呢。为什么说作者有些恶作剧呢？人家少女心里想人想得正难受，他却横插一杠子，岂不是把少女的芳心搅得更乱？话虽这么说，词的情趣恰恰就表现在这两句上。如果不这么处理，而是让作者也为少女感到哀切，岂不是索然无味？如果少女真的与作者见面了，说不定还能被这位不速之客解开心结，因为作者毕竟不是出于恶意。

蝶恋花（梨叶初红蝉韵歇）

梨叶初红蝉韵歇①。银汉风高②，玉管声凄切③。枕簟乍凉铜漏彻④，谁教社燕轻离别⑤。　　草际虫吟秋露结。宿酒醒来⑥，不记归时节。多少衷肠犹未说，珠帘夜夜朦胧月。

【注释】

①蝉韵歇：秋蝉的鸣声已经停止。　②银汉：银河。风高：秋高气爽时的风。　③玉管：指箫、笛类的管乐器。王维《赠东岳焦炼师》诗："玉管时来凤，铜盘即钓鱼。"　④枕簟（diàn）乍凉：谓睡在枕簟上已经感到很凉，表示秋天已经来临。罗隐《九江早秋》诗："雨过晚凉生，楼中枕簟清。"枕簟，竹制的枕席。铜漏：古代铜制的计时器。彻：不间断。　⑤社燕：古代民间有春社和秋社，为祭祀土地之神的日子。春社在立春后第五个戊日，秋社在立秋后的第五个戊日。燕子一般在春社时飞到北方，秋社时便会离开，故称其为"社燕"。陈元龙《格致镜原》卷七八："燕，玄鸟也。巢于屋梁间。春社来，秋社去，故谓之社燕。"⑥宿酒：宿醉，头一天饮酒而致醉。白居易《早春即事》诗："眼重朝眠足，头轻宿酒醒。"

【评析】

这首词称得上是首"朦胧词"，作者究竟要抒发什么样的感情，从字面上很难判定。但有一点可以肯定，那就是他主要在写与人离别的感受。

全词用了大量文字凸显一个"秋"字。梨树叶子发红，那是仲秋以后的景致；蝉鸣已经停止，也是将近深秋之时；银河从东北流向西南，天气变得干爽宜人，风也像是从高处刮下来的；秋社时燕子离开了这里，到南方寻找温暖去了。所有文字里都没有出现"秋"，却把秋天的景象通过不同角度、不同景物表现得十分准确。直到下阕，才出现了"秋露"，且是为秋虫做背景的。至此为止，还没有出现人的影像，随后一句"宿酒醒来，不记归时节"，才让读者见识了本词的主角：一个昨天饮了很多酒的作者本人。他明明白白地坦承，因为饮酒过量，记不清什么时辰回到家中的。为什么要饮这么多酒？作者告诉人们，那是与友人离别的宴会。还有很多话没来得及细说，人已经醉了，真是无法弥补的遗憾，因为人已离去，再想说什么都晚了。从此以后，只剩下夜夜朦胧的月光相陪伴了。

词虽朦胧，造情却十分成功。作者不惜笔墨，用了一阕还多的篇幅写秋，谁都明白"悲哉秋之为气"的道理，所以越是把秋的气氛烘托得浓重，就越能使自身的悲切之情得到最好的宣泄。

蝶恋花[①]（独倚危楼风细细）

独倚危楼风细细。望极离愁，黯黯生天际[②]。草色山光残照里，无人会得凭阑意。　也拟疏狂图一醉[③]。对酒当歌[④]，强饮还无味。衣带渐宽都不悔[⑤]，况伊消得人憔悴[⑥]。

【注释】

①蝶恋花：此词又见于柳永《乐章集》，只有个别字略有出入。唐圭璋《全宋词》在欧阳修、柳永两人集中都作了收录，其中必有一误。②黯黯：昏暝幽暗之貌。　③拟：打算。疏狂：豪放，不受拘束。　④对酒当歌：曹操《短歌行》："对酒当歌，人生几何？"　⑤衣带渐宽：《梁书·沈约传》："百日数旬，革带常应移孔；以手握臂，率计月小半分。"衣带渐宽，指原本适合腰围的革带，如今显得宽松了许多。形容人明显地消瘦。　⑥况伊消得人憔悴：为了你变得如此憔悴。

【评析】

　　这是一首描写男女离愁的词,主要表现男子羁旅之间对心仪女子的相思之苦。词作的时间选在春天,因为春天是最动人情思的季节。作者"独倚危楼",虽然沐浴着淡淡的春风,心情却是孤独索寞的。他离开京城,独自飘零,想到所思女子不在自己身边,百感交集,愁怨并生,又无处诉说,所以感叹没有谁能理解他久久凭栏的心意。

　　下阕反用曹操诗句。曹操认为"对酒当歌"是人生最惬意的事,而在作者看来,勉强应酬的"对酒当歌",没有什么值得兴奋的。有美酒还须有佳人,才算是"人生几何"的最大乐事。为了心中的那个"伊",他信誓旦旦地说:就算为你憔悴,为你消瘦,都不会有丝毫的后悔。"衣带渐宽都不悔,况伊消得人憔悴"早已成为宋词中的名句,以至王国维在《人间词话》里说到词的三境界时曾引用这两句,作为第二种境界的概括,足见此词对历代读者影响之深远。

　　有学者认为此词中的那个"伊"并非实指,而是在庆历新政失败后作者自己的抒怀,那么这个"伊"就成了他为之鞠躬尽瘁死而后已的朝廷。提出这样的看法,依据是古代诗歌自屈原始,常常以香草美人来代表君王。以我对欧阳修的理解,他是个很有柔情的人,与此类似的"候馆梅残,溪桥柳细,草薰风暖摇征辔。离愁渐远渐无穷,迢迢不断如春水。寸寸柔肠,盈盈粉泪,楼高莫近危阑倚。平芜尽处是春山,行人更在春山外"难道也是政治性的词吗?我很不喜欢动辄把一般言情词政治化,因为在人的生命中,男女之情占的比重远远比思虑君王事要多得多,像屈原那样的人其实并不多,更何况后来人的模仿,就更是微乎其微了。

蝶恋花[①]（帘下清歌帘外宴）

帘下清歌帘外宴，虽爱新声[②]，不见如花面[③]。牙板数敲珠一串[④]，梁尘暗落琉璃盏[⑤]。　　桐树花深孤凤怨[⑥]。渐过遥天，不放行云散[⑦]。坐上少年听未惯[⑧]，玉山将倒肠先断[⑨]。

【注释】

①蝶恋花：此词亦见于柳永《乐章集》，唐圭璋《全宋词》也收在柳永名下。更多研究者认为当是欧阳修所作。　②新声：曲调新颖的歌曲。陶渊明《诸人共游周家墓柏下》诗："清歌散新声，绿酒开芳颜。"③如花面：指女子美如鲜花的面庞。　④牙板：象牙制成的拍板。唱歌时击之为节拍。刘克庄《满江红·寿汤侍郎》词："牙板唱，花裀舞。"数敲珠一串：谓牙板连击，宛如成串的珍珠散落在地发出的清响。　⑤梁尘：梁上的微尘。古称歌曲优美者为绕梁三日，既为"绕梁"，故作者想象梁上的尘土被歌声震落。琉璃盏：琉璃制成的酒杯。　⑥孤凤：指宴会上佐酒唱曲的歌女。　⑦不放行云散：谓不让歌女退场休息。古称歌声美妙为响遏行云，故此处以"行云"喻歌女。　⑧坐上少年听未惯：意谓在座的我实在不忍再听下去。言歌曲哀怨令人断肠。　⑨玉山：身躯的美称。《世说新语·容止》："山公曰：'嵇叔夜（嵇康）之为人也，岩岩若孤松之独立；其醉也，傀俄若玉山之将崩。'"

【评析】

这首词写宴饮时的场景。开篇简单交代了宴会的安排：宴会安排在绣帘的外面，帘内则是歌女在唱曲佐酒。这就使客人们只能听见美妙的歌声，却看不见究竟是谁在那里歌唱，于是作者的想象和感受就有了舒放的空间：既然"不见"，何以知其"如花面"？当然是出于美好的遐想，越是有了遐想，就越渴望见到女子的真容颜。即使是在今天，如果我们听到了一支非常好听的歌，也一定会想象那位歌手的长相一定十分娇美。那好，就让这美好的遐想暂且留在脑子里，专心一意地欣赏她的歌声吧。歌声婉转悠扬，而且是一首接着一首，今晚的主人，似乎不打算让女子有片刻的休息了。女子的歌越唱越动情，越唱越哀怨，歌曲的哀怨似乎与作者内心对女子的爱怜产生了碰撞和共鸣，他再也无法忍受，酒还未醉，肠先断绝！

此词的妙处在于巧妙地设计了一个惹人联想的巨大空间，这个空间，仅用一挂帷帘就完成了，于是女子被分割成既相互关联又各自独立的两体——声与形。通常人们把欣赏艺术家的演唱说成是"声情并茂"，也就是说，人们对艺术的欣赏应该是全方位的，仅有美妙的歌声还远远不够，还需要见到他们表演时的仪容和表情，而在这首词里，自始至终作者都没能一睹女子的芳容，更无法看到她勾人魂魄的一颦一笑，于是读者也只能跟着作者遐想：这该是一位多么柔情多么惹人怜爱的姑娘？作者最后用了一句"玉山将倒肠先断"，表面上看是由于他为女子不间断的演唱感到心疼，骨子里却隐含着更深一层的心思，因为他已经想象出了女子的花容，如此妙人，怎么能用"不放行云散"来摧残她呢？不放过她，我都无法容忍了！您看，原本是要勾画这位歌女的迷人，到后来却成了主要写痴情男子的焦灼心态了。

蝶恋花（翠苑红芳晴满目）

翠苑红芳晴满目①。绮席流莺②，上下长相逐。紫陌闲随金辔辘③,马蹄踏遍春郊绿。　　一觉年华春梦促④。往事悠悠,百种寻思足⑤。烟雨满楼山断续⑥,人闲倚遍阑干曲⑦。

【注释】

①翠苑:草木青翠的园囿。红芳:芳香的花朵。 ②绮席:丰美的宴席。流莺:翻飞的黄莺。 ③紫陌:都邑的大道。杜牧《行经庐山东林寺》诗:"紫陌事多难暂息,青山长在好闲眠。"辚(lì)辘(lù):车的轨道。《博雅》:"车轨道谓之辚辘。" ④一觉年华:如梦般的岁月。杜牧《遣怀》诗:"十年一觉扬州梦,占得青楼薄幸名。" ⑤百种寻思足:种种思虑都涌到心头。 ⑥山断续:青山高低,断续相连。 ⑦人闲倚遍阑干曲:是"闲人遍倚曲阑干"的倒装,谓闲来无事,将屈曲的栏杆都倚遍了。

【评析】

　　这首词写春天的景色和自身的感受,但上、下两阕的间隔很长久,于是出现了截然不同的感受。确切地说,上阕是作者十年前的印象,下阕才回到眼前。从这个结构分析,此词很有可能作于作者任滁州知州期间,而上阕则是在回忆十年前在洛阳时快乐无忧的日子。

　　"翠苑红芳晴满目"七个字写得很欢快,一看就能体会到那时作者的日子过得何等开心,满眼所见,都是令人赏心悦目的美景。记得那时常常与友人们设下宴席,还记得宴席间翻飞的黄莺在自由地追逐嬉戏,更给宴席增添了一道风景。陪都洛阳的街路上,他曾无数次与友人一同出游,与喧闹的人流汇合在一起,踏遍春天的郊野。从这些描写可以体会到,那时作者非常愉快,这种愉快,可以由"晴"字加以概括。

　　下阕回到目前,已经是十年之后了。这十年仿佛睡了一个长觉,却积累了太多的"往事"——仕途上的起起落落，人生中的得意失意，一时间都涌上心头，随之而来的当然是感慨万千。作者别出心裁地在这些感慨之后用了一个"足"字，既不说愁闷，也不说烦恼，这是为什么呢？只有一种解释，那就是他在思索种种烦愁的根源。末二句"烟雨满楼山断续，人闲倚遍阑干曲"也更偏向于平和的心态，当然，读上几遍后我们还是能体会到，这种偏向于平和的心态，仅仅是作者深处无奈以求自我平衡的手段，而不是从心底将烦愁都清理干净了。

蝶恋花（小院深深门掩亚）

小院深深门掩亚①。寂寞珠帘，画阁重重下②。欲近禁烟微雨罢③。绿杨深处秋千挂。　傅粉狂游犹未舍④。不念芳时，眉黛无人画⑤。薄幸未归春去也⑥。杏花零落香红谢。

【注释】

①门掩亚：意谓门没有关死，只是虚掩着。　②寂寞珠帘，画阁重重下：此为"寂寞画阁，珠帘重重下"的倒装，谓宁静的画阁，垂下重重珠帘。　③禁烟：禁止烟火的日子，指寒食节。相传春秋时，晋文公征介子推入朝做官，介子推不肯，文公命人烧山以迫其出，介子推抱木而死。为纪念这位高士，文公下令国人在这几日里不准起火炊饭，故名"寒食"。梁宗懔《荆楚岁时记》："去冬节一百五日，即有疾风甚雨，谓之寒食，禁火三日。"　④傅粉：白面少年。《世说新语·容止》："何平叔美姿仪，面至白。魏明帝疑其傅粉，正夏月，与热汤饼。既啖，大汗出，以

朱衣自拭,色转皎然。"未舍:没有尽兴。　⑤眉黛无人画:谓在如此美好的时节里,女子的黛眉却没有人替她描画了。《汉书·张敞传》:"敞无威仪,时罢朝会,过走马章台街,又为妇画眉,长安中传张京兆眉怃。"
⑥薄幸:薄幸郎,古代女子对负心男子的称呼。杜牧《遣怀》:"十年一觉扬州梦,占得青楼薄幸名。"

【评析】

　　这是一首描写怨妇的小词,属于古诗词中常见的题材。开篇用"小院深深门掩亚"提起,既表明了这座小院中女主人公的身份,又表现出她此时的心境。一个能在深深庭院中生活的女子,肯定是位贵族妇女,她为什么不把门紧紧锁上呢?因为她朝思暮想的情郎还没回家,她在苦苦地等待着呢。按理说如此"芳时",她应该走出房门,起码要到自家的庭院里观赏春光才是,可她又为什么把重重的珠帘都垂下来呢?在这一句里,一定不能忽略"寂寞"二字,正是由于如此大好时光里没有人与她共度,使她感到无比寂寞,哪里还有心情去欣赏花草?时间已经接近寒食,杨柳也已长得茂盛,而庭院里那架秋千,依旧孤孤单单地悬挂在那里无人理会:见不到女主人公娇美的身影,更听不到她银铃般的笑声。整整一阕的文字,令人感到最真切的只有两个字:寂寞。

　　下阕着力写女子的孤独与哀切,她在心底埋怨着深深爱着的那个情郎,他是那么英俊潇洒,倜傥风流,可惜无论爱他有多深,他都没有真正把自己放在心上,依旧在外面恣意冶游。这个冤家,你知道不知道,大好春光里,苦苦等待你归来的美人已有多少天没有好好梳妆了?本该替我画眉的你难道真的把我忘到脑后去了?眼看着春天快过完了,你这个薄情郎还没有回家,你想让我等到什么时候?到此为止,女子的情绪越来越激动,虽然这些话只能默默地对自己说,但她毕竟在屋里待不住了,无法自控地走出屋门,盼望着出现奇迹:或许一眼看到那冤家就在门前,朝她走来呢。然而这只是她的一厢情愿,映入她眼帘的,仅仅是粉红色的花瓣随着风儿纷纷落下。最后这句话很有深意,它不仅强力昭示了女主人公的失意,更把女子红颜易逝的哀苦通过杏花飘零折射出来,更增加了全词的情感力度。

蝶恋花(欲过清明烟雨细)

欲过清明烟雨细。小槛临窗①,点点残花坠。梁燕语多惊晓睡,银屏一半堆香被②。　　新岁风光如旧岁。所恨征轮,渐渐程迢递③。纵有远情难写寄,何妨解有相思泪。

【注释】

①小槛:精巧的栏杆。《楚辞·九歌·东君》:"暾将出兮东方,照吾槛兮扶桑。"洪兴祖补注:"槛,阑也。"《资治通鉴·陈长城公至德二年》:"上于光昭殿前起临春、结绮、望仙三阁,各高数十丈,连延数十间,其窗、牖、壁带、县楣、栏、槛皆以沈檀为之。"胡三省注:"栏、槛皆所以凭也,施于檐下阶际者曰栏,施于窗牖之间者曰槛。"　②银屏:古代放在床上的小屏风。　③程:一程又一程。迢递:远去之貌。元稹《南家桃》:"更待明年花满枝,一年迢递空相忆。"

【评析】

这首词写的是一位女子送走情郎后的情态与心绪。上阕先点明时间在清明之后烟雨霏霏的时节,也是古人认为最令人断魂的时节。窗外栏杆间又是一种什么景象呢?但见残花片片,飘落在地,这可不是女子们喜欢见到的景象。虽然天已大亮,这位女子却还在睡梦中,她不想起身,只想借助于锦被的遮盖把自己再麻木些时候,谁知不谙人事的燕子在梁间不停地呢喃,把梦中的她吵醒了。当她睁开眼睛时,才发现昨晚盖得好好的锦被,一半都已被拥到屏风之旁了。这样写并不是说女子没有睡相,只说明这一夜里,这位孤枕难眠的可怜人是何等辗转反侧。

下阕首句写得很新颖,作者用"新岁风光如旧岁"七个字,把女子丰富的情感曲折地表达出来:今年的风光和往年没有什么不同,唯一不同的是,在这阳光明媚百花盛开的大好时光里,心爱的人却出门远行,长久地离开了她。不知道心爱的人今天已经到了何方,但可以肯定的是,他正在一程一程地越走越远,这才仅仅是开始啊,要盼到他回归,不知道还要熬过多少日夜。女子自诉道:任何文字都无法真切地表达对情人的爱意,与其用拙笔写些无法尽兴的话语,倒不如告诉情人,只要你明白我为你流了多少相思的眼泪,就什么话都用不着说了,正所谓"以少少许胜多多许",把女子最真挚的情感烘托了出来。其实今天的男女情人也大多有过这样的感受,有时候内心无比激荡,面对锦笺时,却久久不知从何处下笔,这是因为情到最浓时,任何语言都无法表述。

蝶恋花(画阁归来春又晚)

画阁归来春又晚。燕子双飞,柳软桃花浅。细雨满天风满院,愁眉敛尽无人见。　　独倚阑干心绪乱。芳草芊绵①,尚忆江南岸。风月无情人暗换②,旧游如梦空肠断。

【注释】

①芊绵：草茂盛的样子。刘禹锡《省试风光草际浮》："熙熙春景霁，草绿春光丽。乍疑芊绵里，稍动丰茸际。"　②风月无情人暗换：岁月无情，使人不知不觉中变得越来越憔悴。

【评析】

这是一首哀叹时光易逝的小词，作于何时已难查考。上阕写出行归来，已是暮春时节，见到的景色除了一双燕子之外，最惹眼的是柳树枝条变得更加丰满和柔软，桃花没有了艳红的颜色，成了即将飘落色泽暗淡的残花。天上下着蒙蒙细雨，伴随着阵阵微风，令人感到深深的凄冷和孤独——就算把眉头皱得紧紧的，又有谁看得见呢？

下阕写回到"画阁"后，独自倚栏远望，见到那些生长茂盛的青草，不由得回忆起江南的友人。末二句感叹人生太短暂，就在无情风雨的洗刷之下，人们渐渐地失去时光，失去青春，变得越来越憔悴。回想起旧日相交的友人，如今又不能聚首，不觉痛如肠断。全词情调低沉，作者用语虽然清丽，勾勒出的却仍是一个心情灰暗无绪的落拓形象。

蝶恋花（尝爱西湖春色早）

尝爱西湖春色早①，腊雪方销，已见桃开小。顷刻光阴都过了，如今绿暗红英少②。　且趁余花谋一笑。况有笙歌，艳态相萦绕③。老去风情应不到④，凭君剩把芳樽倒⑤。

【注释】

①西湖：此处指的是颍州西湖。 ②绿暗红英少：谓红花大多已经凋败，所剩无几，满眼所见都是绿叶。 ③艳态：美艳的姿态。这里指陪伴作者的官妓歌女。 ④风情：风月之情。此处是作者自称年已老去，没有了少年时的风月情怀。 ⑤剩把芳樽倒：只管将酒杯斟满。

【评析】

　　这首词作于熙宁五年（1072）的春天，此时作者已经退居颍州。在交代写作时间上，作者采用了动态的手法，先说早春时节，他就来过西湖边游赏，那时腊雪刚刚消融，已见小桃挂在枝头。转眼间到了暮春三月，如今大部分花儿都已凋谢，满眼所见，几乎都是繁茂的绿叶了。这样的描写，很容易令人联想到作者此时一定满怀着伤春迟暮的感慨，然而他的情绪仍是积极的，他很高兴青绿当中毕竟还留有尚未凋败的残花，并且对着残花哂然一笑。除了残花，还有美艳的歌女在身边相随，不也非常开心吗？结尾两句用近乎调侃的语气说道："如今年事已高，再没有风月之求和浪漫情怀去欣赏女子的巧笑和美目，然而毕竟还可以命她们为自己斟满美酒，一醉方休嘛。"在他看来，人生处处时时都充满了乐趣，就看你如何把握，如何对待。

　　全词语句无多，包含的感情却很丰富，首先是卸去千斤重担后的轻松，其次是对晚年自由生活的满足，虽然也有"来日无多"的遗憾，更多的还是希望快快乐乐地度过每一天的美好祈愿。一位六十多岁的老人，能以如此健康的心态面对人生旅途的巨大变化，始终保持乐观向上的心态，是值得人们尤其是老人们学习的。

渔家傲（一派潺湲流碧涨）

一派潺湲流碧涨①，新亭四面山相向②。翠竹岭头明月上。迷俯仰③，月轮正在泉中漾。　　更待高秋天气爽，菊花香里开新酿④。酒美宾嘉真胜赏⑤。红粉唱⑥，山深分外歌声响。

【注释】

①潺湲（yuán）：水流的样子。《楚辞·九歌·湘夫人》："慌忽兮远望，观流水兮潺湲。"碧涨：流水青碧而涨满的样子。　②新亭：指作者在滁州新建的醉翁亭。　③迷俯仰：令人俯看仰视之间难辨真假（月亮）。　④菊花香里开新酿：吴均《续齐谐记》："汝南桓景随费长房游学累年，长房谓之曰：'九月九日，汝家当有灾厄，急宜去，令家人各作绛囊，盛茱萸以系臂，登高饮菊花酒，此祸可消。'景如言，举家登山。夕还家，见鸡狗牛羊一时暴死。长房闻之，曰：'代之矣。'今世人每至九月九日登山饮菊酒，妇人带茱萸囊，因此也。"此句言菊花盛开之际，打开新酿的美酒。　⑤胜赏：意趣高雅的游赏。　⑥红粉：歌伎。杜牧《见刘秀才与池州妓别》："金钗横处绿云堕，玉箸凝时红粉和。"

【评析】

这首词作于作者任滁州知州时。作者遭小人陷害被贬到滁州后，心情十分郁闷，好在经过一段时间的心理调整，他认识到面对政治斗争的残酷无情，必须要以平和的心态去对待，郁闷和愤怒除了折磨自己之外，任何好处都没有，所以这次遭贬，让他更深刻地明白了人生的真正意义并不在于官场上的得失，而是如何让自己的内心更加健朗，更加丰富。这一时期里写的《醉翁亭记》，集中反映的就是这种心态。

上阕从山间流水写起，丰沛的清泉小溪，自得其乐地缓缓流淌着，那种天籁之美，很自然地与下句"新亭四面山相向"融为一体。"环滁皆山也"在这里得到了更具体的印证。接下来的时间交给夜晚，显得更加清幽，更加清丽，不知不觉间，明月已经升到了满是翠竹的岭头，下看清泉之中也有一个月亮，这奇幻般的景致，竟让他变得情致迷离：天上有个月亮，水中有个月亮。究竟是天上的月亮在水中，还是水中的月亮在天上？这是一幅多么美妙的图景！

下阕写到了秋高气爽时，打开新酿的美酒，与宾客们尽情欣赏山中美景，那将是何等惬意，再加上红粉佳人一展歌喉，歌声飘荡在山谷之中，一定会变得更加响亮悦耳。此时的欧阳修有意地把自己置于自然的陶冶之中，他认为任何时候"乐"总比"忧"要好得多。人生在世，是大自然的赐予，无须全部用来应对无聊而又残酷的政治角逐。"树林阴翳，鸣声上下，游人去而禽鸟乐也。然而禽鸟知山林之乐，而不知人之乐；人知从太守游而乐，而不知太守之乐其乐也。"（《醉翁亭记》）这首词的基调，正与这些语言完全吻合。

渔家傲（与赵康靖公[①]）

四纪才名天下重[②]，三朝构厦为梁栋[③]。定册功成身退勇[④]。辞荣宠，归来白首笙歌拥[⑤]。　　顾我薄才无可用，君恩近许归田垄[⑥]。今日一舣难得共[⑦]。聊对捧，官奴为我高歌送[⑧]。

【注释】

①赵康靖公：赵概。按，这个副题是后人加的，"康靖"是赵概去世后朝廷给他的谥号，赵概在元丰六年（1083）去世，而欧阳修写此词仅为熙宁五年（1072）。　②四纪：四十八年。古人以岁星绕天一周为一纪，岁星每行一周为十二年。《尚书·毕命》："既历三纪。"孔安国传："十二年曰纪。"　③三朝：指仁宗、英宗、神宗三朝。构厦为梁栋：谓赵概历仕三朝为国家栋梁。　④定册：指赵概与韩琦、欧阳修、司马光等人拥立英宗为皇太子的功劳。功成身退勇：即功成身退。《东都事略·赵概传》："除枢密副使、参知政事。方是时，皇嗣未立，天下以为忧。仁宗命英宗领宗正，概言：'宗正未足为重。'遂与执政建言：'宜立为皇子。'从之。英宗即位，再迁吏部侍郎。神宗立，进尚书左丞。数求去位，以观文殿学士、吏部尚书知徐州。明年，以太子少师致仕。"　⑤笙歌拥：以欣赏丝竹管弦为乐事。　⑥君恩近许归田垄：指欧阳修屡次上章告老，终于在熙宁四年（1071）得到了朝廷的恩准，退居颍州。　⑦今日一觞难得共：今天两位老人相对畅饮实在是件难得的美事。《东都事略·赵概传》："概既老，修亦退居汝南。概自睢阳往从之游，乐饮旬日。"　⑧官奴：宋代州郡里的官妓。

【评析】

这首词作于熙宁五年（1072）。《苕溪渔隐丛话》后集卷二三引《蔡宽夫诗话》说："文忠与赵康靖公概同在政府，相得欢甚。康靖先告老，归睢阳，文忠相继谢事，归汝阴，康靖一日单车特往过之，时年几八十矣，留剧饮逾月，日于汝阴纵游而往返。前辈挂冠后，能从容自适，未有若此者。……榜其游从之地为'会老堂'。明年，文忠欲往睢阳报之，未果行而蒉。两公名节固师表天下，而风流襟义又如此，诚可以激薄俗也。"华孳亨《增订欧阳文忠公年谱》又说："吕正献公著守颍，为设宴于西湖，宾主称一时之盛，因题其堂曰'会老堂'。"这就是此词的写作背景。

　　上阕尽在颂扬赵概一生的道德节义，称他为朝廷勤奋作为四十余年，是当之无愧的三朝元老。最可敬的是在拥立英宗为太子之后，断然放弃荣华富贵，急流勇退回到家乡，去过丝竹笙歌的闲散日子，这对于一个位高权重的人来说，是难能可贵的选择。下阕说到自己心性与赵概完全相同，到了老年屡屡求退，终于如愿以偿，来到了心驰神往的颍州，过着与赵概相同的日子。两个志趣相投的老人，两个曾经的国家栋梁，如今白发聚首，饮酒为乐，进入到人生的另一种境界，当然应该是其乐陶陶。末句绘声绘色地写到二人手捧酒杯相互敬酒，作者又像孩子一样招呼陪酒的官妓：你一定要奉劝赵大人满饮此杯啊！那种恬淡，那种和谐，那种幸福，那种深情厚谊，连千年之后的我们都能深深感受到。

渔家傲（暖日迟迟花袅袅）

　　暖日迟迟花袅袅①，人将红粉争花好②。花不能言惟解笑③。金壶倒，花开未老人年少④。　　车马九门来扰扰⑤，行人莫羡长安道⑥。丹禁漏声衢鼓报⑦。催昏晓⑧，长安城里人先老⑨。

【注释】

　　①暖日迟迟：谓春天慢慢地向前推移，天气一天比一天暖和。袅袅：娇颤之貌。　②人将红粉：游春的女子带上脂粉。此处指装扮齐整的女

子。争花好：争相到花儿开得最艳的地方去。　③花不能言惟解笑：花儿不能说话，却纷纷绽开美丽的笑脸。　④花开未老：花儿开得正艳，远没到凋谢的时候。　⑤九门：天子都城的九个门。《礼记·月令》："（季春之月）毋出九门。"郑玄注："九门者，路门也，应门也，雉门也，库门也，皋门也，城门也，近郊门也，远郊门也，关门也。"此处指都城的所有城门。扰扰：熙熙攘攘车水马龙的样子。　⑥行人莫羡长安道：郊游的人们并不羡慕都城大道的喧闹。白居易《横吹曲辞·长安道》："君不见外州客，长安道，一回来，一回老。"　⑦丹禁：帝王所居的禁城。李白《江夏使君叔席上赠史郎中》诗："凤凰丹禁里，衔出紫泥书。"王琦注："天子所居曰禁，以丹涂壁，故曰丹禁。亦曰紫禁。"漏声：报时的滴漏之声。衢（qú）鼓：设置在京城街道的警夜鼓。宵禁开始和终止时击鼓通报。　⑧催昏晓：日复一日地催促着黄昏和拂晓。指日子过得飞快。　⑨长安城里人先老：身居都城的人最先衰老。

【评析】

　　这首词作于作者在汴京任职期间，具体时间不易考证。从"长安城里人先老"一句分析，此词可能是作者晚年在朝廷任职时所作。上阕写仕女游春的场景，艳阳高照的春季里，城里的人们，尤其是女子们争相出城，去欣赏郊外的美景，她们把自己打扮得漂漂亮亮，到鲜花盛开的地方尽情享受大自然赐予的美景。"花不能言惟解笑"写得格外传神，此时的人们面对鲜花绽放笑容，花儿虽然不能说话，却好像懂得了人们对它的喜爱，露出笑意向人们做出回馈。说它传神，就在于"解笑"二字，作者赋予了花儿最美好的情感，与欣赏它们的人形成了非常和谐的一道风景，同时也衬托赏花人具有同样的美。在这春意盎然的美景中，满斟美酒，尽情欢乐，成了人们最佳的选择。

下阕笔锋陡转,回到了京城之内:眼看着车水马龙进出都城,有的人是为钱财而来,有的人是为功名而来,他们没有踏青郊游的闲情逸致,终日为名与利绞尽脑汁,春天的美景似乎与他们没有什么关系。莫说是在寻常,即便是满眼春花的阳春,依旧只关注功名利禄,就这样日复一日,时光不知不觉间流逝殆尽,最终的结果是老死长安。"长安城里人先老",是作者在经历了太多宦海沉浮之后对生命价值的重新思索,很明显,此时的作者已经深深感到了衰老,却依旧奔忙于宦途,为此他深感无奈,却又没有能力为自己的人生作出另外的选择,同时还隐含着对汲汲于功名利禄的人们善意的劝告:能够回归自然时,就无须再贪恋世俗利禄,因为只有回归自然,才有自由的人生。

渔家傲（红粉墙头花几树）

红粉墙头花几树[1],落花片片和惊絮[2]。墙外有楼花有主。寻花去,隔墙遥见秋千侣[3]。　　绿索红旗双彩柱[4],行人只得偷回顾。肠断楼南金锁户[5]。天欲暮,流莺飞到秋千处。

【注释】

[1]红粉:粉红色的桃花。　[2]和惊絮:裹挟着飘飞的柳絮。　[3]秋千侣:荡秋千的女子。"侣"在这里不表示伴侣,仅表示与秋千为伴的女子。　[4]绿索红旗双彩柱:指秋千的绳索是绿色的,旁边插着红色的小旗,秋千柱上缠着彩锦作为装饰。　[5]金锁户:以金锁闭门的人家,指豪贵之家。

【评析】

　　从题材上揣摩，这首词可能是作者初到汴京或在洛阳任留守推官时作的，因为词里所写的情景，明显带有年轻人的审美特点。

　　上阕起首写最显著的标识——墙。粉红色的桃花冒出墙头，不过花瓣已经开始飘落，宛如花雨，就在这片花雨中，还夹杂着团团的柳絮。一个"惊"字，把本无生命的柳絮赋予了人的情感，在作者眼里，这些茫然飘飞的柳絮像是受到了惊吓，不择方位地依傍着落花，仿佛在寻找自身的依靠。接着又是"墙"："墙外有楼花有主"，那可是大户人家的花，休要看作无主的野花。既然是大户人家的花，当然会有富贵气，所以引起作者的兴趣，偏要走近花枝去细细观赏。接着还是"墙"：这道墙虽然不高，但他无论如何也不可能逾越，只能隔着墙向里面看。这回看到的不是花，而是荡着秋千的一位美艳少妇。

　　下阕写的都是隔墙所见。只见这座秋千架装饰华美，秋千绳是绿色的，秋千架旁插着红色的小旗，柱子上缠满了彩锦。秋千尚且如此华美，那位少妇可想而知，无须再费笔墨。为了让读者明白此情此景的难得，作者特地用了"行人只得偷回顾"一句，来显示这户人家的豪贵气派。然而当作者"偷回顾"许久之后，发现了问题：女子孤独地荡罢秋千，却懒懒散散地回到了"南楼"将门锁起，日暮时分，没有人与她为伴，空荡无人的花园里，只有黄莺飞到了秋千上。

　　全词由热烈渐渐过渡到凄清，原来这位女子是个身居豪门的孤独者，她荡秋千仅仅是为了打发无聊的心绪罢了。这种情绪其实早在词的开头便埋下了伏线：花是残的，柳絮是惊的。花、絮率皆如此，人的寂寞就在意料之中了。

渔家傲（妾本钱塘苏小妹）

妾本钱塘苏小妹①，芙蓉花共门相对②。昨日为逢青伞盖③。慵不采④，今朝斗觉凋零煞⑤。　　愁倚画楼无计奈⑥，乱红飘过秋塘外。料得明年秋色在。香可爱，其如镜里花颜改⑦。

【注释】

①钱塘：今浙江杭州。苏小妹：南朝时钱塘名妓苏小妹。罗隐《江南行》："西陵路边月悄悄，油碧轻车苏小小。"《太平寰宇记》卷九五："苏小小墓在嘉兴县南，晋朝歌姬钱塘苏小小。"　②芙蓉花：即荷花。《楚辞·离骚》："制芰荷以为衣兮，集芙蓉以为裳。"洪兴祖补注："其叶名荷，其华未发为菡萏，已发为芙蓉。"　③青伞盖：指荷花的叶子如青色的伞盖。　④慵不采：因为慵懒没有及时采摘。　⑤斗觉：即"陡觉"，突然感觉。煞：甚。　⑥无计奈：无可奈何。　⑦其如：怎如。镜里花颜改：镜中美丽的容颜变得憔悴。

【评析】

这首小词以一个自比"钱塘苏小妹"的女子口吻，描述了她感叹红颜易老的情怀，写得精巧别致。"妾本钱塘苏小妹，芙蓉花共门相对"两句，极具美感和神韵，而且别具一格，我们很少见到古代诗词中有以第一人称自比苏小小的，这本身就令读者感到新巧不群，且不必再费任何笔墨来描绘女子的花容月貌，一切都在这句话当中了。更新巧的是，作者并没有把苏小小和名妓生涯联系在一起，而是另辟蹊径，写她住所门前正对着一片河塘，从根本上撇清了车马喧阗的欢场情景，骤然回归到一片宁谧之中。这种转换没有任何斧凿痕迹，令人感到自然而熨帖，巧妙地完成了美人社会角色的转换。随后的文字，便都与门前这片荷塘紧密相连了：昨天见到了一张硕大而青碧的荷叶，简直就像一把大伞，只因为一时懒惰没有及时采摘，及至今天再去看时，陡然发现它已经变得没了精神，蔫巴巴的了。这样的构思，一是强调出荷叶凋零之快，暗含人的容颜也如荷叶一样禁不起时光的摧折，二是直接反应出女子自叹没有及时抓住合适的时机，坐失美丽成为既往的惋惜，同样暗含了对红颜易老的无奈。

下阕写女子怏怏回到画楼，独倚栏杆的落寞。虽然明知时光易逝容颜易老，可又有什么办法改变这一切呢？眼前的景象是"乱红飘过秋塘外"——再美丽的花朵也有凋谢的一天，这些曾经姹紫嫣红扮美人间的鲜花，如今不也是落红无数，随着风儿飘过池塘了吗？一切都不能再来，如果一定要重现它们的美丽，那就只能等到明年了。百花如此，荷花也是如此，无非是比其他花儿晚几天凋谢而已。待到明年此时，秋色依然，花红依旧。然而细细想来，人还不如花呢。花儿明年能照样怒放，照样又是一个万紫千红，而人却不能，明年的美女再想与今年一样艳丽，恐怕只能是一厢情愿的美梦了，因为三百六十五日的雨雪风霜，会把她的容颜大大地改变，这种改变，镜子便是最好的见证，到那时休要怨镜子无情，因为这实在不是镜子的过错。全词情致婉转，如泣如诉，哀怨之情，令人惋叹。

渔家傲（花底忽闻敲两桨）

花底忽闻敲两桨，逡巡女伴来寻访①。酒盏旋将荷叶当②。莲舟荡，时时盏里生红浪③。　　花气酒香清厮酿④，花腮酒面红相向⑤。醉倚绿阴眠一饷。惊起望，船头阁在沙滩上⑥。

【注释】

　　①逡巡：片刻。唐张祜《偶作》诗："遍识青霄路上人，相逢只是语逡巡。"　②酒盏旋将荷叶当：很快将酒盏换成荷叶，用荷叶盛酒而饮。当，替代。　③红浪：水中红色的荷花映在酒盏里，仿佛是从盏里生出的一样。　④花气酒香清厮酿：谓花香和酒香混在一起，酝酿成更香的气味。　⑤花腮酒面红相向：花瓣的红与人酒后的脸红互相映照。　⑥阁：搁浅。

【评析】

　　这首词大约作于颍州，是作者游西湖时的见闻。开篇写忽听得荷花下面有人划桨的声音，循着这声音望去，又发现另一条船上的女子正在寻找她的女伴。这真是一幅绝美的湖上美人图：一条船，又是一条船；一个美人，又来了一个美人。而船和美人都处在满塘荷花的映衬之下，多么养眼的画面！于是作者兴起，摘下一片荷叶，把酒斟到了荷叶杯里，这可比用酒盏饮酒有趣得多了。自家的船儿也开始飘动，但见荷叶杯里映照着满池的红莲，仿佛这红莲是从杯里长出来的，其美无比。

　　下阕的造意更加奇巧，作者先把花香和酒香有意地混在一起，于是出现了特别醇美的"酒花香"；此时的人也已饮得不少，满面通红。于是红色的面庞与红色的莲花又联系在一起，成了"人面莲花相映红"的一景，看来作者是把自己完全融入到外景之中，宛如自己也成了莲花仙子一般飘飘欲仙了。不知不觉间已是陶然大醉，于是船儿划到了柳荫之下。一觉醒来，才发现船头扎在岸边，早就搁浅在那里了。划着小船的丽人哪儿去了？不知道。那个来寻丽人的女子哪儿去了？不知道。我自己是怎么到这里的？也不知道。唯一还清楚的，是今天过得"太爽"，爽得除了上面记取的美丽画面，什么烦恼都忘记了。

渔家傲（叶有清风花有露）

叶有清风花有露，叶笼花罩鸳鸯侣①。白锦顶丝红锦羽②。莲女妒，惊飞不许长相聚。　　日脚沉红天色暮③，青凉伞上微微雨④。早是水寒无宿处⑤。须回步，枉教雨里分飞去。

【注释】

①叶笼花罩鸳鸯侣：荷花和荷叶笼罩着一对鸳鸯鸟。　②白锦顶丝红锦羽：指鸳鸯如白色织锦的头顶、红色织锦的羽毛。言其美丽。　③日脚沉红：谓西移的太阳从云缝里射出余晖。李贺《河南府试十二月乐词并闰月·十二月》："日脚淡光红洒洒，薄霜不销桂枝下。"　④青凉伞：喻荷叶如同一把清凉的大伞。　⑤早是：早知道。

【评析】

这首小词也作于颍州，是一首清新消闲之作，没有更深的寓意，仅仅是描述夏日里西湖有情有致的一组小景。

荷叶上有清风，所以有动感；荷花上有露，所以有灵性。七个字把荷花荷叶的"不蔓不枝、亭亭净植"之态写得真真切切。更有趣的是，荷花荷叶下面，竟然出现了一对鸳鸯，你看它们白白的头顶，红色的羽毛，真是美丽的化身。它们太美了，也太幸福了，幸福到连采莲女都心生嫉妒，竟然把它们惊得逃之夭夭。

下阕过渡到天色已暮，天上还下起了微微细雨。这期间究竟过了多久，作者没有交代，似乎也用不着交代，因为在这幅画里，时间已经变得可有可无，你只管享受这夏日里的清凉和惬意就足够了。还有那对被人惊飞的鸳鸯，真的好可怜，此时的水已经很凉，早知道今天出来如此不幸，还不如干脆不出来嬉戏，现在倒好，先被采莲女来了个"棒打鸳鸯"四处飞，又被雨水淋了个透心凉，这是怎么了？难道我们幸福一点，就值得你们如此妒火中烧吗？这对活灵活现的小精灵，贯穿在整首词中，为全词增添了许多神趣。

渔家傲（荷叶田田青照水）

荷叶田田青照水①，孤舟挽在花阴底②。昨夜萧萧疏雨坠。悉不寐，朝来又觉西风起。　　雨摆风摇金蕊碎③，合欢枝上香房翠④。莲子与人长厮类⑤。无好意⑥，年年苦在中心里⑦。

【注释】

①荷叶田田：荷叶浮在水上的样子。古乐府《采莲曲》："江南可采莲，莲叶何田田，鱼戏莲叶间。"　②挽：拴系。　③金蕊：荷花结出莲房后，莲房上会长出金黄色的莲须，即词中所谓的"金蕊"。　④合欢枝：并蒂莲。香房翠：指莲房颜色翠绿。　⑤莲子与人长厮类：莲子和人有很相似的地方。此处的"人"特指女子。　⑥无好意：没有美好的心

情。 ⑦年年苦在中心里：谓女子与莲花一样，看起来十分美丽，但心里却是很苦的。

【评析】

　　这首词的写作时间与前两首相同，都是在颍州时的消闲之作。上阕用倒置的笔法写了自身的行止：昨夜里下了一场不大的雨，滴滴答答的雨声搅得整夜没能成眠，清晨起来走出户外，才感到冷飕飕的西风已经出现，天很快就要转凉了。就在这乍凉尚暖的早晨，他来到生满莲花的湖边，跨上小船轻轻荡桨，船儿很快行进到了莲花深处。

　　由于身已在莲花之间，所以下阕开始仔细地观察：此时莲花已经结出了莲房，莲房上长着金黄色的莲须，清风吹来，莲须被刮得四散飘零。莲须没了，看得最真切的就是莲房了，那枝并蒂莲的莲房长得尤其肥硕。望着这莲房，作者忽然想到，其实莲房与女人一样有着可悲的命运，别看莲花那样美丽照人，一旦结子，命运就会变得只有苦没有甜了。每一颗莲子的心都是苦的，这不是和女人们很相似吗？她们没有成为人母之前，光鲜亮丽得人见人爱，一旦变成"结子"的工具，就再也没有从前的光鲜亮丽，剩下的只有无穷无尽的辛苦。从莲花生长的过程悟出某些人生的哲理，尽管这点哲理尽人皆知，毕竟使全词的意蕴丰富了很多。

渔家傲（叶重如将青玉亚）

　　叶重如将青玉亚①，花轻疑是红绡挂②。颜色清新香脱洒③。堪长价④，牡丹怎得称王者？　　雨笔露笺匀彩画⑤，日炉风炭薰兰麝⑥。天与多情丝一把⑦。谁厮惹⑧，千条万缕萦心下⑨。

【注释】

①叶重如将青玉亚：谓莲叶又大又重，颜色与青玉相仿佛。　②花轻疑是红绡挂：谓莲花的花瓣十分轻柔，仿佛是红绡挂在枝头。红绡，红色的丝织品。　③香脱洒：香气清醇，如同将炉香浇洒在花上一样。　④长价：昂贵的价格。　⑤雨笔露笺匀彩画：以雨为画笔，以露为画布，画出色泽均匀的画。　⑥日炉风炭薰兰麝：以太阳为香炉，以清风为炉炭，散发出兰麝般的清香。　⑦天与多情丝一把：上天造化又将成把的藕丝恩赐给了它。　⑧谁厮惹：有谁真能搅动它的情丝。　⑨千条万缕萦心下：它（莲花）就会把成千上万条丝（思）拴系在你的心下。

【评析】

这是一首咏物词，所咏之物为荷花。上阕起首便直入主题，盛赞荷叶硕大，宛如青玉制成；荷花飘柔，像是红绡经过裁剪挂在了枝头。这两句如同一幅大写意图，把荷花的艳丽与大气粗线条地勾画出来。随后写荷花的清香，正如《爱莲说》所言"香远益清"，飘荡在整个荷塘之中。如此色香俱佳的花，难道真的比不上号称花中之王的牡丹？它早就应该跃居花界之首了。作者给荷花如此高的评价实在难得，因为他早年在洛阳担任留守推官时曾写过一本《洛阳牡丹记》，对洛阳牡丹给予了相当高的评价。如今却称荷花足能胜过牡丹，那一定是经过了认真的比较。

下阕用极典雅的文字勾勒了一幅带背景的荷花图，作者把雨、露、日、风统统作为荷花的背景和衬托，而把荷花置于最抢眼的地位。令人称奇的是，他把藕丝说成是上天特地的赐予。这样讲本身无懈可击，因为世间一切都是大自然的无私赐予，问题是藕丝这种赐予，为人间的"情丝"

寻到了最佳的象征物，这就比其他任何赐予都更有价值，也更有新意。从这个赐予生发开来，作者告诉读者，正因为藕有了这些"丝"（思），才能做到谁敢于把情放在最应该放置的地方，那么无数条藕丝就会给他最丰厚的回馈。如此构思不但奇巧，且能令人感到，世间确是有真情的，什么是世间的真情呢？想想、看看什么叫"藕断丝连"，就全明白了。

渔家傲（粉蕊丹青描不得）

粉蕊丹青描不得[①]，金针线线功难敌[②]。谁傍暗香轻采摘。风淅淅，船头触散双鸂鶒[③]。　　夜雨染成天水碧[④]，朝阳借出胭脂色。欲落又开人共惜。秋气逼，盘中已见新荷的[⑤]。

【注释】

①粉蕊：莲花粉红色的花蕊。丹青描不得：绘画高手也画不出来。②金针线线功难敌：意谓绣女的精巧针线也无法绣出如此美艳的莲花。③鸂鶒（xī chì）：水鸟名，比鸳鸯形体略大，羽毛多紫色，俗称紫鸳鸯。④天水碧：一种碧蓝的颜色。《十国春秋》卷十七："初，江南民间服玩侈靡者，问之，必曰'此物属赵宝子'。后主时，宫中贮雨水，染浅碧为水，号'天水碧'。"《五国故事》："建康市中染肆之旁，多题曰'天水碧'。"　⑤荷的（dì）：即莲子。《尔雅·释草》："荷，其实莲，其中的。"

【评析】

这首词通篇写荷花，却没有出现"荷""莲"的字眼，大约也是居颖州时所作。上阕把荷花的美艳赞赏到了极致,认为丹青圣手也无法描摹它的神韵,巧娘绣女的针线更不可能把它的艳丽展现出来。这些感叹是面对满眼荷花而发,就在感慨之后,突然看到有人在幽香笼罩下正在采摘莲藕,一阵风儿吹来,船头前移时,竟把一对紫鸳鸯撞得四散纷飞。

下阕继续赞美荷花,由于夜来一场雨,浇洒得满池塘里的荷叶一片青碧,朝阳升起,荷花绽开,布满池面,又出现了片片胭脂红。大概是这些花已经过了最盛之时,一些花瓣开始向下低垂。这么可人的花儿即将凋谢,谁见了都会感到惋惜。然而这是上天的意志,无法改变。随着阵阵秋凉之气,人们的盘子里渐渐能见到成熟的莲子了。

全词都在赞美荷花的香艳,同时对它即将凋谢感到深深的惋惜和无奈,侧面反映出作者对青春流逝无法追回的感慨,即人们常说的"触景生情"。

渔家傲(幽鹭谩来窥品格)

幽鹭谩来窥品格①,双鱼岂解传消息②。绿柄嫩香频采摘③。心似织④,条条不断谁牵役⑤。　　珠泪暗和清露滴,罗衣染尽秋江色⑥。对面不言情脉脉⑦。烟水隔,无人说似长相忆⑧。

【注释】

①幽鹭:精灵般的白鹭。谩来:徒然而来。窥品格:窥视采莲女子的秀美标格。　②双鱼:代指书信。古乐府《客从远方来》:"客从远方来,遗我双鲤鱼。呼儿烹鲤鱼,中有尺素书。"　③绿柄嫩香:指荷花的绿茎

和粉嫩的莲藕。 ④心似织：心里像是被丝线纠缠着。 ⑤条条不断谁牵役：纷乱的内心就像一条条扯不断的藕丝，究竟被谁牵挂着无法开解呢？牵役，指心情被牵动而不能自主。后蜀顾敻《献衷心》词："几多心事，暗自思惟，被娇娥牵役，魂梦如痴。" ⑥罗衣染尽秋江色：谓女子所穿的罗衣好像被秋江染过一样，成了青绿色。 ⑦对面不言情脉脉：谓情郎就在大江的对面，却无由相对诉说，唯有脉脉含情地朝对面张望。 ⑧无人说似长相忆：没有人能传达我时时刻刻的相思之情。

【评析】

　　这首词写的是采莲女思念情郎而不得的哀怨情怀，无论是层次结构还是遣词用语，都显得委婉含蓄，如同采莲女的性格一样隐而不露。

　　上阕由白鹭入手，称被人们认为最皎洁的白鹭若与采莲女子相比，也会显得逊色。随后又用"双鱼"表达女子幽独的春心得不到所爱男子的书信安慰。从遣词来看，以"幽鹭"对"双鱼"，词意完美，衔接工稳，凸显了作者运用词语的高超能力。从造意来看，"幽鹭"要达到的目的是为女子的美丽面庞做陪衬，而"双鱼"则仅仅是借用词形，真正的意义却是书信，要达到的目的是反衬如此美丽的女子却得不到应该拥有的甜美爱情。有了这个过渡，接下来表述的是这位被爱情抛弃的可怜女子正在没情没绪地驾着小船采摘莲藕。心里像是被丝线纠缠着，纷乱的内心就像一条条扯不断的藕丝，究竟被谁牵挂着无法开解呢？

　　下阕很自然写到女子忍不住垂泪的场景，作者有意把女子的滴滴粉泪与荷叶上的露珠相提并论，传达出的情愫是对女子纯洁无瑕的内心的深深赞美。她孤独地荡舟在莲池之畔，不远处的秋江似乎把她的罗衣都染成了青碧色。这里引出"秋江"，原本与女子没有关联，但细细品味，如果没有这条秋江，女子所思的人就失去了坐标：其实她爱的人就在秋江对面，并不遥远,可惜一条秋江把二人分隔开来,这甚至比各在天一隅的折磨更加残忍。远隔关山的遥遥往往能成为女子忍耐的借口,而近在咫尺却不能相会,岂不更令人痛彻心扉?更有甚者,即使所爱就在秋江对面,竟然没有人能为她转达日夜不断的苦苦相思,那心上的情郎就更不可能看到她含情脉脉的眼神了。

渔家傲(楚国细腰原自瘦)

楚国细腰原自瘦①,文君腻脸谁描就②?日夜鼓声催箭漏③。昏复昼,红颜岂得长如旧? 醉拆嫩房红蕊嗅④,天丝不断清香透⑤。却傍小栏凝望久。风满袖,西池月上人归后。

【注释】

①楚国细腰:《韩非子·二柄》:"楚灵王好细腰,而国中多饿人。"
②文君:指汉代司马相如妻卓文君。《西京杂记》卷二:"文君姣好,眉色如望远山,脸际常若芙蓉。" ③箭漏:古代计时器滴漏中表示时间的竹箭。 ④醉拆嫩房红蕊嗅:醉酒后拆开莲蓬青嫩的莲房和莲房上的红色嫩蕊放在鼻前嗅闻。 ⑤天丝不断清香透:折断莲茎后藕丝不断,透出清香之气。天丝,天赐的藕丝。

【评析】

这首词写一位独居的美女思念情郎的心绪,情感刻画十分细腻委婉。上阕以"楚腰"摹状女子纤细柔美的腰肢,又用文君姣好的面容比况女子的俊美靓丽。就是这么一位绝色佳人,却不幸落得独守空房,得不到应有的欢爱。她日复一日地静听刻漏的滴水声,每每都是从黄昏一直听到天亮。"昏复昼"虽然只有三个字,内中隐含的悲苦却如江如海,奔涌不尽。于是女子哀叹红颜易老,年华易逝,时光都在这毫无意趣的寂寞中空耗过去,谁能经受得起?"花开堪折直须折,莫待无花空折枝"的道理哪个女子不懂?可惜好事往往难遂人愿。

下阕写女子在百无聊赖中摘下一枝莲房放在鼻前嗅闻,莲茎中的白丝扯也扯不断,透出阵阵清香。这套"动作"很快就结束了,接下来女子走到栏杆前久久凝望,一直到清风乍起,明月高挂,她才没情没绪地折回空房,继续她那"鼓声催箭漏"的静听去了。透过这看似平淡的表述,人们体会到的却是非常残酷的孤独折磨。这位女子没有眼泪,也没有表现出难以忍受的悲怆,然而这种压抑和忍耐对她精神上的摧残,则是十分深重的。

渔家傲(七夕[①])

喜鹊填河仙浪浅[②],云軿早在星桥畔[③]。街鼓黄昏霞尾暗[④]。炎光敛[⑤],金钩侧倒天西面[⑥]。　　一别经年今始见,新欢往恨知何限[⑦]?天上佳期贪眷恋。良宵短,人间不合催银箭[⑧]。

【注释】

①七夕:农历七月初七。　②喜鹊:韩鄂《岁华纪丽·七夕》:"鹊桥已成,织女将渡。"注引应劭《风俗通》:"织女七夕当渡河,使鹊为

桥。" ③云軿（píng）：云车。杜牧《为人题赠》："云軿载驭去，寒夜看裁衣。"星桥：群星组成的鹊桥。 ④霞尾：晚霞的余光。 ⑤炎光敛：白天里炎热的阳光已经敛去。 ⑥金钩：形如金钩的弦月。 ⑦知何限：哪里有限度。意谓二人的新欢旧恨说也说不完。 ⑧银箭：古代计时器指示时刻的箭头。李白《乌栖曲》："银箭金壶漏水多，起看秋月坠江波。"

【评析】

　　这是一首咏七夕的小词，题材并没有过人之处，但其描写比较新颖，整首词飘散着空灵之气。上阕说喜鹊"填"河使天河的浪变得很浅，仙车早已停在了天河岸旁，改变了传统所说喜鹊搭桥的情景，使牛郎织女的相会更具有浪漫色彩，似乎只要浪涛不再汹涌，两个彼此相爱的人便可以乘上仙车，更快地到达彼岸紧紧相拥了。随后的"街鼓黄昏霞尾暗。炎光敛，金钩侧倒天西面"之句，看似回到人间，显得有些突兀，细细想来，这不过是作者为这对有情人难得的相会暗暗着急，希望黄昏尽快地结束，霞尾尽快地收回，炎光更不要迟迟地流连，看那金钩般的月亮多么知趣，早早地躲到了天的西面。

　　下阕重新回到天上。作者展开了丰富的想象：这对一年才能见到一次面的痴男怨女，此刻该有多少话要讲？有多少离情别恨需要倾诉？这个佳期来得多么不容易，快些说吧，快些爱吧，要知道良宵苦短，你们的相聚只有这一个晚上啊！作者对这对情侣寄托了太多的同情，不由自主地发出"人间不合催银箭"的祈求。可以体会到，作者是多么希望天下有情人皆成眷属，享受恩爱，长相厮守，千万不要像牛郎织女这般苦苦煎熬。这其中无疑也包含着自己对爱情的美好祈愿。

渔家傲（乞巧楼头云幔卷）

乞巧楼头云幔卷①，浮花催洗严妆面②。花上蛛丝寻得遍③。颦笑浅④，双眸望月牵红线。　　奕奕天河光不断⑤，有人正在长生殿⑥。暗付金钗清夜半⑦。千秋愿，年年此会长相见⑧。

【注释】

①乞巧：旧时风俗，农历七月七日夜，妇女在庭院里向织女星乞求聪明智巧，称为"乞巧"。云幔：成片的云翳。杜甫《西阁雨望》诗："楼雨沾云幔，山寒著水城。"　②浮花：漂浮在水面的花。此处指乞巧前放置在亭中的瓜果之类。催洗严妆面：催促女子们赶快洗去铅华，准备乞巧。　③蛛丝：梁宗懔《荆楚岁时记》："七夕，妇人陈瓜果于庭中以乞巧，有喜子网于瓜上，则以为得。"喜子，长脚蜘蛛。《开元天宝遗事》："七月七日，宫女各捉蜘蛛于小合（盒）中，至晚开视，蛛网密者言得巧多，稀者言得巧少。民间亦效之。"　④颦笑浅：蹙眉和欢笑的表情都大为收敛。意谓专心致志地准备乞巧。　⑤奕奕：光彩明亮之貌。　⑥长生殿：唐代殿名，故址在今陕西骊山下的华清宫。白居易《长恨歌》："七月七日长生殿，夜半无人私语时。"　⑦暗付金钗清夜半：此句化用《长恨歌》中"唯将旧物表深情，钿合金钗寄将去。钗留一股合一扇，钗擘黄金合分钿。但教心似金钿坚，天上人间会相见"之意。　⑧千秋愿，年年此会长相见：立下永恒不变的誓愿，愿每年的七夕都能在这里相见。《长恨歌》："在天愿作比翼鸟，在地愿为连理枝。天长地久有时尽，此恨

绵绵无绝期。"

【评析】

　　这首词是咏七夕的第二首，同样是在写七夕，内容却与上一首大不相同：上首是在鹊桥相会的民间传说基础上加以生发，这一首则是以女子"乞巧"和白居易《长恨歌》为主要素材。

　　上阕写的是乞巧。作者似乎要把古来关于乞巧的各种传说都汇集在这里，故而把《开元天宝遗事》《荆楚岁时记》乃至当朝习俗不尽相同的乞巧内容分别罗列出来，这就使词的含量得到很大的扩展和丰富，给人留下的遐想余地也成倍地增加。下阕进入《长恨歌》的传奇当中。不管唐明皇和杨贵妃实际上给大唐造成了多大的伤害，白居易的演绎却讴歌了二人最美好的爱情，甚至成为传诵不歇的爱情神话，把这么美好的爱情寓意用在词里，客观上极大地拓展了七夕的内涵：七夕已不再局限于牛郎织女的传说，也不局限于民间女子的乞巧，而成为帝王贵妃都年年企盼的佳节。这种不分人神、不计贵贱的企盼，更能成为人们、特别是女人们寄托理想的精神家园。人是需要憧憬和遐想的，牛郎织女的故事虽然不属于宗教范畴，但人们对他们寄托的美好祝愿，绝不亚于对宗教的笃信和虔诚，这或许也是作者对七夕所寄予的最美好的祈愿。

渔家傲（别恨长长欢计短）

别恨长长欢计短①，疏钟促漏真堪怨②。此会此情都未半③。星初转④，鸾琴凤乐匆匆卷⑤。　　河鼓无言西北盼⑥，香娥有恨东南远⑦。脉脉横波珠泪满⑧。归心乱,离肠便逐星桥断⑨。

【注释】

①别恨长长欢计短:意谓离别一年的遗憾太多太多,怎么可能在这么短的时间里倾诉完呢?留给二人相欢的时间太短太短。 ②疏钟:不紧不慢的钟声。促漏:急促的滴漏。意谓时间的流逝过于迅速。 ③此会此情都未半:欢会和爱情都远未到一半。 ④星初转:银河诸星开始旋转。 ⑤鸾琴凤乐:谓男女欢爱。唐卢储《催妆》:"今日幸为秦晋会,早教鸾凤在妆楼。"匆匆卷:匆匆忙忙地结束。 ⑥河鼓:星名,在牛郎星以北。《史记·天官书》:"牵牛为牺牲。其北河鼓。河鼓大星,上将;左右,左右将。婺女,其北织女。织女,天女孙也。"西北盼:指牛郎向西北遥望。牵牛星在银河东南,织女星在银河西北,故云。 ⑦香蛾:指织女。蛾,指女子的蛾眉。《诗经·卫风·硕人》:"螓首蛾眉,巧笑倩兮。"有恨:怀着深深的遗憾。东南远:牵牛星离她越来越远。 ⑧脉脉横波:指织女脉脉含情的眼波。 ⑨星桥:银河上临时架起的鹊桥。

【评析】

这首词是咏七夕的第三首,写作时间也没有变。客观地说,这一首无论从语词上说,还是从意境上看,都逊色于前两首。如果一定要讲出其胜人之处,应该还是下阕对牛郎织女惜别的描写更具柔情。

上阕是想象之词,作者赋予牛郎、织女二星以人间的感情,直言这次的相会,述说离愁别恨的时间占去太久,欢会缠绵的时间自然被压缩得所剩无几。可恼的是,那令人讨厌的疏钟和滴漏一刻不停地敲击着、运动着,丝毫不理解天上情人们欢娱嫌夜短的绵绵深情。"真堪怨"三字透出灵气,仿佛它们也是可以埋怨甚至指斥的对象:难道你们就不晓得天上人间一个理,人家一年才相会一次,你们就不能走得慢一些,给他们多留一点宝贵的时光吗?要知道他们的倾诉和欢情还远没过半呢,怎么忍心打断人家的"鸾琴凤乐"呢?

下阕以一对情人的泪眼相望开篇,颇为传神,您看,牛郎痴痴地望着西北的织女,织女以同样的情愫痴痴地望着东南方渐行渐远的牛郎,忍不住泪水涟涟,因为这一别又是整整一年,那漫漫的每日每夜,将在多么焦灼的情绪中度过呀!这三句可以称为本词的"眼",因为它写出了普天之下所有痴男怨女共同的怨恨和共同的无奈。爱情是所有感情中最美的一种,恰恰是因为它最美,人们对它的期盼就最强烈,唯其强烈,一旦不能尽情欢爱,失落和哀怨也同样是最强烈、最难以忍受的,有时候甚至会付出生命的代价。不过牛郎织女还不算最惨的,毕竟他们每年还能有一次短暂的相聚,而在人间,比这更令人肝肠痛绝的大有人在。

渔家傲(九日欢游何处好)

九日欢游何处好[①],黄花万蕊雕阑绕[②]。通体清香无俗调。天气好,烟滋露结功多少[③]。　　日脚清寒高下照[④],宝钉密缀圆斜小[⑤]。落叶西园风袅袅。催秋老[⑥],<u>丛边莫厌金樽倒</u>。

【注释】

①九日:即重阳节。魏晋后习俗,于此日登高游宴,饮菊花酒,以绛囊盛茱萸,谓可以避邪免灾。　②黄花:金黄色的菊花。万蕊:万株。雕阑绕:围绕在雕栏四周。　③烟滋露结:雾与露的滋润。　④日脚:太阳

穿过云隙射下的光线。岑参《送李司谏归京》诗："雨过风头黑，云开日脚黄。" ⑤宝钉密缀圆斜小：指菊蕊如密密的金钉钉在圆圆的花冠和斜挺的花瓣中间。 ⑥催秋老：催促着秋天渐渐过完。

【评析】

这首词写重九时在西园赏菊的情景。作者把菊花与赏花人有机地结合在一起，造成人与花乃至自然不可分割的整体效果。开篇写重阳佳节时，自然而然地来到万株菊花的西园赏菊。面对这些艳丽的生命和弥漫的清香，作者想到的是"天气好"——唯其天气好，才使得大自然中的霜与雾滋润了它们。这种把菊花的娇美归功于"天气"的写法，在咏菊的作品里还不多见，作者把菊花的生命与自然的滋润结合在一起，客观上也在表明人与自然的不可分割性。

下阕是作者对菊花的仔细观察：一缕清寒中，阳光从云层中射下，高低深浅，给丛丛菊花增添了盎然的生意。作者俯在花朵前细细观看，只见花蕊像金黄色的宝钉，将整朵花的所有花瓣紧紧地钉在一起，这是在赞赏菊花顽强的生命力所在。末句写秋风乍起，园中落叶纷纷，仿佛在催促着秋天尽快结束。在这样的季节里，当然要面对黄花尽情欢饮。表面看起来，作者大有悲秋的感叹，似乎不抓紧此时之乐，很快进入严冬，就再也没有这样的机会了。实则更在表现菊花的品格：尽管秋风吹来树叶飘落，菊花却仍在顽强地盛开——人也一样，外界的寒凉或风雨，都不能改变志节和操守，在有限的生命里，把美丽带给人间，才是君子们最看重的品格。

渔家傲（青女霜前催得绽）

青女霜前催得绽①，金钿乱散枝头遍②。落帽台高开雅宴③。芳尊满，挼花吹在流霞面④。　　桃李三春虽可羡⑤，莺来蝶去芳心乱。争似仙潭秋水岸⑥。香不断，年年自作茱萸伴⑦。

【注释】

　　①青女：秋神。《淮南子·天文》："至秋三月，地气不藏，乃收其杀，百虫蛰伏，静居闭户，青女乃出，以降霜雪。"高诱注："青女，天神青霄玉女，主霜雪也。"　②金钿：金黄色的钗钿。此处喻金黄色的菊花细瓣。　③落帽：《晋书·孟嘉传》："（孟嘉）为征西桓温参军，温甚重之。九月九日，温燕龙山，僚佐毕集。时佐吏并著戎服，有风至，吹嘉帽坠落，嘉不之觉。温使左右勿言，欲观其举止。嘉良久如厕，温令取还之。命孙盛作文嘲嘉，著嘉坐处。嘉还见，即答之，其文甚美，四坐嗟叹。"后人遂以孟嘉落帽为重九大宴的典故。　④挼（ruó）花：摩挲花瓣。流霞：传说中神仙所饮的酒。《论衡·道虚》："（项曼都）曰：'有仙人数人，将我上天，离月数里而止。……口饥欲食，仙人辄饮我以流霞一杯，每饮一杯，数月不饥。'"此句谓精巧的花瓣落在酒面上。　⑤桃李三春：桃花李花盛开在春季。三春，指孟春正月、仲春二月和季春三月。　⑥争似：怎比得。仙潭：宛如仙境的清潭。　⑦茱萸（yú）：香草名。旧俗农历九月九日重阳节时佩戴茱萸，认为可以辟邪。王维《九月九日忆山东兄弟》："遥知兄弟登高处，遍插茱萸少一人。"

【评析】

　　这是一首咏菊的小词。开篇实写菊花在秋霜的催促下得以绽放，金黄色的花冠高低不等地长满枝头。看到这样的句子，人们不难想象出在百花凋谢的秋季里，菊花盛开的热烈画面。在人与自然的互动中，花是不可或缺的重要媒介，春天里百花争艳，能给人们带来无限的愉悦；秋天里不可能再有那样繁盛的花海，一旦人们见到花团锦簇的菊花，那种珍爱、那种欣悦可想而知，历代诗词中大量的咏菊之作，便是这种文人心态的准确反映。接下来写重九饮宴，宾客面前的酒杯都已斟满，随手摩挲下来的菊花瓣落满杯中，更使得为赏菊而摆设的宴会意趣横生。

下阕把菊花与春天里的桃李相比。在作者看来，桃李的艳丽扮美着人间，甚至引来蜂狂蝶乱的喧闹，固然值得赞赏，但与当今开在仙潭秋水边的金菊无蜂无蝶的雅致相比，却别有一番滋味，它们散发着独有的芳香，年复一年地与茱萸为伴，更显出特立独行的清雅品格。

这首词在写作上的特点是上阕热烈，下阕转向清雅。您看，菊花"金钿乱散枝头遍"，是不是很热烈？人们重九大宴，是不是很热烈？到了下阕，出现了桃李争春时的景象，菊花盛开的场景相对来说就显得不那么热烈了，于是孤独盛开的菊花便成了人们心目中高洁清雅的唯一对象，而且是开在仙潭秋水之畔。"香不断"，更衬托出菊花清雅孤高的可贵品质，而这种品质，恰恰是君子们品格的象征。

渔家傲（露裛娇黄风摆翠）

露裛娇黄风摆翠[1]，人间晚秀非无意[2]。仙格淡妆天与丽[3]。谁可比，女真装束真相似[4]。　　筵上佳人牵翠袂[5]，纤纤玉手挼新蕊[6]。美酒一杯花影腻[7]。邀客醉，红琼共作熏熏媚[8]。

【注释】

①露裛（yì）娇黄：露水滴在金黄色的娇美菊花上。裛，沾湿。风摆

翠：风儿吹得绿叶不停地摆动。　②晚秀：晚开的菊花。　③仙格：神仙的标格。　④女真装束：女道姑的装束。女真，女性的真人。　⑤翠袂：翠绿色的衣袖。　⑥挼（ruó）新蕊：摩挲新长出的花蕊。　⑦花影腻：倒映在酒杯里的花影显出浓艳之色。　⑧红琼：因饮酒而变红的面庞。熏熏媚：带有酒气的娇媚。熏，浓重。

【评析】

　　这首词既咏菊花又咏美人，结构精巧，具有层次感又浑然一体。上阕数语尽在咏菊，"露裹娇黄风摆翠"七个字把菊花的娇艳和菊叶的婆娑一笔写出，令人立刻想到菊化摇曳多姿的美艳。接着强调此花是"晚秀"，在百花盛开的春天里，它并没有急于显露天然的婀娜，等到寒霜普降百花凋零时，它才当仁不让地前来扮美人间，使人们在花儿稀见的秋季里还能嗅到飘逸的醇香。看它那仙子般的格调和天然去雕饰的美丽，还有什么花能与它媲美？它的淡雅和清格，怕是只有飘飘如仙的女冠才堪比肩。这一句初读起来好像有点别扭，因为文人笔下往往是以花喻人，这里却是以人喻花，究竟是别出心裁呢，还是稍显笨拙，只有读者自去体会了。

　　下阕转到酒宴之上，清纯可爱的女子们牵着翠袖，花儿一般来到席间，还娇娇痴痴地摩挲着新开的花瓣，此时究竟是花如人面呢，还是人面如花，又需要读者自去体会。乖巧的少女们端起酒杯，是菊花倒映在杯中呢，还是女子的画面倒映在杯中，还需要读者自去体会，作者没有做任何的解说。直到女子们与客人都喝得面如桃花，全词戛然而止，后面的故事，更需要读者自去玩味了。我们说此词写得美，就美在情景始终处在惝恍迷离之间，不仅体现了作者驾驭文字的纯熟，更显出作者含蓄委婉的审美情趣。

渔家傲（对酒当歌劳客劝）

对酒当歌劳客劝，惜花只惜年华晚。寒艳冷香秋不管①。情眷眷，凭栏尽日愁无限。　　思抱芳期随寒雁②，悔无深意传双燕③。怅望一枝难寄远④。人不见，楼头望断相思眼。

【注释】

①寒艳冷香：指梅花在寒冷的季节里一吐芳华。　②抱：怀抱。芳期：开花吐艳之期。　③悔无深意传双燕：后悔没能把期盼早开的心意传递给成双的飞燕。　④一枝：《太平御览》卷九七〇引盛弘之《荆州记》："陆凯与范晔友善，自江南寄梅花一枝诣长安与晔，并赠诗曰：'折梅逢驿使，寄与陇头人。江南无所有，聊赠一枝春。'"

【评析】

这是一首以花拟人描写男女相思的小词。开篇定格在一次宴会上，本来"对酒当歌"是件十分惬意的事，可男子却愁眉不展，也没有要饮酒唱歌的意思，直到友人频频相劝，他才深深地感叹：谁人不怜惜寒风中盛开的梅花？而此时的我，更惋惜的却是年岁将晚。此时的作者心思已经漂移，把栏边的梅花想象成心上的佳人，那位"梦中的她"就像这株梅花，怀着满腹的哀怨凭栏独处。

下阕接着说分别之苦，不过已经悄然变换了时空，移为女子的口气：原打算大雁北飞的时节能如期见到心上人，早知如此，还不如拜托双飞的燕子,把花期安排在春天里。到如今一枝寒梅想寄到远方都难以实现,远方的亲人啊,我望穿双眼,何时才能盼到你的回归?

词中的花和人时时混合为一,不细细读,甚至弄不清哪些语句在说人,哪些语句在说花。正是这种迷离惝恍的手法,才使其意蕴更加浓厚。

玉楼春(题上林后亭①)

风迟日媚烟光好,绿树依依芳意早②。年华容易即凋零,春色只宜长恨少。　　池塘隐隐惊雷晓,柳眼未开梅萼小③。尊前贪爱物华新④,不道物新人渐老。

【注释】

①上林:本指汉代上林苑,在长安。此处代指汴京的园亭。　②依依:轻柔披拂的样子。《诗经·小雅·采薇》:"昔我往矣,杨柳依依。"　③柳眼:柳树初生的嫩叶。梅萼:梅花的蓓蕾。　④物华:自然界的景物。

【评析】

这首词具体写作年代不详,据"上林"一语可知,当是作者在汴京任职时的作品,时间是在一个早春。

上阕起首是一幅清丽可人的图景,微风吹拂,阳光明媚,今年的春天似乎比以往来得更早些。面对着良辰美景,作者忽然感慨人生的短暂,就如同眼前的早春,刚刚发生,很快就会走到尽头,一个花开花谢的过程在转瞬间即可消逝。每年都在盼啊盼啊，盼着春天早些来到，年复一年，唯恐春天太少。下阕重新转回春景：远处的池塘上，隐隐传来阵阵的春雷；眼前的梅树柳树，也都长出了娇嫩的叶子和花萼，展示着春天的繁盛即将到来。随后再次转向内心的描写，举起酒杯贪看眼前美景的同时，内心生起的却是物新人老的哀叹。整体看来，词的上阕和下阕都分成了前、后两部分，分别是写景言情，两两相成，形成情景交错的格局。这种安排初读起来感到有些杂乱，读上几遍便能察觉到作者内心的矛盾：一方面对自然的美景十分贪恋，另一方面又对人生的短促深感无奈，这样的结构，更能把作者的这点"闲愁"表现得准确无误。

玉楼春（西亭饮散清歌阕）

西亭饮散清歌阕①，花外迟迟宫漏发②。涂金烛引紫骝嘶③，柳曲西头归路别④。　　佳辰只恐幽期阔⑤，密赠殷勤衣上结⑥。翠屏魂梦莫相寻⑦，禁断六街清夜月⑧。

【注释】

①西亭：在洛阳。清歌阕：清歌也已唱罢。　②花外迟迟宫漏发：是"宫漏迟迟发花外"的倒装，意谓宫墙内的滴漏已经透过花丛传到耳边，即已经到了入夜时分。　③紫骝：古名马名。王昌龄《塞上曲》："莫学游侠儿，矜夸紫骝好。"　④柳曲西头归路别：柳树旁转弯处即是归去之路。　⑤佳辰只恐幽期阔：是"只恐佳辰幽期阔"的倒装，意谓不知道以后的幽会还要等多久。　⑥衣上结：古代男女间相爱，往往编织连环或

同心结相赠，以表永不变心。梁武帝《有所思》："腰间双绮带，梦为同心结。" ⑦翠屏魂梦莫相寻：这是男子叮嘱女子的话，意谓分别以后独居翠屏的日子里，不要再思念我。 ⑧禁断六街清夜月：古代都市夜晚都要关闭城门，不准行人出入，谓之"清夜"。此处是希望女子斩断柔情，如同清夜一样隔绝，不再惦念。

【评析】

　　这首词写男女相别之情，大约作于作者离开洛阳东归汴京之前。欧阳修在洛阳与一歌女关系很好，二人一直缠绵缱绻，此词或即是与这位歌女相别时所作。上阕写小规模的饮宴，也许只有作者与歌女二人，几曲清歌唱罢，已是漏声响起的夜间了。看着眼前的金烛，听到亭外的马嘶声，仿佛是马通人性，知道天色已晚，正在用它的嘶鸣知会主人：到了该回家的时候了。那再熟悉不过的柳树转弯处，就是今晚与美人分别的地方。

　　下阕写二人流连不忍分离之情。两个人都明白，这次的分离不同于一般的分离，何时相见，谁也说不清楚，甚至此生还有没有相见的机会，都不敢断言。"多情自古伤离别"，这是很多少男少女都饱尝过的辛酸滋味，此时的二人也正是如此。这一阕共有四句，前两句以女子的口吻写出，后两句以作者的口吻写出，真真切切地勾画出这对恋人难舍难分又不得不分离的纠结心情：女子深知此别无期，默默无言，拿出早已编织好的同心结，认认真真地将它系在男子衣上，这时才开口嘱咐：希望你永远把此物戴在身上，一刻也不要丢开，"记着我的情记着我的爱，记着有我天天在等待"。这种柔情蜜意，读来令人感动也令人心酸。沈际飞《草堂诗馀续集》赞道："衣上结，尽密赠之况。"也是说这句话蕴含了女子无限的柔情。后两句是男子的叮嘱：今日一别，绝非两三个月，再会的佳期在什么时候，我无法向你发出誓约，唯愿你尽快地把我忘记，就像入夜后的清夜一样，把我关闭在城外不再思念。能想象出，男子绝不是对女子绝情，而是担心女子总是魂牵梦绕会怏怏成病，那就等于害了她。与其相思而不得，不如干脆斩断柔情，忍一时之痛。

此词表现男女之情，既纤柔又唯美，有绕梁三日余音袅袅的效果。有学者称它风格婉艳，有五代之遗风，不为虚语。

玉楼春（春山敛黛低歌扇）

春山敛黛低歌扇①，暂解吴钩登祖宴②。画楼钟动已魂销，何况马嘶芳草岸。　　青门柳色随人远③，望欲断时肠已断。洛城春色待君来，莫到落花飞似霰④。

【注释】

①春山：谓女子的眉画得如春日远山。敛黛：颦蹙黛眉。　②吴钩：古宝刀名。李贺《南园诗》："男儿何不带吴钩，收取关山五十州。"王琦注引《梦溪笔谈》："吴钩，刀名也。刃弯，今南蛮用之，谓之葛党刀。"祖宴：饯别的宴会。　③青门：古长安城东南门，因其门涂为青色，故称。此处代指洛阳的城门。　④霰（xiàn）：白色不透明的球形或圆锥形小冰粒，多在下雪前或下雪时降落。

【评析】

这首词作于明道二年（1033），当时作者任西京留守推官，河南府通判谢绛任满离开洛阳，作者为他送行。

通常情况下，酒宴的气氛都是欢快热烈的，为宴会营造气氛的歌女，自然也会载歌载舞，然而此词头一句写的却是"春山敛黛低歌扇"，把歌女敛眉颦蹙的样子勾勒出来，平日里百千姿态的歌扇也低垂下来，读者的心头被罩上了一层阴云，这是为什么呢？原来这场宴会是为友人饯行举办的。歌女尚且如此，与会的同僚情绪可想而知。下一句把"魂销"安排在画楼钟动的时辰里，令人感到无比凄怆。更令人无法忍受的还不仅仅是钟声，而是已经在芳草岸边嘶鸣的骏马，就是这匹骏马，将要载着相交数年的友人与长者谢通判远远地离开洛阳。"马嘶"的声音，把这场离别的情绪推到了最高潮。

不愿见到却必须面对的时刻终于到来，为谢绛送行的人们将他送出城门，眼望着他渐行渐远，直到无穷，送行者内心的凄凉也达到了极点。"望欲断时肠已断"七个字，把作者当时无法控制的悲怆刻画得入木三分，堪称神来之笔。末二句是收束之语，因为悲情必须有所收束。面对既成而无法挽回的离别，作者唯一的祈愿，就是盼着离人能尽早地重回故地。全词写得真挚动人，令人明显感受到作者的珍视和眷恋之情。

玉楼春（樽前拟把归期说）

樽前拟把归期说[①]，未语春容先惨咽[②]。人生自是有情痴，此恨不关风与月[③]。　离歌且莫翻新阕[④]，一曲能教肠寸结[⑤]。直须看尽洛城花[⑥]，始共春风容易别。

【注释】

①樽前拟把归期说：酒樽前本想问君归期何时。　②春容：青春的容

欧阳修词选 | 109

貌。《乐府诗集·子夜歌》:"郎怀幽闺性,侬亦恃春容。"惨咽:悲伤得说不出话来。　③此恨不关风与月:意谓此番离恨与男女情爱没有关系。风月,指男女之间的爱情。　④翻新阕:演唱新曲。　⑤一曲能教肠寸结:仅这一支曲子,足以令人愁肠百结。　⑥洛城:宋代西京河南府,旧称洛阳。

【评析】

　　这首词作于景祐元年(1034),作者西京留守推官任满将要离开洛阳之际。词中的主人公是作者自己,而客体究竟是指何人,是个至今没人能确定的悬案。有人说客体是与作者相处几年的朋友们。这种说法不无道理,因为西京留守推官是欧阳修中进士后的第一个官职,他在这里结识了很多志同道合的朋友,尹洙、梅尧臣则是他认为可以终生为友的人。他在《河南府司录张君墓表》里说:"天圣、明道之间,钱文僖公(惟演)守河南。公,王家子,特以文学仕至贵显,所至多招集文士。而河南吏属,适皆当世贤材知名士,故其幕府号为天下之盛。……而河南又多名山水,竹林茂树,奇花怪石。其平台清池,上下荒墟草莽之间,余得日从贤人长者赋诗饮酒以为乐。"与这样一些人相处久了,乍一离开,其心情可想而知。也有人说这个客体可能是作者的红颜知己,可惜又找不到确切的证据。我认为词中既然有"人生自是有情痴,此恨不关风与月"的界定,那就应该是指尹洙等友人而言。

　　不论是男女之间,还是友人之间,此词表现的情感都非常到位,令人动容。"樽前拟把归期说,未语春容先惨咽"二句,准确地传达出离别时的难舍之情,即使在今天,我们也还经常遇到类似的情景,想说的话还没说出口,泪水先涌了出来。如果您的确有过这样的经历,就能体会到作者当时的心境了。下阕说到饮宴,虽然有美酒佳人,也难以冲淡心中的惨然，所以作者说，与其以歌佐酒，倒不如暂且停下，因为这时的歌曲不但无法助兴，反而令人越发觉得酸楚。末二句是开解之词，同时也是自欺欺人之词：无须急着离开洛阳，等到满城的花儿都已凋谢再离开洛阳，就不再感觉如此难舍难分了。全词用笔细腻，每句都说到感情的脆弱处，敲击着人们最敏感的神经，故而虽然只有寥寥数语，却蕴含了相当浓厚的情感。

玉楼春（洛阳正值芳菲节）

洛阳正值芳菲节①，秾艳清香相间发②。游丝有意苦相萦，垂柳无端争赠别③。　　杏花红处青山缺，山畔行人山下歇。今宵谁肯远相随，惟有寂寥孤馆月。

【注释】

①芳菲节：处处花香的春季。　②秾艳清香相间发：香气浓郁的花和香气清芬的花争相开放。　③垂柳无端争赠别：古人离别，往往折柳相赠。《乐府诗集》卷二二孟郊《折杨柳》诗："杨柳多短枝，短枝多别离。赠远累攀折，柔条安得垂？青春有定节，别离无定时。但恐人别促，不怨来迟迟。莫言短枝条，中有长相思。朱颜与绿杨，并在别离期。"张九龄《折杨柳》诗："纤纤折杨柳，持此寄情人。一枝何足贵，怜是故园春。"《三辅黄图》卷六："灞桥在长安东，跨水作桥。汉人送客至此桥，折柳赠别。"

【评析】

这首词作于景祐元年（1034）三月，当时作者西京留守推官任满，即将离开洛阳。上阕首先点出时间在这一年的春季，万物复苏，百花争艳，是一年中最美好的时节，若是在往年，一定又会与朋友们踏青郊游，登山荡舟，今年却大不相同了，马上就要离开友人，离开洛阳，离开这充满深情的初官之地。如果说前两句还带有对春天的赞美，到了"游丝"句以后，便再也体会不到欣悦之情了。面对花树枝头布满的游丝，他想到的是：这些游丝是否也在苦苦相劝，劝自己不要骤然离开呢？看到垂柳飘荡的柔条，他想到的是：这些柳枝是否在争相为自己送别呢？不管是挽留还是相送，总之都让作者心头充满了惆怅。

下阕又进入情绪调整期，他刻意回避离别这个敏感的话题，把目光和注意力转移到山前。看那成片成片盛开的杏花，就在那座再熟悉不过的山脚下呀；刚刚还在山坡上行走的行人们，正在山下歇脚呢。这一切都曾是那么熟悉，如今看起来却别有一番滋味在心头。今晚就要离开生活了三年多的洛阳，即使是这些寻常的景致和寻常的人，想再见到，都不知要等到何年何月了。今天的我们其实也经常遇到这样的情景：在某地生活时，一切都觉得十分寻常，寻常到可以视而不见。一旦要长久地离开那个地方，你会感到一切寻常不经意的人或物，陡然间增添了无限的深意，希望再多看他（它）一眼，那种流连之情，会在即将离开的那一刻升华到最高点，甚至会让你流泪唏嘘。此时的欧阳修，就处在这样的时刻。好在洛阳距汴京并不算远，他的离情还在可以克制的范围之内。即便如此，想到今晚上路后，能陪伴在身边的，只剩下寂寥的客馆和清冷的明月了。最后两句凄切感人，虽然含蓄深沉，仍能令人心中倍感凄凉。

玉楼春（残春一夜狂风雨）

残春一夜狂风雨，断送红飞花落树[1]。人心花意待留春，春色无情容易去[2]。　高楼把酒愁独语，借问春归何处所。暮云空阔不知音[3]，惟有绿杨芳草路。

【注释】

[1]红飞：红色的花瓣四处飘飞。花落树：花瓣从枝上被吹落下来。[2]容易：轻易地。　[3]暮云：黄昏时的乌云。刘禹锡《海阳湖别浩初师》："别路千嶂里，诗情暮云端。"不知音：不知道春归何处。

【评析】

这首词写对春天逝去的留恋，也可以看作一首惜春之作。

开篇用了最直白也最激烈的词语宣告了春的结束：本已是"残春"，加上一场突如其来的暴风骤雨，将春天完全带走了。看看原本挂满花朵的枝头，如今是落花满地，一片狼藉，枝头只剩下片片的绿叶。人们对春天是多么留恋，恨不得"万紫千红总是春"，可惜大自然绝不会按照人的意志支配万物，烂漫春光，就在这场风雨后消失了踪影。

下阕收回到作者本身，他坐在高楼上把盏独语，问的是一句傻傻的话：春天究竟到何处去了？他望着楼外，只见晚云依旧悠然自得，根本不管他的问话，更无所谓春还是夏；那长满绿柳和芳草的道路像是领悟了作者的发问，用伸向远方直到无穷示意他：它为我们披上绿装，它把花朵催开又送它们归入泥土，已经完成了一春的使命。如果你还贪恋春的美丽，那就耐心地等到明年，它还会如期而至的。

此词语句无多，却充满了神趣，在表达思春惜春情绪的同时，把外界景物统统拉进词中，使这些本无生命的词语变得鲜活可喜。

玉楼春（常忆洛阳风景媚）

常忆洛阳风景媚，烟暖风和添酒味①。莺啼宴席似留人，花出墙头如有意。　　别来已隔千山翠，望断危楼斜日坠。关心只为牡丹红②，一片春愁来梦里。

【注释】

①添酒味：使饮酒的兴致更加浓厚。　②牡丹：洛阳盛产牡丹。作者所作《洛阳牡丹记》中说："牡丹出丹州、延州，东出青州，南亦出越州，而出洛阳者今为天下第一。洛阳所谓丹州花、延州红、青州红者，皆彼土之尤杰者。"

【评析】

这首小词是作者离开洛阳之后不久写的怀旧之作。作者自天圣八年（1030）及第，当年任西京留守推官，直到景祐元年（1034）才任满回京，担任监察御史。这三年多的时间里，他不但受到西京留守钱惟演的厚待，且与当时梅尧臣、尹洙等同官结下了非常深厚的友谊，这段生涯对他来说是刻骨铭心的，以至过了很多年，他还对那段日子念念不忘，时常忆起。

上阕直言对洛阳美丽的风景时常回忆，然后具体说到春意融融风和日丽的季节里，与朋友们一起饮酒，兴高采烈，畅所欲言，那份真情融入到自然美景中，可谓尽善尽美。遗憾的是，正是这次宴会，把他和友人们彻底分开了——因为这次宴会是友人们为他饯行，送他回京的最后聚餐。此时的欧阳修似乎还没真切体会到这一别之后难以控制的思念，仅仅是听到莺啼理解为对他的挽留，看见墙花理解为对他的深意。

下阕进入到离开洛阳之后的心境：如今已经东行，那么熟悉的洛阳，已在数重青山之外了。翘首西望，只能见到红日西沉到高楼之下，那种眷恋，那种酸苦，怎么能一语道尽？此时作者道出"关心只为牡丹红"这句看似题外的话，来表达他对这座城市以及这座城市里的友人、风物深情的思念，以至睡梦中还梦见了万紫千红的牡丹。从开篇比较平静的状态，逐渐过渡到后来彻骨萦心的眷恋，使情感上升到最高层级。从中可以看出，年轻时的欧阳修，是个非常注重感情，同时又非常率性的人。

玉楼春（池塘水绿春微暖）

池塘水绿春微暖，记得玉真初见面①。从头歌韵响铮拟②，入破舞腰红乱旋③。　　玉钩帘下香阶畔，醉后不知红日晚。当时共我赏花人，点检如今无一半④。

【注释】

①玉真：古诗词中常指美人。此处喻作者在洛阳时结识的一位青楼女

子。　②铮𪭢（chuāng）：象声词，形容金属撞击声及乐器演奏声。刘禹锡《伤秦姝行》："蜀弦铮𪭢指如玉，皇帝弟子韦家曲。"　③入破：唐宋大曲每套有十余遍，归入散序、中序、破三大段。入破即为破这一段的第一遍。《新唐书·五行志》二："至其曲遍繁声，皆谓之'入破'……破者，盖破碎云。"张端义《贵耳集》卷上："天宝后曲遍繁声，皆名入破。破者，破碎之义也。"舞腰红乱旋：谓女子腰肢摇摆，红色的舞裙不停地旋转。　④点检如今无一半：数来数去，尚在人世的连一半都不到了。

【评析】

　　这首词又见晏殊《珠玉词》，《全宋词》收录在欧阳修名下。据词中"当时共我赏花人，点检如今无一半"揣测，此词当为欧阳修嘉祐末年任翰林学士时所作。"点检如今无一半"者，正是在感慨洛阳同僚谢绛、梅尧臣等人纷纷下世。

　　欧阳修在洛阳时迷恋上一位歌女，二人如胶似漆，可参看本书后面的《临江仙·柳外轻雷池上雨》解析部分。上阕开篇回忆当年结识这位美女的过程，记得那是一个池塘水绿的仲春季节，在一次宴会上见到了她。那时她的歌声清亮婉转，舞姿也令人看得如醉如痴，特别是入破时那翻飞的红裙，时隔多年后的今天，仍然记忆犹新。这样的女子与洛阳牡丹相提并论，毫不为过。记得当时曾与不少友人一同欣赏过她的歌舞，后来调官离开洛阳，女子究竟如何，便无从打听了。

　　需要特别注意的是，这首词虽然主要写歌女的美艳绝伦和多才多艺，然而落点却在"当时共我赏花人"一句上面。这里所谓的"花"，可以理解成如花的女子，也可以理解成布满洛阳的万丛牡丹，这都不重要，重要的是他前半生交往最真的几位朋友，如今大都已经不在人世，这种哀伤和怀念，远远胜过对女子的情感。这个被中道转移了的"落点"，才是本词最要紧之处。尽管如此,我们仍能体会到作者丰富的内心,对友人逝去的哀伤固然深沉,对那位女子的怀念也不可看得太轻,因为如果作者真的认为那位女子可有可无,就没有必要以女子提领篇首了。

玉楼春（两翁相遇逢佳节）

两翁相遇逢佳节①,正值柳绵飞似雪。便须豪饮敌青春,莫对新花羞白发。　　人生聚散如弦筈②,老去风情尤惜别③。大家金盏倒垂莲④,一任西楼低晓月。

【注释】

①两翁相遇:指欧阳修与赵概在颍州相遇。《东都事略·赵概传》:"概既老,修亦退居汝南。概自睢阳往从之游,乐饮旬日,其相得如此。"

②弦筈（kuò）:弦,弓弦;筈,箭的尾部。《文选》陆机《为顾彦先赠妇诗》:"离合非有常,譬如弦与筈。"　③老去风情:年老之后的感情。

④大家:你我。金盏倒垂莲:金杯如倒垂的莲花。指杯口朝下,把酒全部饮尽。

【评析】

这首词作于熙宁五年（1072）的春季。上年七月,欧阳修退居颍州。已经致仕住在应天府的赵概听到这个消息后,特地赶到颍州与欧阳修相聚,并流连近一个月,这件事使欧阳修极为感动。对于赵概,欧阳修一直不甚礼貌。《宋史·赵概传》说欧阳修"遇概素薄",用现在的话说,就是没把赵概放在眼里。后来欧阳修受到仇人诽谤，说他与外甥女张氏关系暧昧、侵占张氏财产，欧阳修因此被逮下狱。赵概闻知后愤然上书，称欧阳修本无罪过，实为受到小人诬陷，大声疾呼"不可以天下法为人报怨"，遂使欧阳修得到脱解，他这才对赵概"服其长者"。此后二人关系虽然很好，但依然保持着君子之交淡如水的稀疏交往。如今欧阳修致仕，赵概认为没有了结党之嫌，才不远千里来与欧阳修相聚，此时的赵概已是年近八十的老人。可以说经历过政坛的风风雨雨后，两位老者的心都淡定下来，友情成了至高无上的精神财富。

上阕前两句点明相聚的时间是在柳絮飘飞的春天。作者把柳絮比作白雪，隐含着"两翁"都已经到了暮年，人生的前路没有多远了。越是在这样的年纪，越要尽情欢饮，来追寻早已逝去的青春岁月。下阕感慨友人的聚散如同弓弦与箭尾，难得有聚首一堂的机会，特别是上了年纪行动不便，欢然聚首就更应珍惜。既然聚在一起，就要开怀畅饮，休要去管什么红楼晓月。整体说来，作者并没有因年华已逝而感到怅惘，恰恰相反，他认为这样的日子才是最纯美、最开心的。这种积极的人生态度，比"夕阳无限好，只是近黄昏"的感慨更加健康，更加令人振奋。

玉楼春（西湖南北烟波阔）

西湖南北烟波阔①，风里丝簧声韵咽②。舞余裙带绿双垂③，酒入香腮红一抹。　　杯深不觉琉璃滑④，贪看《六幺》花十八⑤。明朝车马各西东，惆怅画桥风与月。

【注释】

①西湖：指颍州的西湖。 ②丝簧：丝竹笙簧，泛指乐曲。 ③舞余裙带绿双垂：是"舞余绿裙带双垂"的倒装，谓女子舞罢，腰前的绿丝带双双垂下。 ④琉璃：琉璃制成的酒杯。李贺《将进酒》："琉璃钟，琥珀浓，小槽酒滴真珠红。" ⑤《六幺》：唐代琵琶曲名。白居易《琵琶行》："轻拢慢捻抹复挑，初为《霓裳》后《六幺》。"花十八：《六幺》中的曲名。王灼《碧鸡漫志》："欧阳永叔云：'贪看《六幺》花十八。'此曲内一叠为花十八，前后十八拍。又花四拍，共二十二拍。乐家者流所谓'花拍'，盖非其正也。"

【评析】

这是一首赠别词。有人认为是欧阳修即将离开颍州知州任时所作。据《增订欧阳文忠公年谱》，欧阳修皇祐二年（1050）七月由知颍州改知应天府。如果此词的确是这时的作品，则其写作时间当在这一年的七月。当时宾僚们设宴为他送行，他写此词表示对颍州风土以及对友人们的眷恋。拙著《欧阳修集编年笺注》则认为是熙宁五年（1072）退居颍州时的作品，是为赵概送行而作。致仕在应天府居住的赵概闻知欧阳修致仕归颍州，特地来看望他，流连一个月之久。

上阕写宴会上的情景：在烟波浩渺的西湖岸边，作者与友人沐浴着初秋的微风，欣赏着风中飘荡的悠扬乐曲。只见刚刚舞罢的美女绿带双垂，将酒一饮而尽，那红云般的香腮，更显出女子的妩媚风情。下阕重新回到女子身上，女子饮罢，又为宾客们弹奏起《六幺》之曲。听着这令人入迷的美妙乐曲，作者禁不住连连饮酒。初读到此，还以为作者是陶醉在乐曲之中不免忘情，再看下句，才明白原来是作者深感与友人即将分别，难以克制"悲莫悲兮生别离"的伤感才杯不离口的。末二句明确地说，与友人的分别就在明天，这一分别，再见不知何时，不惟自己无限惆怅，就连西湖的风月，也黯然神伤了。写到这里，情感也升华到了最高点。

这首词的主题虽然是惜别，但对舞女的描写非常成功。明沈际飞《草堂诗馀续集》说："双垂，余之态；一抹，人之神。"就是在赞扬作者用笔的精巧：无须正面描写女子的妩媚而妩媚自生，尤其是那"一抹"，更是神来之笔，把女子的娇憨之态一语道尽。

玉楼春（燕鸿过后春归去）

燕鸿过后春归去①，细算浮生千万绪。来如春梦几多时，去似朝云无觅处。　　闻琴解佩神仙侣②，挽断罗衣留不住③。劝君莫作独醒人④，烂醉花间应有数⑤。

【注释】

①燕鸿过后春归去：意谓北方燕地的鸿雁飞回北方后，标志着春天即将结束。　②解佩：刘向《列仙传》："江妃二女游于江滨，逢郑交甫，遂解佩与之。交甫受佩而去。行数十步，怀中无佩，女亦不见。"　③罗衣：软丝织品制成的衣服。曹植《美女篇》："罗衣何飘飘，轻裾随风还。"　④独醒人：《楚辞·渔父》："屈原既放，游于江潭，行吟泽畔，颜色憔悴，形容枯槁。渔父见而问之曰：'子非三闾大夫与？何故至于斯！'屈原曰：'举世皆浊我独清，众人皆醉我独醒，是以见放。'"　⑤数：定数。

【评析】

　　这首词可能作于作者遭受贬谪期间，具体时间不详。词中表现出的是对人生浮沉不定的感叹，以及自己想要为国为民做些好事却得不到朝廷理解的苦闷。

　　上阕开篇点明写作的时间在春末，那是个鸿雁北飞的时节。然而这只是个与主题没太大关系的简单交代，随后直入主题，即作者细细点评着自己的前半生，几十年里的悲喜，可以用"春梦"和"朝云"来比喻。这个比喻相当精准，因为每个人都会做梦，而且会经常做梦，再看天上的朝云，同样每天都会出现在天空，不久便悄然散去。人生的得意、失意和梦、云差不多，时来时去，完全没有规律可循。再说得明白一点，那就是"浮生若梦"。作者没有否认人生会出现频繁的得失，也没有否认有"得"时的美好，他感到厌倦的是得与失过于频繁，过于缥缈，过于令人应接不暇，所以下阕用了郑交甫奇遇仙女和屈原独醒两个典故，表达了渴望摆脱世俗而不得、保持清醒而不可的极度无奈。对他来说，似乎只剩下"烂醉花间"一条路可走。词的感情色彩十分强烈，也道出了当时很多正直士子内心无法开解的苦闷。

玉楼春（蝶飞芳草花飞路）

　　蝶飞芳草花飞路，把酒已嗟春色暮。当时枝上落残花，今日水流何处去？　　楼前独绕鸣蝉树，忆把芳条吹暖絮[①]。红莲绿芰亦芳菲[②]，不奈金风兼玉露[③]。

【注释】

①忆把芳条吹暖絮：回忆春时手把柳条，吹着柳絮。 ②绿芰（jì）：绿色的菱叶。芳菲：香气四溢。 ③金风：秋天的风。玉露：晶莹的露珠。

【评析】

这首词写作年代不详，从词中透露的情绪推测，当作于作者中年时期。

上阕开篇用了两个"飞"字，着意点却大不相同：蝶的穿飞表现的是生命的旺盛，而花原本应该生长在枝头无须什么"飞"，如今花瓣到处飘飞，表现出的是令人伤感的生命终结，这一点在下面的文字中明确地表达出来了。作者临风把酒时，见到的便是枝上的残花飘落到水里，不知道流水会将这些花瓣带到何处。"落花流水春去也"，是文人们最易伤怀的景致，这种伤怀对作者来说当然也不例外。

下阕从花与蝶过渡到树与蝉。楼前的树上，此时已是鸣蝉声声了。作者围着树寂寞地漫步，想起了曾经手搦柔枝的情景和吹动柳絮的情景。"忆把芳条吹暖絮"七个字连读，似乎是个整体，实则其间涵盖了从初春到暮春很长的时间段，正是这种看似不经意的连缀，把时光易逝的哀伤不露痕迹地表现了出来。接下来的笔墨转到红莲绿芰上面：天气炎热时，莲花菱花美不胜收，香气四溢，为人间带来了百花谢后又一番艳丽。可惜这种艳丽也不会长久，待到"金风玉露一相逢"的秋天，它们同样会黯然失色，美丽成为下一年的期待。

有学者认为此词为"惜春"之作，恐怕不太准确。作者很有次序地把从春到秋的花、蝶、蝉、柳、荷、露诸多自然景致一一写尽，可以说除了梅、菊没有写到，其余的都表现出来了。所以此词实为对物华与人生来去匆匆的感慨。同时我们还能明显感觉到，作者的这些感慨并没有过于浓重的悲情，而仅以淡淡的遗憾来缕述其过程，说明作者对物华与人生的轮回已司空见惯，认同远远大于了忧伤。

玉楼春（红绦约束琼肌稳）

红绦约束琼肌稳①，拍碎香檀催急衮②。陇头呜咽水声繁③，叶下间关莺语近④。　美人才子传芳信⑤，明月清风伤别恨⑥。未知何处有知音，常为此情留此恨。

【注释】

①红绦（tāo）：红色的丝带。约束：缠绕。琼肌：琼玉般的肌肤。稳：指身材窈窕匀称。此句意谓红丝带拴系在女子腰间，衬出她婀娜窈窕的身材。　②香檀：檀木制成的拍板。急衮（gǔn）：谓曲调甚为急促。　③陇头呜咽水声繁：谓古乐府《陇头水》被演绎得非常精妙，宛如流水呜咽之声。《乐府诗集·汉横吹曲》一："《三秦记》：其坂九回，上者七日乃越。上有清水四注下，所谓陇头水也。"　④间关：指乐曲声的跳跃。白居易《琵琶行》："间关莺语花底滑，幽咽泉流冰下难。冰泉冷涩弦凝绝，凝绝不通声暂歇。"　⑤美人才子传芳信：谓乐曲传达出美人才子间的柔情蜜意。　⑥明月清风伤别恨：此句也是指乐曲传达出的情意，如同在诉说明月清风中的离情别恨。

【评析】

　　这首词写的是宴会上听琵琶的情景。起首描绘琵琶女迷人的装束,一条红丝绦系在腰间,尽显腰肢的婀娜。随后的七句,几乎全在写琵琶曲的绝妙。先是一阵急促的旋律令人目眩神移,再仔细听,仿佛听到了陇头流水的呜咽声,听到了黄莺跳荡的鸣啭声,听到了才子佳人在倾吐柔情蜜意,又听到了他们分别之际的悲情泣诉。这一连串的描写紧凑而跌宕,仿佛一气呵成,造就了此词舒张与急促相间的效果和抑扬顿挫的节奏。最后两句仍以离愁别恨收官,只不过从琵琶曲回到了现实中,形成了乐曲与现实交相融汇的凄凉美。可以看出,此词的主旨在于抒写离愁别恨,并非对美人的欣赏,所以对美人本身的描写只有一句。若说此词的欠缺处,就是下阕隔句使用了两个"恨"字,大概是作者写作时情绪激荡,没注意到遣词用语中细节的推敲。

玉楼春（檀槽碎响金丝拨）

　　檀槽碎响金丝拨①,露湿浔阳江上月②。不知商妇为谁愁③,一曲行人留夜发④。　　画堂花月新声别⑤,红蕊调长弹未彻⑥。暗将深意祝胶弦⑦,唯愿弦弦无断绝⑧。

【注释】

　　①檀槽:檀木制成的琵琶槽架,代指琵琶。碎响:繁促的响声。金丝:琵琶上的金丝弦。　②露湿浔阳江上月:化用白居易《琵琶行》中

"浔阳江头夜送客，枫叶荻花秋瑟瑟"之语。　③商妇：用白居易《琵琶行》中的典故："自言本是京城女，家在虾蟆陵下住。十三学得琵琶成，名属教坊第一部。……门前冷落鞍马稀，老大嫁作商人妇。商人重利轻别离，前月浮梁买茶去。去来江口守空船，绕船月明江水寒。夜深忽梦少年事，梦啼妆泪红阑干。"　④一曲行人留夜发：化用白居易《琵琶行》中"忽闻水上琵琶声，主人忘归客不发"之语。　⑤新声：新谱成的曲调。　⑥红蕊：新曲的调名。弹未彻：长时间地弹奏，还没有弹完。　⑦暗将深意祝胶弦：这是作者代琵琶女而言，谓暗把内心的幽怨交给琵琶。胶弦，此处即指琵琶的丝弦。东方朔《海内十洲记》："煮凤喙及麟角合煎作膏，名之为续弦胶，或名连金泥。此胶能续弓弩已断之弦。"　⑧唯愿弦弦无断绝：但愿丝弦永远不断。意谓永远把内心的幽怨寄托在琵琶曲当中。

【评析】

　　大概是这位琵琶女的形貌和演奏太像白居易笔下那位"商人妇"，所以檀槽伊始，作者立刻引入了《琵琶行》中的语句为眼前的女子画像，不但有"嘈嘈切切错杂弹"的檀槽碎响，还有"老大嫁作商人妇"的身世，以及座客因女子出色的表演而不忍散去的贪恋，唯一不同的是，白居易笔下的琵琶女和座客是在浔阳江头的船上，今天的琵琶女和座客是在画阁之中。如果没有下阕的出现，几乎会让人形成错觉：唐朝那位琵琶女是否被请到这里进行"巡回演出"了？

　　肯定不是，因为这位女子演奏的是"新声"，是以前根本没有出现过的全新曲调，而且是很长很长的一个名叫红蕊的新调。它有多长呢？反正弹了很久还没有结束的迹象，具体多长，任由读者自去判断吧。这时候作者的感受出来了：根据他的判断，女子之所以弹奏得如此痴迷，是因为她完全投入到曲子当中了，也就是说，这支曲子其实并不是为客人而弹，仅仅是为她自己来弹的，曲子里面倾注的都是她自己的幽怨和委屈。面对着旁若无人完全沉浸在曲子里的琵琶女，作者明白了，女子的心事太多太沉重，幽怨太深太不能自拔，似乎只有这支曲子才能替她宣泄，而且不是短时间就能宣泄完的。女子现在在想什么？她是不是认为自己的委屈和怨愤远比白居易笔下那位女子更深更多？可以这么说：词的上阕化用白居易诗再完美无痕，再点铁成金，还是脱不出平淡，因为人们不可能为"《琵琶行》第二"感到震撼，感到惊奇。而下阕翻出的新意，才是此词真正的灵魂所在。

玉楼春（金花盏面红烟透）

金花盏面红烟透①，舞急香茵随步皱②。青春才子有新词，红粉佳人重劝酒。　　也知自为伤春瘦，归骑休交银烛候③。拟将沉醉为清欢④，无奈醒来还感旧。

【注释】

①金花盏面红烟透：谓雕有金花的酒杯表面浮动着红色的烟尘。按，其烟乃燃香所出。酒盏中的酒是红色的，故云红烟。　②舞急香茵随步皱：女子舞步急促时，地上铺的毯子也跟着皱了起来。茵，地毯。　③归骑休交银烛候：休要燃着灯烛等我回来。交，通"教"，让。　④清欢：清雅恬适之乐。唐冯贽《云仙杂记·少延清欢》："陶渊明得太守送酒，多以春秋水杂投之，曰：'少延清欢数日。'"

【评析】

　　这首词写的是男子心怀愁闷,欲借饮宴和观赏歌舞消愁解闷,结果是解得了一时之愁,解不了心中长久的积郁。

　　上阕极尽夸饰,把酒杯描绘成雕刻金花的珍品,由于厅里燃着灯烛,点着奇香,灯烛照耀下,香烟缭绕在酒杯之上,升腾起屡屡红烟。虽然很夸张,但画面很美,也很雅致。随后写女子跳舞的场景也很夸张,大约此女跳的是脚步急促的《柘枝》之类,以至将地毯都踩踏得起了褶皱。接着写到自己:当此之时,少年才子信笔写出新词,惹得美人不得不前来频频劝酒,好一副少年轻狂。下阕进入"伤春"的描写。其实文人所谓的"伤春",完全不是因"春"引起的,只不过借着"春"来发泄而已,确切地说,他的"伤春",实际上伤的是自己在仕途或人事上的不如意罢了。从"归骑休交银烛候"一句判断,男子的"伤春"肯定不是因为男女之爱引起的,因为家里有人等待他早些归去呢。此时的他,恨不得在宴会上醉成烂泥,回不回家几乎完全可以不考虑了。可以想象,此人一定喝了不少的酒,趁醉回到家里,倒头便睡,当然不会再有什么可伤感的事了。遗憾的是,一觉醒来,从前那些烦愁之事立刻回到了他的心头,想一劳永逸地将烦愁挥尽,看来是根本行不通的。此词言愁很到位,也很彻底,只是不知道作者哪儿来这么多的愁,他的前半生其实是很顺利的。

玉楼春（雪云乍变春云簇）

雪云乍变春云簇①,渐觉年华堪送目②。北枝梅蕊犯寒开③,南浦波纹如酒绿④。　芳菲次第还相续⑤，不奈情多无处足。尊前百计得春归，莫为伤春歌黛蹙⑥。

【注释】

①雪云：冬天的浓云。春云簇：春天的白云一片连着一片。　②年华：时节的变换。送目：凝目远望。　③犯寒开：冒着寒冷而绽放。　④南浦：此处指南面的江岸。如酒绿：像渌酒一样泛着碧绿。　⑤芳菲次第还相续：各种花相继盛开。　⑥歌黛蹙：歌女蹙起双眉。

【评析】

这是一首歌咏春光的小词，虽然结尾处流露出淡淡的哀伤，总体看来情绪还是积极乐观的。"尊前百计得春归，莫为伤春歌黛蹙"二句，不过是表达对春天到来的期盼和挽留，并没有哀怨的成分。上阕开篇便是欣喜之情，冬云终于变淡，春云终于现身。望着蓝天上白云朵朵，内心充满喜悦，他竟然催促自己，该到外面去纵览这来之不易的春光了。接着写走出房门，最先看到的是生长在北墙前的那株梅树，可喜的是，梅花的嫩蕊已经在春寒料峭之际绽开了粉红色的花蕊，南浦的水早已解冻，缓缓地向前流淌，那碧绿的颜色，令人感到仿佛是渌酒涨满，碧色诱人。

下阕的时空发生了变化，不知不觉间，春色越来越浓了，百花按照它们的约定相继开放，为新春的大地带来了阵阵花香和美不胜收的丽景。前两句带着浓浓的童趣，作者像个贪心的孩子，越是百花争艳，就越是感到还不满足，还要花儿更丰富些、更艳丽些，开满眼前、长满人间才是最好。后两句依然带着孩提般的诡谲，竟然称春天的到来是他施以百计才谋求到的，这不是在说梦话吗？然而这样的梦话，令人觉得十分有趣，甚至会哑然失笑：此人怎么会如此不懂常识？恰恰是这种"痴"，才使全词显出一派天真：春天是个孩子，春天是个刚刚装扮好的小姑娘，作者也主动掺和在大自然赐予的童趣中，岂不更有情致？最后还特意叮嘱歌女：春是用来欣赏的，不是用来感伤的，千万不要唱着唱着就露出伤春的情绪，那就辜负烂漫春光一片锦绣了。

玉楼春（柳）

黄金弄色轻于粉①，濯濯春条如水嫩②。为缘力薄未禁风，不奈多娇长似困③。　　腰柔乍怯人相近④，眉小未知春有恨⑤。劝君著意惜芳菲⑥，莫待行人攀折尽⑦。

【注释】

①黄金弄色：谓春天新长出的柳叶是金黄色的。　②濯濯：如同水洗过一般鲜亮。春条：春天新发的柳条。　③多娇长似困：谓柳树的枝条总是在飘舞，好像女子困倦时伸展纤腰。罗隐《关亭春望》："风摇岸柳长条困，露裛山花小朵愁。"　④乍怯人相近：见到人走近便会感到胆怯。　⑤眉小：谓新生的柳叶十分细小。　⑥著意：刻意，认真。惜芳菲：爱惜春天的枝叶。　⑦行人攀折：古人有折柳送客的习惯。《三辅黄图》卷六："灞桥在长安东，跨水作桥。汉人送客至此桥，折柳赠别。"

【评析】

这是一首咏物词，咏的是柳，寄托的是惜春的情怀。

初春的柳是最能撩动人心的，因为它不仅是春的象征，同时也是生命初始的象征。作者从柳的新生写起,强调了柳叶新发时金黄的色泽和娇嫩的姿容。初生的柳是脆弱的,哪怕是并不强烈的吹拂,都会令它"弱不禁风",写出了生命初始时的娇嫩。古往今来写柳的诗词不计其数,而强调新发柳枝柳叶不胜娇弱的却为数不多,这种对生命成长过程的客观描述,不但没有减弱柳的顽强和欣欣向荣的生命活力,反而给读者一种警示:任何顽强向上的生命,都是由脆弱开始的,于是我们对新生命给予呵护,也就成了天经地义的责任。

下阕依旧在这个基础上加以生发,描写柳枝的娇柔,并十分形象地说它对人的亲近怀着怯懦和惧怕。末二句升华主题,奉劝人们爱护柳枝,不要动辄折断它娇嫩的枝条。

有学者认为这首词把柳比作了娇弱的少女,这样理解未尝不可,但我认为作者的真正用心恐怕不止于此,他看到柳树从初生到成熟、由柔弱到强壮这段时间的不断变化过程,这正与人的生命历程非常吻合,故而对人生的历程有所感悟。

玉楼春(珠帘半下香销印)

珠帘半下香销印①,二月东风催柳信②。琵琶傍畔且寻思,鹦鹉前头休借问③。　　惊鸿过后生离恨④,红日长时添酒困。未知心在阿谁边,满眼泪珠言不尽。

【注释】

①香销印:炉香已经燃尽。印为香名,形如印篆,故名。　②柳信:

柳树发芽的消息。 ③鹦鹉前头休借问：意谓鹦鹉只懂得学舌，回答不了所提的问题。 ④惊鸿：美人。《文选》卷十九曹植《洛神赋》："翩若惊鸿，婉若游龙。"李善注："婉若游龙乘云翔，翩翩然若鸿雁之惊。"

【评析】

　　这首词写的是男女二人互为相思，上阕是女子对男子的思念，下阕转为男子对女子的怀想。先看女子，二月时节，柳条显绿，女子房内的炉香已经燃尽，她懒洋洋地把珠帘放下一半，闲看门外刚刚生出的柳条。大概是百无聊赖，她又回到房中，靠在琵琶旁边静静地寻思着心爱的人此时到了何方。答案当然不可能有，于是她又来到鹦鹉笼前，想向鹦鹉打听情人的行踪，还没开口，又放弃了，因为即使鹦鹉能言，也不过是学着主人的话重复而已，不可能说出石破天惊的言语。

　　下阕回到男子这里：自从与美人有过交往就念念不能忘怀，此番一别，离愁万缕，怎么也理不清。红日当空的时间越来越长，却只能平添酒后的困乏罢了。可爱的女子啊，不知道你的心、你的爱是不是还在我身上，还是有了转移？如果还在我这里，我会因之感动得流泪；如果真的有所转移，那我又会因无限伤感而流泪。总而言之这泪水是为你而流，不知道你能否感受得到？

　　全词写得比较隐晦，且很难寻找到前因后果，我们也只能就其词句做这点分析。

玉楼春（沉沉庭院莺吟弄）

沉沉庭院莺吟弄①，日暖烟和春气重。绿杨娇眼为谁回②，芳草深心空自动。　　倚阑无语伤离凤③,一片风情无处用。寻思还有旧家心,蝴蝶时时来役梦④。

【注释】

①莺吟弄:黄莺鸣啭。　②绿杨娇眼:初生的柳叶如同女子娇媚的眼睛。为谁回:为谁重生。　③离凤:离散的凤鸟。此处是女子自伤之词。　④蝴蝶时时来役梦:《庄子·齐物论》:"昔者庄周梦为胡蝶,栩栩然胡蝶也。自喻适志与!不知周也。俄然觉,则蘧蘧然周也。不知周之梦为胡蝶与?胡蝶之梦为周与?"役梦,入梦。

【评析】

这是一首闺怨词,写的是女子思念远人的情景。上阕从外景写起,一座深深的庭院里,黄莺穿行在花树之间,啾啾鸣叫,自得其乐。暖洋洋的春日升起在空中,薄雾轻烟在庭院里萦回,一片春意。垂柳的柔枝长出了娇嫩的柳叶,像一双双媚眼在看着什么。青草也已显出生机,在微风中轻轻摆动。下阕转为写女子本身,她默默地倚靠在栏杆旁,内心在为离鸾孤凤的寂寞而倍加伤感。青春年少的大好年华,却被情郎抛弃在这深深的庭院之内,与黄莺青草为伴,受微风暖日摩挲,日复一日地忍受没有情爱的折磨,何时才是终结?末二句以蝴蝶年复一年回到故地为喻,又用了"役梦"来为自己寻找佳兆,表达了女子对情郎还怀有热切的期望,哪怕那一天十分遥远,她也愿意这样期待下去,直到美梦成真。

古代的女子往往都要忍受长久离别的煎熬,因为在以男人为主的社会里,他们必须到外面去谋求功名,谋求生活的出路,女子就只能守在家里与孤独为伴。在古诗词中,这类题材的作品汗牛充栋。能把这类诗词写出新意,是件很不容易的事。

玉楼春（去时梅萼初凝粉）

去时梅萼初凝粉①，不觉小桃风力损②。梨花最晚又凋零，何事归期无定准③？　阑干倚遍重来凭，泪粉偷将红袖印④。蜘蛛喜鹊误人多⑤，似此无凭安足信？

【注释】

①梅萼初凝粉：梅花的花萼刚刚绽开。指初冬时节。　②小桃：一种果实很小的桃子，正月开花。罗隐《春居》："倚帘高柳弱，乘露小桃夭。"风力损：冬天的西北风已经不再。　③何事：何故。　④泪粉偷将红袖印：以袖拭泪，弄得袖子都变成了红色。　⑤蜘蛛喜鹊：古人认为蜘蛛和喜鹊出现，可以给人带来喜讯。吴均《续齐谐记》："干鹊噪而行人至，蜘蛛集而百事喜。"

【评析】

这是一首很典型的闺怨词，也是词人常写常新的题材。

词在写法上很考究，采用了时间推移的形式，从"梅萼初凝粉"入手，定下与情郎离别的准确时间是在头一年的冬季。这样的处理方式堪称到位，也十分合乎常情。即使在今天，我们也经常会对某件特别挂心的事情记得非常准确，甚至哪一天、什么时刻、有哪些细节、说了哪些话语、出现过哪些神情，都会牢记在心，终生难忘。相信这位女子也一定是如此。下句转眼间已到了第二年的初春，小桃绽放，西风渐消。如果我们替她算一算，大约已经过去两个月左右了。第三句再次转换时空，到了梨花凋谢的季节。掐指算来，从正月到如今，又过了两个多月。这对于青春年少的闺中女子来说，几乎达到了耗不起的地步。难怪女子发出了怨愤之词：为什么说过的话没有定准？要让我等你到什么时候？

下阕写女子走到楼前凭栏踱步，那段栏杆她走过多少回，如今又走了多少回，根本无法计算了，每每思人心切，便止不住滚下珠泪千行，以袖擦拭，以至袖子早被染成了红色。这时候女子想起民间的传说，把喜鹊登枝说成有喜事将到，把蜘蛛叫成"喜子"，见到喜子自然是喜事来临，诸如此类，害人不浅！我等了多少个日日夜夜，见过多少喜鹊和蜘蛛，可心上人却全然不见踪影。

能感觉到，这是个多情而又情感热烈的女性，她不得不忍耐离别的痛苦，但她敢于把内心的痛苦宣泄出来，甚至向所有欺骗她的人和事发出愤怒的谴责。这就造成此词在情感色彩上浓烈奔放，读来相当畅快。

玉楼春（酒美春浓花世界）

酒美春浓花世界，得意人人千万态①。莫教辜负艳阳天，过了堆金何处买②？　已去少年无计奈③，且愿芳心长恁在④。闲愁一点上心来，算得东风吹不解。

【注释】

①得意人人：得意的人。千万态：千姿百态。　②过了堆金何处买：错过了艳阳天，就是成堆的黄金也买不到了。　③已去少年无计奈：已经

离她而去的少年郎没有办法将他追回了。　④且愿芳心长恁在：但愿芳心常久地存在。

【评析】

　　这首小词是歌咏春天美景的，大概作于皇祐初年知颍州时。上阕前两句高度概括了人们对春的赞美，美酒频斟，春意盎然，一片花的海洋，游人们尽情游赏，欢歌笑语，个个乐不可支，进入了忘情的状态。作者见到此景非常高兴，他深知错过如此明媚的新春，就是有再多的黄金白银也买不回来。下阕说到自己，如今年纪老大，青春不再，但还是希望对美景保持那份永远不变的情怀。就在人们尽享春意的时候，一点闲愁陡然生起于心，就算东风频吹，也无法解开这愁的心结。作者没有明言何愁，可读者不用思考便能明白：此时的欧阳修已是年将半百的老人，距"辜负艳阳天"的时日所剩无多，看着眼前花红柳绿的少男少女，除了艳羡之外，多多少少生出些迟暮的哀伤，是再正常不过的情绪。

　　全词基调健朗，充满了对自然、对生活的热爱之情，同时对州人能够如此安乐祥和感到欣慰。

玉楼春（湖边柳外楼高处）

　　湖边柳外楼高处，望断云山多少路。阑干倚遍使人愁，又是天涯初日暮①。　轻无管系狂无数，水畔花飞风里絮②。算伊浑似薄情郎③，去便不来来便去。

【注释】

①天涯：男子所在的远方。初日暮：太阳从初升到落去。 ②"轻无管系狂无数"二句：意谓少年郎就像飘飞的柳絮，管也管不住，只能任他在水边花丛里随意癫狂。 ③算伊：想来你。浑似：就如同，就是。

【评析】

　　这是一首闺怨词。上阕写女子居住在湖边柳外的高楼之上，可知此女是位生活富裕的闺中少妇，她不缺少衣食，也不缺少生活中的物品，唯一欠缺的是情郎的爱。只见她走到楼前，凭栏远望，重重叠叠的云山遮断了视线。她百无聊赖地沿着楼栏走来走去，满腹的愁思愈来愈浓。眼看着太阳渐渐西下，她想到的却是远游的情郎：他那里也已经夕阳西下了吧？

　　下阕是女子的内心独白，她伤心至极地感叹自己为什么偏偏爱上这样一个人，他就像随处飘飞的柳絮无法管束，随心所欲地浪荡在水边的花丛。她千遍万遍地呼喊着：你这个薄情郎，一旦离去就再也不回来，偶尔回来，也是像旅客一样很快离开。

　　这类题材的古诗词很多，对闺怨的描写也可谓花样繁多。本词没有太多别出心裁的设计和构思，恰恰是用最直白的语言直斥薄情男子"去便不来来便去"，反而更能把男子的无情和无耻、女子的无聊和无奈赤裸裸地表现出来，令人对女子感伤备至，同时产生对这种男人强烈的谴责和鄙视。

玉楼春（南园粉蝶能无数）

　　南园粉蝶能无数①，度翠穿红来复去。倡条冶叶恣留连②，飘荡轻于花上絮。　　朱阑夜夜风兼露，宿粉栖香无定所③。多情翻却似无情，赢得百花无限妒。

【注释】

　　①南园：泛指园圃。晋张协《杂诗》之八："借问此何时，胡蝶飞南园。"　②倡条冶叶：长长的枝条和娇美的叶子。此词常用来指妓女。李商隐《燕台》之一："倡条冶叶遍相识，暖蔼晖迟桃树西。"此处仍指枝叶而言。　③宿粉栖香：在红粉香花上随意栖宿。

【评析】

　　这是一首咏物词，明人潘游龙《古今诗馀醉》说："词最隽，可作咏蝶。"大概他也没有发现此词有太深的寓意。后人分析诗词，往往喜欢人为地加入些政治的或者人事上的因素，遂使一些原本单纯的词变得十分沉重。要知道古人也是俗人，也时常发些全无来由的牢骚，未必一定有所寓意。比如这一首全在写蝶，充其量加入了些许个人的感慨。

　　蝶是一种什么动物呢？别看它身材娇小，能量却很大，南园里有着无数的蝶，它们不停地穿飞在冶叶倡条、红花绿叶之间，只要它喜欢，可以在任何地方停歇，谁也奈何它不得。看那粉妆玉琢的身体，真比那柳絮还要轻柔。下阕写蝶的"精神世界"：它究竟是有情之物呢，还是根本就不懂得情为何物？在夜夜风露中，这些蝶居无定所，想在哪朵花上睡就在哪朵花上睡，今天歇在这里，明天又歇在那里，好不逍遥。如果上升到"情"的高度，那么蝶看似多情，与花朵亲亲热热，然而亲热过后很快便飞到另一朵花上，照样亲亲热热去了。这究竟是多情呢还是无情？有谁能说清楚？明人沈际飞《草堂诗馀续集》里调侃道："蝶于花为无情，曰'多情却似'，则世上滥好人有出脱矣。一笑。"意思是说蝶原本就是"采花贼"，看似有情，实则仅仅是在对花进行狎戏而已。如果真认为蝶是有情之物，岂不是让世间那些存心不良到处拈花惹草的臭流氓有了堂而皇之的借口？

玉楼春（江南三月春光老）

江南三月春光老，月落禽啼天未晓。露和啼血染花红①，恨过千家烟树杪。　　云垂玉枕屏山小②，梦欲成时惊觉了。人心应不似伊心，若解思归归合早③。

【注释】

①啼血：杜鹃。据《成都记》载，杜宇又曰杜主，自天而降，称望帝。好稼穑，治郫城。后望帝死，其魂化为鸟，名曰杜鹃。杜鹃鸟口红，春时杜鹃花开时即鸣，声甚哀切。古人误传其"夜啼达旦，血渍草木"，故曰啼血。白居易《琵琶行》："其间旦暮闻何物？杜鹃啼血猿哀鸣。"②云垂玉枕：女子松散的头发垂落在玉枕上。屏山小：屏风上的山峦显得很小。　③若解思归归合早：如果你还有思归之心，即应该尽早回来。合，应该。

【评析】

这首词写一位江南女子思念情郎的情态。起首并没有进入角色，而是描写楼外的景色。江南的三月，已是暮春时节，一年中最美好的季节马上就要结束了。月儿已经落去，杜鹃开始啼鸣，但天气还在拂晓之前。"月落禽啼天未晓"一句,道出了女子彻夜未眠的哀苦之状,可以想象,这位思妇是如何熬过这漫漫长夜的。随后展现的是杜鹃不停的鸣声,将花儿都染红了。读者大都了解"杜鹃啼血"的故事,作者正是用了这个故事中的"啼"进一步表现女子内心的凄苦和怨恨,她想到,杜鹃所以哀啼是因为心中有恨,而不住声地啼鸣,是因为心中有诉不完倾不尽的恨,那恨飘过千家万户,飞到烟树之巅——有谁知道,我心中的愁和恨,与杜鹃鸟的恨是一样深、一样多!

结束了以杜鹃喻美人的上阕,下阕回到了对女子的直接描述。就在她辗转反侧即将成眠的当口儿,却被杜鹃的啼叫惊醒了。原本还可以用睡觉暂时麻醉的女子,此时的惆怅和怨望填满了内心,她忍不住向天涯的情郎发问:难道你还不如杜鹃鸟时时思归吗?你如果还记得这里有个时刻等你归来的人儿,就应该尽快地回来!明人潘游龙在《古今诗馀醉》中说:"末语比拟精当,且矫健。"所谓"矫健",就是指比拟有力,是女子发自内心的最正当、最真情的呼唤。如果你已经把这个家都忘记了,那就说明你还不如禽鸟懂得情意。

玉楼春(东风本是开花信)

东风本是开花信①,信至花时风更紧②。吹开吹谢苦匆匆,春意到头无处问。　　把酒临风千万恨,欲扫残红犹未忍。夜来风雨转离披③,满眼凄凉愁不尽。

【注释】

①花信:花信风,应花期而来的风。梁宗懔《荆楚岁时记》:"江南

梅花风先,蓼花风后,二十四番花信风。" ②信至花时:到了某种花开放的时节。 ③离披:分散下垂或纷纷下落的样子。《楚辞·九辩》:"白露既下百草兮,奄离披此梧楸。"

【评析】

　　这是一首伤春词,也是古代文人常写常新的题材,其最终的感慨往往都落实到年华易逝、人生短促的主题上。

　　此词以"花信"起首,而东风则是花信的开端,这就与人生的开端暗暗联系到了一起。作者别出心裁地说:东风本是催花的良媒,可真正到了花开的季节,它不但不对花儿悉心呵护,反而刮得越来越紧,这分明是对花的摧残,所以很多时候的东风并不可爱,而恰恰是"东风恶"的感觉。作者不禁发问:你既然有心把百花催开,又何必匆匆忙忙把花催谢呢?从花开到花谢总共没有多久,以至人们还没来得及尽情享受烂漫的春光,春天便已结束了。没有了花的时节里,人们还能到哪里去追寻好光景?

　　下阕写作者自身的情绪。春天的脚步匆匆离去,把酒临风,看到的已经是落英缤纷。这些曾经无比美丽的花瓣,如今寂寞地散落在地上,令人扼腕叹息。真想把这些精灵般的花片打扫干净,却又十分不忍,因为它们虽然飘落,依旧是美丽的、散发着余香的精灵。谁料入夜之后,一阵疾风暴雨卷地而来,可怜那些落花,顷刻间"零落成泥碾作尘",连余韵也被无情地摧毁了。这般光景,更令人深感凄凉和无奈。

　　不难发现,词中所有关于花的描述,其实都与人生短促和常常会经受狂风暴雨的摧折有着相同的规律:花儿有开有谢,人生也有盛有衰,想要人生永远辉煌,就如同要鲜花永开不谢一样绝不可能。

玉楼春（阴阴树色笼晴昼）

阴阴树色笼晴昼，清淡园林春过后。杏腮轻粉日催红①，池面绿罗风卷皱②。　佳人向晚新妆就③，圆腻歌喉珠欲溜④。当筵莫放酒杯迟，乐事良辰难入手⑤。

【注释】

①杏腮轻粉日催红：杏花花蕊上的白粉被阳光催得渐渐变红。　②绿罗：碧绿色的池水表面像丝罗一样晶莹温润。　③向晚：将近黄昏时分。新妆就：重新梳妆打扮完。　④圆腻歌喉珠欲溜：谓歌女圆润的歌声如串珠碰击，十分悦耳。　⑤入手：得到。

【评析】

　　这是一首描写饮宴的小词。上阕写春末的美景：晴朗的天气里，枝叶茂密的树木遮蔽出一片又一片的树荫，给人带来丝丝凉意，园林中没有了百花盛开的热烈，代之而来的是绿色的树木和青草，显得十分淡雅。迟开的杏花也即将凋谢，原本雪白的花瓣，渐渐变成了红色。平如镜面的小池水面，被微风吹起层层涟漪。

　　下阕写宴会。天色将晚时，美丽的歌伎重新把自己装扮起来，清丽的嗓音、婉转的歌喉，如串串珍珠滚落下来。面对着良辰美景赏心乐事，作者劝人也是自劝：开怀畅饮，一醉方休吧，这样的场合一生能有多少？

　　全词没有更多亮点值得点评，属于一般性的应景之作。如果一定要讲出其中的妙处，也只有上阕对景色的描写还算典雅。"杏腮轻粉日催红，池面绿罗风卷皱"二句对杏花将谢之景的勾勒、对池水涟漪的摹状，称得上精巧别致。

玉楼春（芙蓉斗晕燕支浅）

芙蓉斗晕燕支浅①，留看晚花开小宴。画船红日晚风清，柳色溪光晴照暖。　　美人争劝梨花盏②，舞困玉腰裙缕慢③。莫交银烛促归期④，已祝斜阳休更晚⑤。

【注释】

①芙蓉斗晕燕支浅：谓荷花斗艳，胭脂都显得黯然无色了。晕，晕染的红色。燕支，即"胭脂"。　②梨花盏：酒盏名。　③舞困玉腰裙缕慢：因舞蹈过多显得很累，腰间的舞裙旋转得慢了。　④莫交银烛促归期：不要让银烛燃烧殆尽而限定归期。意思是随意尽兴，休要管它到了什么时辰。交，通"教"。　⑤已祝斜阳休更晚：已经祈祷斜阳停在此时，不要继续下垂了。意思是祈求时间凝固在此刻。

【评析】

这首词大约作于熙宁五年（1072），当时作者已退居颍州。从内容上看，此词真可以称为"娱乐至死"，写的是游湖后的一场宴会。"芙蓉斗晕燕支浅"，表明是在仲夏时节。此时的作者情绪极佳，顾不上观赏红艳艳的莲花，却说等到傍晚宴会开启时再看"晚花"。很快到了红日西沉的时刻，晚风吹来，无比清爽，柳色溪光，分外宜人——宴会就要举行了。

下阕开始时，宴会已经进入高潮，美人们争相为主客敬酒，那位舞蹈助兴的女子看上去已经跳得很累，舞裙下摆的旋转速度慢了很多，用现在的话说，该女子累得快支撑不住了。这一回作者表现可称不上甚佳，更缺乏怜香惜玉的善意，他竟然大声疾呼：用不着看蜡烛还剩多少，只管尽情欢饮，一醉方休。老夫先已祈祷上天，让它下令止住太阳下沉，就定格在此刻，免得我等还要惦记到了什么时辰！您说这样写是不是很有童趣？致仕后的欧阳修彻底得到了解脱，再也不愿过问朝廷政务，一心一意想把晚年生活过得有声有色。这期间他写过很多类似的诗词，主旨大同小异，而以这一首为最极端。从中我们看到了一个极富生活情趣的白发老人，甚至时常说些孩子话。遗憾的是，这样惬意的生活仅仅过了一年，老人家便溘然长逝了。

渔家傲（正月斗杓初转势）

正月斗杓初转势①，金刀剪彩功夫异②。称庆高堂欢幼稚③。看柳意④，偏从东面春风至。　　十四新蟾圆尚未⑤，楼前乍看红灯试⑥。冰散绿池泉细细。鱼欲戏，园林已是花天气。

【注释】

①斗杓（biāo）：北斗的斗柄。北斗斗柄一年旋转一圈，故古人以斗柄的指向判断月份。《史记·天官书》："北斗七星……杓携龙角，衡殷南斗，魁枕参首。用昏建者杓。……分阴阳，建四时，均五行，移节度，定

诸纪,皆系于斗。"转势:转变形态和方向。　②金刀:剪刀。剪彩:古代风俗于人日剪彩人以贴屏风,又于立春之日剪彩燕插戴在头上。梁宗懔《荆楚岁时记》:"正月七日为人日,以七种菜为羹,剪彩为人,或镂金箔为人,以贴屏风,亦戴之头鬓。"又:"立春之日,悉剪彩为燕,戴之。"本词里的"剪彩",未必是指人日或立春之日,而是泛指新春到来之前便开始剪彩为花,戴在头上以迎新年。功夫异:手艺非同寻常。　③称庆高堂:向父母拜寿庆贺。欢幼稚:令孩子们非常高兴。　④柳意:柳树发芽的消息。　⑤新蟾:即月亮。古人认为月中有蟾蜍,故称蟾月。罗隐《旅梦》:"出门聊一望,蟾桂向人斜。"圆尚未:还没到最圆的时候。　⑥红灯试:宋代元宵节是最为热闹的节日,汴京城里到处都是花灯。十四日起,人们便开始在街上燃起花灯,观看效果,称为"试灯"。

【评析】

　　这首词连同以下十一首均作于治平四年(1067)作者担任参知政事时。当时外戚李端愿从相州知州卸任回朝,除为醴泉观使,不再任具体职务。这组词便是作者赴李端愿宴请时奉和的即席之作。十二首词以十二个月为主题,描写了不同月份的不同风俗,真切而生动。

　　这是本组词的第一首,以一年之始为叙写对象,而又以北斗七星起首。在古代漫长的岁月里,我们的祖先都是用北斗观测节候。从这个意义上说,这首词充满了民俗文化的韵味。随后展开的是更具体的民俗画卷:元旦还没到,人们都已忙着剪彩人、彩花,打算在新春头一天插戴在头上,图个开门见喜。元旦这天,家家户户的后辈们都给父母长辈磕头行礼,祝愿他们健康长寿。小孩子在这一天里是最高兴的,他们可以得压岁钱、穿新衣、吃美食、玩玩具、和小伙伴们尽情玩耍,而且可以从早玩到晚,无拘无束,甚至淘气了闯祸了也不会受到责罚。中国人最看重过节,尤其是春节，而小孩子更是节庆日子里最撒欢的一群，即使在千年后的今天依旧如此。"看柳意"三字，则体现出迎来元旦的人们对更加灿烂的春季热切的期盼。

下阕过渡到元宵佳节的前夕，正月十四，人们便迫不及待地做好纱灯，点燃灯烛拿到外面去相互比试。宋代人最看重元宵节，往往一连三日五日都不禁夜，任凭百姓彻夜狂欢，故而宋词中描写元宵的作品非常之多，然而把元宵提前一天描写的却不太多，欧阳修这段描写，可谓别出心裁——十四尚且如此，十五那天还用说吗？随后写元宵之后的情景：池中的冰已经化开，闷了一冬的鱼儿终于透过水面见到了天空，可以尽情嬉戏了。最后一句的跳跃性更大，不知不觉间已是正月之末，天气回暖的速度越来越快，过不了多久，和暖的东风便会吹得百花盛开了。喜庆、期盼、愉悦，这就是正月的气氛。

渔家傲（二月春耕昌杏密）

二月春耕昌杏密①，百花次第争先出②。惟有海棠梨第一③。深浅拂④，天生红粉真无匹⑤。　　画栋归来巢未失，双双款语怜飞乙⑥。留客醉花迎晓日。金盏溢，却忧风雨飘零疾⑦。

【注释】

①昌杏：菖蒲和杏花。　②百花次第争先出：百花虽然有先开后开的次序，却像等不及般争相怒放。　③海棠梨：海棠花与梨花。第一：开得最盛。　④深浅拂：指海棠花与梨花深浅浓淡相映成趣。　⑤天生红粉：

指桃花天生的粉红色。 ⑥款语：即软语，轻声细语。飞乙：即飞燕。乙，燕的别称。 ⑦飘零疾：飘零得太快。

【评析】

　　这一首以写景为主，一是因为这个月里没有什么民俗节日，二是因为这个月是百花争艳最美的月份。随着万物复苏，原本光秃的大地上很快铺满绿茵，晴和的天气里，人感到舒服，花花草草也不失时机地尽量展示着各自的美艳，"良辰美景奈何天"里，为什么不紧紧抓住这难得的二月，尽情享受大自然丰厚的赐予呢？

　　上阕尽可能多地细数各种花，先是菖蒲长出密密的叶子，杏花随后大展芳容，此时的春意已经很浓，各色各样的花争先恐后开放，一时间令人目不暇接。在众香国里，海棠花和梨花开得最绚烂，两种花深浅相间，斑斓多姿，所以作者认为它们当属最耀眼的"明星"。还有桃花，那天然的娇红嫩粉，赏心悦目，在百花之中没有哪个能与之匹敌。下阕把目光落在双宿双飞的燕子上，作者把它们拟人化，说它们离开很久，重新回到画梁下面时，惊喜地发现去年建造的巢窠竟然完好无损，于是呢喃对语一番，兴高采烈地飞进巢中，体会久违了的温暖和安逸。随后又转到宴会主人身上：这位主人热情好客，极力挽留客人尽赏春花，纵情欢饮，总是把酒杯斟得满满。不料一阵风雨骤然而至，吹得落花满地，好不令人惋惜。这一句描写看似远在题外，却昭示出一个常理：即便在春色满园的二月里，也难免会有风风雨雨，这才是真实的自然。

渔家傲（三月清明天婉娩）

　　三月清明天婉娩①，晴川被禊归来晚②。况是踏青来处远。犹不倦，秋千别闭深庭院。　　更值牡丹开欲遍，酴醿压架清香散③。花底一樽谁解劝。增眷恋，东风回晚无情绊④。

【注释】

　　①婉娩（wǎn）：天气温和。南朝梁庚肩吾《奉使北徐州参丞御》："年光正婉娩，春树转丰茸。"　②晴川：晴朗天空下的水面。祓禊（fú xì）：洗浴而祓除不祥。《后汉书·礼仪志》上："是月上巳，官民皆洁于东流水上，曰洗濯祓除宿垢为大洁。"《宋书·礼志二》引《韩诗》："郑国之俗，三月上巳，之溱、洧两水之上，招魂续魄。秉兰草，拂不祥。"　③酴醿（tú mí）：同"荼醿"，一种爬藤类植物。也用作酒名。　④东风回晚无情绊：东风回来得太晚，没有对春光形成牵绊。

【评析】

　　这首词写阳春三月。古代有个三月三，就在这个月的开始，这是个很为人们看重的节日，所以作者把它放在十分突出的位置。开篇说三月是个清朗明丽的月份，人们都要到河边去洗澡嬉戏，以清除不祥。其实到了宋代，这一天里洗澡不洗澡已不重要，重要的是借这个由头轻轻松松地游赏一番。作者用"踏青来处远"表明，无论是士子还是百姓，这一天都会到城外很远的地方去踏青郊游，都不甘心早早地回到拥挤的京城。即便如此，还是游兴未尽，尤其是年轻的女子，在花园里荡荡秋千，开怀地笑笑，才算把这个节过完。

　　下阕依旧写花，只是末句对三春即将离去表示了些许惋惜，不过整体情绪还是十分乐观的：牡丹开得正艳，架上的酴醿开得正欢，清香飘满了整个花园。人在花下饮，不知是酴醿花在劝人狂饮酴醿酒，还是人在尽赏酴醿花，其间乐趣，恐怕只有参与其中的人才感受得到。

这首词的特点是大开大合，虽然是在写花草，却能把它们的气势烘托出来。比如牡丹的"开欲遍"，彰显出气象的宏壮；酴醾的"压架"和"清香散"，令人感受到的是密密匝匝爬满硕大花架的群花，而不是几朵小花的形象。

渔家傲（四月园林春去后）

四月园林春去后，深深密幄阴初茂①。折得花枝犹在手。香满袖，叶间梅子青如豆。　　风雨时时添气候②，成行新笋霜筠厚③。题就送春诗几首。聊对酒，樱桃色照银盘溜④。

【注释】

①密幄（wò）：喻浓密的树荫像帐幕般笼罩着大地。阴初茂：树荫已经很茂密。　②添气候：增添气候的变化。　③霜筠（yún）：竹子表皮有一层白色的霜，叫作箨，又叫作筠。　④银盘溜：谓银盘表面晶莹光滑。

【评析】

这首词写四月风光。四月是入夏后的第一个月，也是草木进入快速生长的季节，故而作者开篇即云春天去后，树木长出浓密的树冠，形成了一片一片的树荫。接着一句"折得花枝犹在手"，表明此时虽然百花凋谢，但还有挂满花朵的青枝，花香满袖，十分可人。再看梅树，绿叶间已经长出了点点青梅。下阕写四月里不时会刮起风下起雨，每次风雨之后，气候就会发生些许的变化，最初是清凉，随后便是比风雨之前更暖的天气。这种渐变的天气，已使遍地新笋的霜皮越变越厚，笋株也越来越粗壮了。面对眼前的枝繁叶茂，作者禁不住诗性勃发，挥笔写下几首送春的诗。再举起酒杯时，但见艳红的樱桃把银盘装点得晶光闪闪，形成了"银白"与"艳红"的色泽对比。

全词没有含蓄，也很少夸张譬喻，几乎就是一幅写实的水彩画，既散发出浓郁的初夏繁荣，又显得清雅别致，当用浓墨时尽兴挥洒，如"深深密幄阴初茂"，当用点染时轻轻带过，如"叶间梅子青如豆"，可谓恰到好处。

渔家傲（五月榴花妖艳烘）

五月榴花妖艳烘，绿杨带雨垂垂重①。五色新丝缠角粽②。金盘送，生绡画扇盘双凤③。　　正是浴兰时节动④，菖蒲酒美清尊共⑤。叶里黄鹂时一弄⑥。犹瞢忪⑦，等闲惊破纱窗梦。

【注释】

①绿杨带雨垂垂重：谓杨柳的叶子经雨之后纷纷下垂，显得湿重。②角粽：即粽子。古用黏黍做成，状如三角，故称。《太平御览》卷八五一引周处《风土记》："俗以菰菜裹黍米，以淳浓灰汁煮之令烂熟，于五月五日及夏至啖之。一名粽，一名角黍。"　③生绡（xiāo）：未经过漂染的生丝织品。画扇盘双凤：扇面上画成双凤图案。　④浴兰：以兰汤沐浴，即用香草水洗澡。古人认为兰草能避不祥，故以兰汤洁斋祭祀。《大

戴礼记·夏小正》："（五月）蓄兰，为集浴也。"《楚辞·九歌·云中君》："浴兰汤兮沐芳，华采衣兮若英。"王逸注："兰，香草也。" ⑤菖蒲：一种水生植物，可以泡酒。孙思邈《千金月令》："端午，以菖蒲或缕或屑以泛酒。"尊：酒樽。 ⑥时一弄：不时地发出一两声鸣叫。弄，同"哢"。 ⑦薆忪（méng sōng）：睡眼惺忪之貌。

【评析】

　　这是一幅内容丰富的五月风情画。五月最有代表性的花是石榴花，颜色火红，故而作者称其"妖艳烘"，最能夺人眼球。此时的柳树正在最盛的阶段，经雨之后，叶子下垂，好像受到了重压。五月里最具特色的节日当属端午，这是任何人都不可能忽略的一个日子。作者没有用过多的笔墨，只把米粽外表的"五色新丝"点染出来，凸显出人们对粽子制作的精心；又用"金盘送"表现出人们对粽子的看重，也代表着对这个节日非同寻常的内涵隆重的纪念。此时天气渐热，扇子成了人们不可或缺的用品。作者不写文人手中的水墨扇，也不写富贵女子手中的团扇，却用最普通的生绢画双凤扇面来表现一种质朴的美。

　　下阕也很热闹，先写浴兰，又写畅饮菖蒲酒，都紧扣着民俗这个大主题，又用"叶里黄鹂时一弄"增添季节的"最美和声"。到此为止，主人公与民众、花草树木与飞鸟等交织在一起，声画俱佳，气氛热烈。《欧阳修全集》此词之后附有一段文字说："荆公尝对客诵永叔小阕云：'五色新丝缠角粽。金盘送，生绢画扇盘双凤。'曰：'三十年前见其全篇，今才记三句。乃永叔在李太尉端愿席上作《十二月鼓子词》。数问人求之，不可得。'"可见王安石对此词也非常欣赏，数十年后还记得三句，已经十分难得了。我们推想，王安石一定是被欧阳修平实无华的语言所打动，因为在宋朝，出语锦绣并非难事，出语平和才是最难得的。

渔家傲（六月炎天时霎雨）

六月炎天时霎雨①，行云涌出奇峰露②。沼上嫩莲腰束素③。风兼露，梁王宫阙无烦暑④。　　畏日亭亭残蕙炷⑤，傍帘乳燕双飞去。碧碗敲冰倾玉处⑥。朝与暮，故人风快凉轻度⑦。

【注释】

①霎（shà）雨：迅疾而来的骤雨。　②行云涌出奇峰露：行云奔涌形成状如奇峰的样子。　③腰束素：谓女子腰细。宋玉《登徒子好色赋》："腰如束素，齿如含贝。"此处喻莲梗很细。　④梁王宫阙：西汉梁孝王所建的东苑，又称兔苑、梁苑。园林规模宏大，方三百余里，宫室相连属，供游赏驰猎。此处代指李端愿的府第。烦暑：暑热。《南史·梁武陵王纪传》："季月烦暑，流金铄石。"　⑤畏日：令人生畏的炎炎夏日。亭亭：香烟升腾的样子。蕙炷：以香草制成的香烛。　⑥碧碗敲冰：敲碎冰块装进碗里。倾玉：谓被敲碎的冰如同晶莹的玉。　⑦故人：故友。风快凉轻度：风吹过来使人感到凉爽。

【评析】

这首词写炎夏的情状。上阕先从雨和云说起，这是最能代表夏天气候特点的两种景物：雨是说来就来，而且来得很急，不过说过去很快也就过去，这就是今天常说的疾风迅雨。天上的云"变脸"也很频繁，一会儿是蓝天白云，不知怎么就会变得阴云密布，而且不停地翻滚，幻化成各种各样的形状,最常见的就是层云密布,如同重重叠叠的冈阜山峦。当然,这样的天气毕竟是少数,更多日子则是赤日炎炎似火烧般难耐,于是作者很自然地把笔墨移出云和雨,回到骄阳似火的天气里:荷花是夏季里最惹眼的景物,池塘里硕大的荷叶托起盛开的荷花,再看那荷叶的绿茎,那么纤细,细得仿佛美人的腰肢——这种比喻称为"反喻",也就是说,通常情况下是以纤细的荷梗喻女子的细腰,这里反过来说荷梗细如女子的腰肢,把女子的柔美巧妙地植入到自然景色中来,让人感觉更有味道。"梁土宫阙无烦暑"一句,则说虽然在炎夏之中,主人的府第里却没有"烦暑",因为这里既有风又有露,衬托出不同寻常的人间仙境。

下阕写主人府里的情状,外面虽是亭亭畏日,屋室内依然飘浮着香烟,檐间的乳燕也生活得逍遥自在,因嫌檐下闷热,双双飞向阴凉的去处。好客的主人把珍藏的冰拿给宾客们解暑,这在夏天里是多么难得的享受!在这里凉风习习,令人感到格外畅美。

人们对酷热的夏天原本怀着畏惧,这首词展现出的却是无处不在的清爽,足见作者这支笔有多么神奇的力量。

渔家傲(七月新秋风露早)

七月新秋风露早,渚莲尚拆庭梧老①。是处瓜华时节好②。金樽倒,人间彩缕争祈巧③。　　万叶敲声凉乍到④,百虫啼晚烟如扫⑤。箭漏初长天杳杳⑥。人语悄,那堪夜雨催清晓。

【注释】

①渚(zhǔ)莲:小洲旁的莲花。渚,水中小洲。拆:同"坼",绽

开。庭梧老：庭院里的梧桐树开始落叶。　②是处：到处。瓜华时节：各种瓜类成熟的季节。　③彩缕争祈巧：五代王仁裕《开元天宝遗事》卷下："宫中以锦结成楼殿，高百尺，上可以胜数十人，陈以瓜果酒炙，设坐具以祀牛、女二星，嫔妃各以九孔针、五色线向月下穿之，过者为得巧之候。动清商之曲，宴乐达旦，谓之乞巧楼。"《东京梦华录·七夕》："至初六、七日晚，贵家多结彩楼于庭，谓之乞巧楼。"　④万叶敲声：各种树木的叶子纷纷掉落，发出飒飒之声，如同在互相敲打。　⑤百虫啼晚：各种昆虫都在傍晚时分啼鸣。烟如扫：夏日里浓郁的烟雾被一扫而光。　⑥箭漏初长：漏箭的转动渐渐加长，指白天越来越短，夜间越来越长。天杳杳：天也像变得更高。

【评析】

　　这首词写秋天的第一个月，金风玉露已经出现。水中的莲花虽然还在开，庭院里的梧桐却已显出衰败之象，正所谓"一叶落而知秋"——梧桐是最早感知秋天到来的树木，只要见到梧桐叶落，就可以肯定秋天到来了。然而秋天并不可怕，恰恰相反，它是成熟的季节，各类瓜果纷纷摆上餐席，人们品尝着瓜果的香甜，摆上金樽，斟满美酒，凉风宜人，此乐何极？上阕的最后一句由自然转到人世：七月里还有个重要的民俗节日，那就是七夕乞巧节。这一天的晚上，人们把最美好的祈愿向天神诉说，希望天神能给自己带来聪明和幸福。为了达到这个目的，富贵之家不惜千金搭建挂满彩锦的乞巧楼，女人们虔诚地穿针引线。

　　下阕多写自然界的变化，继梧桐落叶后不久，几乎所有树木都进入"晚景"，形成了"无边落木萧萧下"的壮观景象，叶叶相击的飒飒声告诉人们，深秋已经不远。与之相伴而生的还有雾露消散后的天高云淡，以及昆虫的啼鸣。白天越来越短，黑夜越来越长。更令人感到凄凉的是，只要经过一场秋雨，第二天的天气便会比此前更加寒凉。词的最后流露出淡淡的哀伤，毕竟日渐萧疏的感觉，远远比不上万物葱茏令人惬意和满足。

渔家傲（八月秋高风历乱）

八月秋高风历乱①，衰兰败芷红莲岸②。皓月十分光正满③。清光畔，年年常愿琼筵看。　　社近愁看归去燕④，江天空阔云容漫⑤。宋玉当时情不浅⑥。成幽怨，乡关千里危肠断⑦。

【注释】

①历乱：杂乱。　②败芷（zhǐ）：残败的白芷。芷，香草名。　③皓月十分：八月十五的满月。　④社近愁看归去燕：古代民间有春社和秋社，分别在立春和立秋后的第五个戊日。燕子一般在春社时飞到北方，秋社时便会离开，故称其为社燕。陈元龙《格致镜原》卷七八：“燕，玄鸟也。巢于屋梁间。春社来，秋社去，故谓之社燕。”　⑤容漫：闲淡之貌。⑥宋玉当时情不浅：谓宋玉对秋的感受最深刻。《楚辞》宋玉《九辩》："悲哉，秋之为气也。萧瑟兮，草木摇落而变衰。憭栗兮，若在远行。登山临水兮，送将归。泬寥兮，天高而气清。寂寥兮，收潦而水清。"⑦乡关：故乡。危肠：愁肠。

【评析】

这首词写八月的风景及感受，整体风格是幽怨多于欣快。

开篇两句用语苍凉，为全词奠定了基调。秋高并不令人沮丧，但风已

"历乱",就难免让人感到丝丝寒意了,再看曾经绚丽的花草:兰花衰颓,白芷惨淡,红莲虽然还在开,也已经接近尾声。面对如此萧瑟的景致,有谁还能心情愉悦没有惋惜之心呢?还好,中秋节这个团圆的日子也在这个月里,为亲情平添了不少的欢乐。皓月清光之下人们庆贺团圆,畅饮美酒,度过一个美好的月圆之夜。

然而这只是由凄清到衰败过程中的一个节日,过了十五,一切都会变得更加萧条,春天里躲在屋檐下、夏天里到处寻找阴凉地的燕子,如今也要长时间地飞走,到它们认为温暖的地方去过冬。天地间的鲜花绿树都已凋谢枯萎,满眼苍翠的风光变得一片萧疏,难怪宋玉情不自禁地发出悲秋之叹。如果说初秋七月里"悲秋"为时尚早,那么八月里树叶飘飞,白花凋谢,即使是万事遂心的人,也或多或少感到阵阵凄切,更何况身在远方的游子,思乡之情会随着天气渐寒而越来越浓烈。

渔家傲(九月霜秋秋已尽)

九月霜秋秋已尽,烘林败叶红相映①。惟有东篱黄菊盛②。遗金粉③,人家帘幕重阳近④。 晓日阴阴晴未定,授衣时节轻寒嫩⑤。新雁一声风又劲。云欲凝,雁来应有吾乡信。

【注释】

①烘林:像被火烘烤变成红色的林木。 ②东篱黄菊:泛指人家的菊花。陶渊明《饮酒》之五:"采菊东篱下,悠然见南山。" ③遗(wèi)金粉:彼此互相馈赠金菊。 ④人家:家家。重阳:九月九日重阳节。

⑤授衣时节：古代秋末要给征夫或役人添加衣服，叫作"授衣"。《诗经·豳风·七月》："七月流火，九月授衣。"

【评析】

  暮秋的景色与八月相比，显得更加萧瑟凄凉，到处都是白露为霜的肃杀，还没落尽的树叶都变成了火红的颜色，与满地落叶交相辉映，黄里透红，几乎看不到绿色的踪影了。此时能够装扮自然的，也只剩下金黄色的菊花。重阳佳节很快到来，在这个一年中最后的节日里，人们都以菊花相赠，表达彼此间美好的祝愿。

  下阕先写阳光。昔日里灿烂无比的阳光，如今却变得阴晴不定，很容易给人一种不确定感。特别是"九月授衣"那句古老的诗句，更令人感到冬天的脚步渐渐逼近，寒冷的到来不可避免。说不定哪一天，就会见到南飞的雁行，此时的风越来越冷，早已不是令人神爽的清风了。云朵像凝固了一般，增添了寒冷的感觉。此时作者动了思乡之情，仰头望着大雁，心中期盼的却是来自家乡的音信。

  按照常理，九月里最能打动文人情怀的是重阳节，而此词对这个重要的节日却没用什么笔墨，却把大量的篇幅放在写深秋的萧瑟凄冷和对家乡的思念上，可见作者内心的凄凉相当浓烈。

渔家傲（十月小春梅蕊绽）

  十月小春梅蕊绽①，红炉画阁新装遍。锦帐美人贪睡暖。羞起晚，玉壶一夜冰渐满②。　　楼上四垂帘不卷，天寒山色偏宜远。

风急雁行吹字断③。红日短,江天雪意云撩乱④。

【注释】

①小春:农历十月的别称。陈元靓《岁时广记》卷三七:"冬月之阳,万物归之。以其温暖如春,故谓之小春,亦云小阳春。" ②冰澌(sī):薄冰。 ③吹字断:意谓风把大雁排成的"人"字或"一"字队形吹乱。 ④雪意:下雪的迹象。云撩乱:谓云层疏密不均,显得散乱阴惨。

【评析】

农历的十月,相当于公历的十一月,天气已经寒冷,结冰和下雪都可能在这个月里出现,故而在作者笔下,这首词里充满了寒意。首先是梅花绽放了娇嫩的花蕊,标志着冬天真正到来。再看人家屋里,取暖用的红炉已经烘起,画阁也换成了冬天的样子,该用棉帘用棉帘,该换窗纸换窗纸,总之这个季节里的一切,都要以"御寒"为中心了。锦帐里的美人偎在暖和的被窝里迟迟不起,也是出于畏寒的原因。"冷"在此时占据了主流,看那放在门外的玉壶,薄冰已经结满了水面。

以美人的慵懒反衬气候的寒冷,定位比较新巧,且下阕仍没有脱离这个形象:因为美人贪睡不起,四围的帘幕当然也就没有卷起,那就索性由她去吧。作者的目光转移到外面:由于天寒的缘故,眼前的山峦显得比从前更远。这是为什么呢?因为山色苍翠的时候,你看到的山形整体较大,如今变黄变光秃,整体的感觉是"山变小了",自然也就显得离人们更"远"了。抬头再看南飞的大雁,原本整齐的雁行突然被风吹得散乱起来,显示出西风越刮越猛,寒气越来越浓便无可怀疑了。红日显得无精打采,更糟的是,似乎升起没多长时间,便懒洋洋地偏向西边了。天空中彤

欧阳修词选 | 157

云密布，雪花飘落近在眼前。

有趣的是，直到此时，作者并没有写那位贪睡怕冷的美人是否起床离榻，是不是还在睡呢？

渔家傲（十一月新阳排寿宴）

十一月新阳排寿宴①，黄钟应管添宫线②。猎猎寒威云不卷③。风头转，时看雪霰吹人面④。　南至迎长知漏箭⑤，《书》云纪候冰生研⑥。腊近探春春尚远⑦。闲庭院，梅花落尽千千片。

【注释】

①新阳：古人认为世间万物皆分阴阳，理论上来说，一年十二个月里，前六个月为阳，后六个月为阴。但周代人把正月定在子次，商代人把正月定在丑次，夏代人把正月定在寅次，也就是说，周人认为"冬至阳生"，而冬至日在夏历的十一月。如果按照夏历，则十一月、十二月和来年的一至四月为阳，五月至十月为阴，到了十一月再次"新阳初生"，故古人也把夏历十一月称为"新阳月"。　②黄钟：古十二律中的一律，应于十一月。《吕氏春秋·音律》："黄钟生林钟，林钟生太蔟，太蔟生南吕，南吕生姑洗，姑洗生应钟，应钟生蕤宾，蕤宾生大吕，大吕生夷则，夷则生夹钟，夹钟生无射，无射生仲吕。……天地之气，合而生风。日至则月钟其风，以生十二律。仲冬日短至，则生黄钟。季冬生大吕。孟春生太蔟。仲春生夹钟。季春生姑洗。孟夏生仲吕。仲夏日长至，则生蕤宾。季夏生林钟。孟秋生夷则。仲秋生南吕。季秋生无射。孟冬生应钟。天地

之风气正,则十二律定矣。"应管:即对应十一月的那支灰管。古人候气,于密室中安放十二支律管,管中放入葭灰(芦苇中薄膜烧成的细灰)。每一候至,则管中的葭灰自动飞出。《梦溪笔谈·象数》一引晋司马彪《续汉书》云:"候气之法,于密室中,以木为案,置十二律管,各如其方,实以葭灰,覆以缇縠,气至则一律飞灰。"添宫线:古代测量日影的方法之一。《事文类聚》前集卷二十:"晋魏间宫中以红线量日影,冬至后,日添长一线。" ③猎猎:刮风的声音。寒威:严寒之威。 ④霰(xiàn):白色不透明的球形小冰粒。 ⑤南至:即冬至。《左传·僖公五年》:"春王正月辛亥朔,日南至。"杨伯峻注:"日南至,今谓之冬至。"迎长:谓自冬至始,夜晚的时间越来越短,白天的时间越来越长。《礼记·郊特牲》:"郊之祭也,迎长日之至也,大报天而主日也。兆于南郊,就阳位也。"漏箭:古计时器中指示时刻的箭形指针。 ⑥《书》云纪候:《尚书》中关于节候的记载。五纪:一曰岁,二曰月,三曰日,四曰星辰,五曰历数。冰生研:砚台里的残墨已经结冰。研,通"砚"。 ⑦腊近探春春尚远:腊日虽然临近,然此时距离探春却还有很长时间。《荆楚岁时记》:"十二月八日为腊日。"

【评析】

  夏历十一月在人们心中是个值得期盼的月份,从这首词中可以明显感觉到,作者的情绪要比前两首高昂一些,这其中最主要的原因,莫过于"冬至"节气在这个月中。古人对冬至十分看重,因为"冬至一阳生"的观念在人们头脑中早就根深蒂固了:阳气回升,标志着新一轮的春风春雨春花春草将再次重现,连昼短夜长的格局也将从这一天开始逆向地改变。《东京梦华录》卷十说:"十一月冬至。京师最重此节,虽至贫者,一年之间,积累假借,至此日更易新衣,备办饮食,享祀先祖。官放关扑,庆贺往来，一如年节。"到了南宋，人们对冬至的重视程度丝毫未减。《梦粱录》卷五说："十一月仲冬，正当小雪、大雪气候。大抵杭都风俗，举行典礼，四方则之为师，最是冬至岁节，士庶所重，如送馈节仪，及举杯相庆，祭享宗禰，加于常节，士庶所重。如晨鸡之际，太史观云气以卜休祥，一阳后日晷渐长，比孟月则添一线之功。杜甫诗曰：'愁日愁随一线长。'正谓此也。此日宰臣以下行朝贺礼，士夫庶人，互相为庆。"人们"互相为庆"，庆的就是即将迎来新的一年，而在国人心中，往往对新的一年寄托许多美好的憧憬。

上阕起首"十一月新阳排寿宴，黄钟应管添宫线"两句，高度概括出宋人庆贺冬至的场景和心态：家家户户都安排了丰盛的宴席，为宫线再添举杯畅饮。不过接下来的几句又回到了现实当中：庆贺归庆贺，毕竟此时还不是新春的真正开始，严寒依旧在肆虐，彤云依旧在堆积，雪片打在人脸上依旧痛如刀割。下阕仍停留在"寒"上，尽管冬至已到，但寒冷仍是这个月里的主角，连砚台里的残墨都还冻着冰呢。即使盼到腊日到来，离真正的春天也还有很长的时间，此时进入人们眼帘的是梅花的花瓣四散飘零。作者如此勾勒这个月的景致，大概是想告诉人们，忍过漫漫严冬之后，一定要倍加珍惜来之不易的新春。

渔家傲（十二月严凝天地闭）

十二月严凝天地闭①，莫嫌台榭无花卉。惟有酒能欺雪意②。增豪气，直教耳热笙歌沸。　　陇上雕鞍惟数骑③，猎围半合新霜里④。霜重鼓声寒不起⑤。千人指，马前一雁寒空坠。

【注释】

①天地闭：指阴阳之气还处在闭塞不通的阶段。《礼记·月令》："是月也，天气上腾，地气下降，天地不通，闭塞而成冬。"　②欺雪意：压过雪后的寒冷之气。　③陇上：原野上。　④猎围半合：打猎的队伍已合围近半。　⑤霜重鼓声寒不起：因天气凝寒，鼓声也变得不十分响。李贺《雁门太守行》："半卷红旗临易水，霜重鼓声寒不起。"

【评析】

这是一年中最后一个月，阴、阳二气还处在互相搏击的焦灼之中，阴气尚浓，阳气甚微，所以百花还没能开放，雪还在洋洋洒洒地下着。面对最后的寒冷萧瑟，人们欣赏歌舞，饮酒为乐，因为只有酒才能抵御寒冷，增添豪气。下阕把"豪气"落到实处：围猎。"酒酣胸胆尚开张"的时刻来到原野，尽管天寒地冻，霜重鼓声轻，前来观看围猎的人仍旧很多，随着一箭射出，引来千人喝彩，一只中箭的大雁从空中坠下。

这首词的主基调是"豪"：饮酒的气势豪宕，围猎的气势豪宕，如果称此词为"豪放词"，倒是实至名归。

南歌子（凤髻金泥带）

凤髻金泥带①，龙纹玉掌梳②。走来窗下笑相扶，爱道画眉深浅、入时无③。　弄笔偎人久④，描花试手初⑤。等闲妨了绣功夫⑥。笑问双鸳鸯字、怎生书⑦？

【注释】

①凤髻：将发髻梳成凤凰飞翔之状。金泥带：用来系住发髻的洒有金屑的丝带。 ②龙纹玉掌梳：刻有龙纹的小型梳子。玉掌，女子纤巧的手掌。按，此句是"玉掌龙纹梳"的倒装。 ③爱道画眉深浅、入时无：喜欢问我：画眉深了还是浅了？还算入时吗？ ④弄笔偎人久：拿起笔来却还久久地偎在人身上。 ⑤描花试手初：即"初试手描花"的倒装，指初次学着描绘花样子。 ⑥等闲：白白地。妨：浪费。绣功夫：绣花的时间。 ⑦双鸳鸯字、怎生书：双鸳鸯的字怎么写？

【评析】

这首词约作于天圣末年，欧阳修娶了胥偃之女为妻后不久。这是一首描写新婚男女缠绵相爱的小词，充满灵动之气，读之令人艳羡。在欧阳修的一生中，胥偃是第一个慧眼识珠的伯乐。天圣六年（1028），胥偃知汉阳军，寓居随州的欧阳修带着自己的作品来到汉阳拜见胥偃，胥偃读其文十分惊异，遂留于门下。当年冬天，命欧阳修随他入京。第二年春季，欧阳修参加了国子监试，名列第一。天圣八年参加会试，再次获得第一名。这些成就不能不说和胥偃的鼓吹有直接关系。天圣九年，欧阳修赴西京担任了留守推官，也就是在这一年，胥偃把女儿许配给了他。这一年胥氏年仅十五岁，欧阳修二十五岁。

面对着比他小十岁的娇小女子，欧阳修当然会百般怜爱，而这位小夫人也很会撒娇讨夫君喜欢，你看她头上扎着金泥带，手里拿着龙纹梳，认认真真地梳洗打扮一番，然后来到窗前，笑着把夫君拉到面前，娇声娇气地问道："你看看我画的眉深了还是浅了？入时不入时？"可以想见，那时的胥氏全部心思都用在装扮自己上面了，她太希望这位高中进士的夫君打心眼里喜欢她,为了这一点,她费尽了所有心思。也难怪,自古"女为悦己者容"嘛。新婚燕尔的欧阳修肯定地回答她:"你太美了,太入时了。"胥氏也一定是两眼放光,感到十二分地幸福和满足,于是告诉夫君:我还会绣花呢。这位娇小姐虽然早就拿起了笔,却久久地依偎在夫君怀里,不知过了多久,她才笨手笨脚地描画纸样,又歪起头问:"双鸳鸯字怎么写啊?"整个过程里,胥氏除了梳妆之外,正经事其实一点儿也没做,而作者想要表现的,恰恰是胥氏娇憨清纯又略带顽皮的性格和仪态,所有这些描写,准确地展现了胥氏孩子般的娇态,美玉般的温润,可谓下笔如有神。他后来写的《胥氏夫人墓志铭》中说:"清泠兮,将绝之语言犹可记。仿佛兮,平生之音容不可求。"胥氏虽然非常招人喜爱,可惜年命不永,仅仅与欧阳修相伴了两年便溘然长逝,年仅十七岁。

御街行[①](夭非华艳轻非雾)

夭非华艳轻非雾[②]。来夜半、天明去。来如春梦不多时,去似朝云何处[③]。乳鸡酒燕[④],落星沉月,统统城头鼓[⑤]。　　参差渐辨西池树[⑥]。朱阁斜欹户[⑦]。绿苔深径少人行,苔上屐痕无数[⑧]。遗香余粉,剩衾闲枕,天把多情赋。

【注释】

①御街行:此词又见张先《张子野词》,《全宋词》收在欧阳修名下。

②夭非华艳轻非雾:谓女子的妖娆不是花儿所能比拟的,身姿的轻柔也不是云雾所能比拟的。夭,美盛之貌。《诗经·周南·桃夭》:"桃之夭

天，灼灼其华。" ③朝云：宋玉《高唐赋》序："昔者先王尝游高唐。怠而昼寝，梦见一妇人，曰：'妾巫山之女也，为高唐之客。闻君游高唐，愿荐枕席。'王因幸之。去而辞曰：'妾在巫山之阳，高丘之阻。旦为朝云，暮为行雨，朝朝暮暮，阳台之下。'" ④乳鸡酒燕：摆有雏鸡的酒宴。燕，宴会。 ⑤绽（dǎn）绽：击鼓的声音。 ⑥参差：模模糊糊，差不多。 ⑦朱阁斜欹（qī）户：是"斜欹朱阁户"的倒装，意谓自己斜靠在朱红楼阁的门前。欹，斜倚。 ⑧屐（jī）痕：鞋印。屐，古代一种木制的鞋，底部有二齿，便于行走于泥地。

【评析】

这首小词写的是一对男女幽会的场景及约会后男子的惆怅之情。上阕写半夜时分，一个妖娆美丽的少女像云雾般飘然而至，走进了男子的家门。两人摆出蒸熟的雏鸡，斟上香醇的美酒，卿卿我我，亲亲热热。可惜欢愉嫌夜短，不知不觉间，城头已响起了将明解禁的更鼓，女子只得匆匆离去。此时男子感到十分失落，甚至觉得女子此去，就如同巫山神女一般，不知何时再见。

下阕紧接上文，写女子离去后的拂晓，男子怅惘地斜靠在画阁的门户前，回想着方才那场醉人的欢会。作者没有明说男子在此待了多久，但从下面的文字揣摩，可能时间很长，直到天已大亮一切都看得清清楚楚的时候，他才离开门前，来到夜里并肩携手慢步徐行的小径。青苔上留下了数不清的足迹，这些足迹都是两个人爱情的印记，因为这条小径根本不会有第三个人行走。心潮起伏间，他不由回到房中，只见女子夜里用过的脂粉和那恼人的香气宛然还在，甚至两人云雨绸缪时的锦被和鸳枕也丝毫没变，可惜的是，此时面对锦被和鸳枕的只剩下他孤孤单单的一个人了。末句是男子感叹这次的奇遇：他本来没有奢望能与这位仙女般的女子发生一段彻心彻骨的爱,上天作美,让他得偿此愿,应该心满意足了。

这首词有种"朦胧美"。首先是这位女子究竟是何身世?是何身份?都是未解之谜。她是怎么与男子相识相知直到情浓、到愿与男子夜来幽会?也没有做出任何交待。其次是这样一位多情女子什么时候还会再来?更不可能有任何答案,甚至连男子都不得而知。作者似乎在刻意淡化这次欢会的因果始末,只截取了欢会的过程,是一出掐头去尾的"单本剧",这就给读者留下了太多想象的空间。

桃源忆故人（梅梢弄粉香犹嫩）

梅梢弄粉香犹嫩①,欲寄江南春信②。别后寸肠萦损③,说与伊争稳④。　小炉独守寒灰烬⑤,忍泪低头画尽⑥。眉上万重新恨,竟日无人问⑦。

【注释】

①弄粉:长出了一层轻粉。香犹嫩:香气还比较清淡。　②欲寄江南春信:《太平御览》卷九七○引盛弘之《荆州记》:"陆凯与范晔友善,自江南寄梅花一枝诣长安与晔,并赠诗曰:'折梅逢驿使,寄与陇头人。江南无所有,聊赠一枝春。'"　③寸肠萦损:寸寸柔肠都因思念而断损。即"肝肠寸断"之意。　④说与伊:说给你。争稳:怎忍心。按,此句为"争稳说与伊"的倒装。　⑤小炉:小巧的香炉。　⑥忍泪低头画尽:强忍着泪水低着头把炉灰来来回回画动了无数遍。　⑦竟日:终日,一天到晚。

【评析】

　　这是一首思妇词，刻画的是一个女子独守空房、日日思念情郎的情景。欧阳修的词很习惯于在上阕首句点明时间，本词也是如此：梅梢弄粉的时节，大约是二月，于是下句说"欲寄江南春信"——这位孤守在江南的女子，一心要把江南已经见到春色的消息告诉给远在江北的情郎，告诉他自从去年一别至今，九曲回肠都已寸断，却一直不敢把实情说给你听，说了又有什么用？

　　其实女子"欲寄江南春信"也仅仅是个愿望而已，她没有这个勇气，同时也没有这个心绪，她早已瘦损香肌、近乎绝望了。所以下阕接着说：尽管想把江南春信寄给你，又怕搅乱了你的心绪，只好围着香炉默默地发呆，如果能发呆而不想别的倒好了，遗憾的是，全部心思依旧缠绕在情郎的身上，于是心酸的泪水滚滚而出，一根细细的炉签，把炉灰画了又画，却不知道画的是什么，或许就是思念情哥的一片心吧？眉头紧紧地皱着，恨意足有一万重，可惜就算她把眉头皱破，也没有一个人能够见到。

　　这实在是位多情的女郎，为了这点情，她忍受了巨大无比的心理煎熬，内心除了怨、哀、苦、痛之外还有恨：她恨自己为什么如此没出息，也恨情郎为什么还不赶紧回到她身边，温暖她几乎冰冷的一颗芳心。她还恨这个困杀人的社会，为什么不能让她紧紧跟随在情郎的身边，一时一刻也不分离？今天的妇女得到了充分的解放，所以很多年轻女子已经无法理解那时候女人的悲惨命运。好好珍惜这来之不易的妇女解放吧，不要把爱人轻易丢弃，该爱时纵情去爱，才不枉了你多姿多彩的美丽人生。

桃源忆故人（莺愁燕苦春归去）

　　莺愁燕苦春归去，寂寂花飘红雨。碧草绿杨歧路，况是长亭暮^①。　少年行客情难诉，泣对东风无语。目断两三烟树^②，翠隔江淹浦^③。

【注释】

①长亭：古代设在驿道旁供行人休息的亭子。李商隐《板桥小别》诗："回望高城落晓河，长亭窗户压微波。"　②目断：望断。烟树：烟雾笼罩的树木。　③江淹浦：送人出行的渡口。《文选》江淹《别赋》："送君南浦，伤如之何？"李善注："《楚辞》曰：'子交手兮东行，送美人兮南浦。'"

【评析】

这是一首为人送行的小词。上阕点明时间在春末，原本忙着飞来飞去的莺莺燕燕已经没了踪影，原本开满鲜花的枝头也已凋谢，见到的是满眼的落英缤纷。这样的描写已能令人感到凄凉，作者却继续"追加"渲染：如今长满歧路两旁的无非是绿草和垂杨，路的尽头便是友人离别的渡口。夕阳已经落山，昏暝中再也见不到一点点的亮丽，为作者内心的悲凉做足了外景的铺垫。下阕交代出行之人还是少年，接着说这样一个特定的角色，其离情注定要比成熟之人更加浓重，面对东风，默默无语，只有泪水簌簌而下。再看渡口旁那几棵树木，已在河流的对面了。

也有人说这首词里的主人公就是作者自己，这种理解也完全能讲通，也就是说，作者实际上是在写自己离开熟悉之处的内心独白。全词的烘染十分到位，令人读罢会油然而生惜别之情。

临江仙（柳外轻雷池上雨）

柳外轻雷池上雨，雨声滴碎荷声。小楼西角断虹明①。阑干倚处，待得月华生②。　燕子飞来窥画栋，玉钩垂下帘旌③。凉波不动簟纹平④。水精双枕⑤，傍有堕钗横。

【注释】

①断虹明：被小楼隔断的彩虹色泽格外鲜艳。　②待得月华生：一直待到月亮升到空中。　③玉钩：古代用来钩住帘子的用具。帘旌：帘子下端所缀的布帛。李商隐《正月崇让宅》诗："蝙拂帘旌终展转，鼠翻窗网小惊猜。"冯浩注："帘旌，帘端施帛也。"　④簟（diàn）纹：竹制的凉席宛如平静的水波一动不动。簟，凉席。　⑤水精：即"水晶"。

【评析】

这首小词约作于明道初年，作者担任西京留守推官时。关于此词的背景，宋人钱愐的《钱氏私志》记载说：欧阳修在洛阳与一位妓女十分亲密，有一天留守钱惟演宴请属僚，梅尧臣、谢绛、尹洙等人都来了，唯独欧阳修迟迟不到，过了很久才携妓同来，"在座相视以目。（钱）公责妓云：'末至，何也？'妓云：'中暑往凉堂睡著，觉失金钗，犹未见。'公曰：'若得欧推官一词，当为偿汝。'欧即席云：'柳外轻雷池上雨，雨声滴碎荷声。小楼西角断虹明。阑干倚处，待得月华生。　燕子飞来窥画栋，玉钩垂下帘旌。凉波不动簟纹平。水精双枕，傍有堕钗横。'坐客皆称善。遂命妓满酌觞欧,而令公库偿钗。"这些说法是否可靠,就不得而知了。不过词写得清雅有致,则是古今评论家一致认可的。宋人王楙《野客丛书》卷二四说"此词甚脍炙人口",又不厌其烦地把欧阳修用典的出处一一标注出来:"仆观此词,正祖李商隐《偶题》诗云:'小亭闲眠微醉消,石榴海柏枝相交。水纹簟上琥珀枕,旁有堕钗双翠翘。'又'池外轻雷',亦用商隐'芙蓉塘外有轻雷'之语。"明沈际飞《草堂诗馀正集》卷二说:"雨忽虹,虹忽月,夏景尔尔,拈笔不同。"许昂霄《词综偶评》说它"不假雕饰,自成绝唱"。俞陛云《宋词选释》则赞道:"后三句善写丽情。未乖贞则,自是雅奏。"今人周汝昌称此词:"奇不在两个'声'字叠用,奇在雨声之外,又有荷声。荷声者,其叶盖之声也。奇又在'碎',雨本一阵,了不可分,而因荷承,声声清晰。此为轻雷疏雨,于一'碎'字尽得风流,如于耳际闻之。"把上阕写作上的妙处分析得十分透辟。

下阕展示的是一幅美人夏睡图,不去管燕子飞来窥画栋,任凭玉钩垂下帘旌,美人依旧睡得香甜。"凉波不动簟纹平",说明美人连个身都没有翻,其娇憨任性的形象通过睡觉的姿态形象地表现出来,可谓别具一格。

临江仙(记得金銮同唱第)

记得金銮同唱第[①],春风上国繁华[②]。如今薄宦老天涯[③]。十年岐路[④],空负曲江花[⑤]。　　闻说阆山通阆苑[⑥],楼高不见君家[⑦]。孤城寒日等闲斜。离愁难尽,红树远连霞[⑧]。

【注释】

①金銮同唱第：指与友人同榜中进士。金銮，唐代殿名。《欧阳文忠公年谱》："天圣八年正月，试礼部。翰林学士晏公殊知贡举。公复为第一。三月，御试崇政殿。公甲科第十四名。" ②春风：宋代进士放榜在每年的二三月间的春季，故称"春风"。上国：指都城汴京。 ③如今薄宦老天涯：如今还当着很小的官，老于京都之外的州县。 ④十年岐路：谓自从踏入仕途，走了十来年的艰险之路。李白《行路难》："行路难，行路难，多岐路，今安在？"按，欧阳修景祐三年（1036）任监察御史，时范仲淹以言事得罪宰相，落职知饶州。欧阳修对此深感不平，以书责左司谏高若讷顺从宰相，不为范仲淹辩白，说他"不知人间有羞耻事"。当年五月，他被贬为峡州夷陵县令。自那以后，他便长时间在外郡任职。至庆历六年（1046），恰好十年。 ⑤曲江：《太平寰宇记》卷二五："曲江池，汉武帝所造，名为宜春苑。其水曲折，有似广陵之江，故名。"康骈《剧谈录》："曲江池，开元中疏凿，遂为胜景。其南有紫云楼、芙蓉苑，其西有杏园、慈恩寺。花卉环周，烟水明媚。"韩鄂《岁华纪丽》："唐时春放榜，进士大宴于曲江亭子，谓之曲江宴。"此句言白白辜负了十年寒窗换来的进士及第。 ⑥阆山：即阆风巅。韦庄《尹喜宅》诗："欲问灵踪无处所，十洲空阔阆山遥。"阆苑：阆宫，传说中的仙苑。《汉武帝内传》："我发阆宫，暂舍浊尘。"此句以阆山喻进士及第，阆苑喻朝廷，意谓士子及第后，都应该升迁到朝廷任职。 ⑦楼高不见君家：阆苑座座高楼中，却不见有友人那座楼。意谓友人没能高升，依旧飘荡在外阜。 ⑧红树：夕照下变红的树木。

【评析】

这首词作于庆历六年（1046），时欧阳修任滁州知州。关于此词的背景,宋释文莹《湘山野录》卷上有所记载:"欧阳公顷谪滁州,一同年(忘其人)将赴阆倅,因访之,即席为一曲歌以送。"意思是说欧阳修任滁州知州时,有位同榜进士将远赴阆州(今四川阆中)出任通判,二人相见,欧阳修写了这首词作为赠别。全词层次分明,上阕先写自己的不幸遭遇,下阕则为友人的官场失意深感遗憾。然而细细读来,却又发现,其实这种分明的层次也可以打乱不计,因为上阕也可以理解为在叹对方,下阕则同时灌注了自己浓浓的失意情绪。用"同病相怜"来解释此词,应该最为准确。

老友重逢,最容易回想起当年的往事,故而上阕开篇"记得金銮同唱第"一句,把两个人相同的人生起点聚焦在了一起——想想当年一同及第的场景,该是多么激动人心,多么豪情万丈,内心都充满了建功立业的壮志。翻出孟郊那句"春风得意马蹄疾,一日看尽长安花"来形容他们的心态,绝对没有丝毫的误差。再看看眼前,你我怎么会沦落到如此境地?我现在当这个小小的滁州知州,你竟然才是个小州的通判,真是白瞎了孜孜矻矻的十年苦读!

下阕转到对友人境遇的不平上来。作者用了一句苦涩的调侃:如今友人去做阆州通判,要知道阆山就在那里呀。不是说上了阆山就能荣登阆苑吗?可惜人间毕竟与仙境全然不同。为什么说这是一句苦涩的调侃呢?因为作者把传说中的"阆山"即"阆风巅"与现实中的阆山巧妙地结合在一起,出现了亦真亦幻的奇异效果,这就把"阆苑"自然而然地介入到现实中来。随后一句"楼高不见君家",更是奇思妙想,是啊,阆苑里高楼林立,寻来寻去却怎么也找不到属于你的家!此时的作者要么是苦笑,要么是为友人的失意感到愤懑和同情。其实苦笑也好,愤懑和同情也好,既是对友人而发,也是对自己而发——友人固然值得同情,自己呢?一腔忠荩换来的,竟是一贬再贬,让欧某情何以堪?

圣无忧（世路风波险）

世路风波险，十年一别须臾①。人生聚散长如此，相见且欢娱。好酒能消光景，春风不染髭须②。为公一醉花前倒，红袖莫来扶③。

【注释】

①十年一别：庆历五年（1045）欧阳修贬知滁州，庆历八年（1048）徙知扬州，皇祐元年（1049）知颍州，二年改知应天府，其后服丧，直到至和元年（1054）才被召回京师，后迁翰林学士。其间恰好十年。须臾：不大工夫。　②春风不染髭须：意谓春风能把枯枝吹绿，却无法将发白的胡须重新染黑。　③红袖：劝酒的官妓。

【评析】

这首词是至和元年作者被召回朝与故旧相见时所作。起首一句"世路风波险"，表达出作者对仕途凶险的愤懑与无奈，用"一朝遭蛇咬，十年怕井绳"来形容，丝毫不为过。庆历五年，朝廷大臣杜衍、韩琦、富弼等直臣相继离朝，欧阳修为此上书论争，得罪了很多人，很快受到这些人的陷害，无中生有地硬说他与外甥女张氏有染，当年八月，从河北都转运按察使任上降知滁州。自此以后便一直在州郡游走。对于当年政治斗争的激烈和残酷，十年之后他仍心有余悸。随后自解道：往事无须再提了，如今还能聚首言欢，已经算是相当幸运，只管说些高兴的话题吧。

话虽这么说，毕竟悲情难以控制，尤其是与故旧相逢时，满腹的委屈多么想一吐为快，可惜就算把委屈全都倾吐出来，又能有什么弥补呢？要知道失去的时光不可能重回，"春风不染髭须"啊。想到这里，心中的委屈似乎更难克制，唯一能宣泄的，怕是只有面前的酒了！为了庆贺还能与故人重见，也为了十年的委屈终于得到了朝廷的宽解，来他个一醉方休吧！整首词处处隐含着对小人的憎恨和对自己矢志为国却遭到陷害的愤懑与不平。

浪淘沙（花外倒金翘）

花外倒金翘①，饮散无憀②。柔桑蔽日柳迷条③。此地年时曾一醉④，还是春朝。　　今日举轻桡，帆影飘飘。长亭回首短亭遥⑤。过尽长亭人更远，特地魂销⑥。

【注释】

①金翘：古代妇女的首饰，用金制成的叫金翘，玉制成的叫翠翘。此处代指陪酒的女子。　②饮散：饮酒之后。无憀（liáo）：烦闷的心情。李商隐《杂曲歌辞·杨柳枝》："暂凭樽酒送无憀，莫损愁眉与细腰。"③柔桑：春天刚刚长出的新桑。《诗经·豳风·七月》："女执懿筐，遵彼微行，爰求柔桑。"柳迷条：柔细的柳条难以理清。　④年时：唐宋时期俗语，谓去年。　⑤长亭回首短亭遥：长亭、短亭，均为古代设在官道旁供人休息的处所。庾信《哀江南赋》："十里五里，长亭短亭。"　⑥魂销：江淹《别赋》："黯然销魂者，惟别而已矣。"

【评析】

这首词写作者怀念友人,具体怀念的是谁,已经不得而知。

开篇以"花外倒金翘"表明宴饮已经结束,陪酒的女郎都支撑不住了。作者自己呢?虽然没有倒下,也觉得心里空落落的,呆望着眼前的桑枝柳条,记起去年此时也曾在此地饮得大醉,那情景还历历在目。转眼间一年过去了。下阕写"今日",重新划起船桨行进在水中,来来往往的帆影充满眼帘,而这些帆的下面,运载的却没有自己的朋友。看着河岸上一座又一座的驿亭,心里更加酸楚,因为每一座驿亭都代表着那么远的距离,谁能算清友人离这里已有多远?末二句用"过尽长亭人更远,特地魂销"作结,把情绪烘托到最浓,令人读罢深深感到作者对友情的看重和对友人的真诚。

浪淘沙(五岭麦秋残)

五岭麦秋残①,荔子初丹②。绛纱囊里水晶丸③。可惜天教生处远,不近长安④。　　往事忆开元⑤,妃子偏怜⑥。一从魂散马嵬关⑦。只有红尘无驿使⑧,满眼骊山⑨。

【注释】

①五岭:湖南、广东交界的大庾岭、都庞岭、越城岭、萌渚岭和骑田岭的合称。古代称这些山岭以南为岭南。麦秋残:指麦秋接近尾声。麦秋,指小麦成熟的农历四月。　②荔子初丹:谓绿色的荔枝开始发红。韩

愈《罗池庙碑》诗:"荔子丹兮蕉黄,杂有蔬兮进侯堂。" ③绛纱囊里水晶丸:谓荔枝表皮如绛纱制成的香囊,荔枝肉宛如一颗硕大的水晶球。 ④可惜天教生处远,不近长安:可惜上天把它们安排在那么遥远的地方生长,离长安的路途太远。 ⑤开元:唐玄宗使用的年号,713年至741年。 ⑥妃子偏怜:开元年间,唐玄宗宠爱贵妃杨玉环。玉环喜食荔枝,玄宗便命人从岭南快马递送荔枝到骊山华清宫。杜牧《过华清宫》诗:"长安回望绣成堆,山顶千门次第开。一骑红尘妃子笑,无人知是荔枝来。" ⑦一从魂散马嵬关:玄宗天宝十四年(755),安禄山反叛朝廷,举兵南下。次年二月,潼关被攻破,玄宗仓皇逃离长安到成都避难。扈卫军队行至马嵬坡时拒绝前行,要求严惩杨氏,玄宗无奈,只得赐杨贵妃自尽。马嵬坡在今陕西兴平县西。 ⑧只有红尘无驿使:意谓道路上依旧满是红尘,却再也见不到递送荔枝的驿使了。 ⑨骊山:在今陕西省临潼市东南。唐明皇在山下修建了华清池,为杨贵妃沐浴之处。《大明一统志》卷三三《西安府》:"骊山在临潼县东南二里,因骊戎所居,故名。山之麓,温泉所出,唐玄宗更名昭应。上有老母庙。山左肩曰东绣岭,右肩曰西绣岭。"

【评析】

　　这是一首咏史词,是对唐玄宗荒淫误国那段往事的沉思与揭示。以词为载体而发思古之幽情,本词应该属于开山之作,为后来王安石《金陵怀古》等佳作起到了垂范的作用。

　　上阕直白地道出,每年麦熟之时,也正是荔枝即将成熟的时节,荔枝那原本青绿的果皮开始逐渐变成绛红色,宛如绛纱制成的锦囊,包裹着水晶般的一颗荔枝。作者以唯美的笔调勾画出荔枝迷人的外表、沁人心脾的内核,看到这些文字,很自然地令人想到这种岭南奇果醉人的清香。接下来"可惜天教生处远,不近长安"两句,看似表达出些小的遗憾,正是这种遗憾,为下阕回忆开元盛世时唐玄宗不惜代价从岭南为杨贵妃驰送荔枝埋下伏笔,下阕自然而然地进入到所谓的"开元盛世",被玄宗宠爱的杨玉环偏偏最喜欢吃荔枝,于是引出驿使快马加鞭往长安疾驰的旧事。值得注意的是,作者并没有具体写这些场景,因为这场景早已深深印在了所有人的脑海里,根本用不着再费笔墨,于是乎画面直接过渡到杨贵妃"魂散马嵬关"上来。这其中的因果关系以及前后巨大的反差,在末句"只有红尘无驿使,满眼骊山"的感慨中重重地落地。这种感慨既有对历史的反思,也有对当今社会的警示。全词没有太多的含蓄,读来却令人感到震撼。

浪淘沙(万恨苦绵绵)

万恨苦绵绵,旧约前欢①。桃花溪畔柳阴间。几度日高春睡重②,绣户深关。　　楼外夕阳闲,独自凭阑。一重水隔一重山。水阔山高人不见,有泪无言。

【注释】

①旧约前欢:旧时的约会和曾经的欢愉。　②春睡重:春天里十分慵懒,总觉得睡不醒。

【评析】

这是一首闺怨词,主人公是位独居画楼的女子,面对桃花溪柳万般凄苦,"有泪无言",属于古典诗词中比较常见的题材。开篇一句"万恨苦绵绵",仿佛是一声呐喊,能体会到女子久已压抑的情感迫不及待想要宣泄的渴求,具有震撼人心的力量。"旧约前欢"四个字说明,女主人曾与男子度过了一段非常美好的时光,二人携手漫步在桃花溪畔、绿柳之间,亲亲昵昵,甜甜美美,并相约不久以后重新相见。然而男女相思是非常难熬的,人们常说"度日如年",更多指的就是男女间的情思。这位女子也不例外,自从与心上人分别后,变得慵慵懒懒,没情没趣,以至日头老高还睡在床上,懒得起来,辜负了大好的春光,连春的气息都难以透过紧闭的门窗飘进屋里。下阕开始时,已是夕阳斜照的傍晚,女子独自扶着栏杆向远处眺望,眼前一片山水重叠,而且是山高水阔,望穿双眼也见不到心上人的身影,满腹的情话无人可说,只能憋在心里,眼泪却不由自主地淌了下来。如果用几个字概括,那么上阕是两个字:"慵懒",下阕是两个字:"绝望"。在如泣如诉的哀怨中,女子的芳心已被揉碎,不知明日此时,她会不会依旧在此处凭栏而望?

浪淘沙(今日北池游)

今日北池游①,漾漾轻舟。波光潋滟柳条柔②。如此春来春又去,白了人头。　　好妓好歌喉,不醉难休。劝君满满酌金瓯。纵使花时常病酒③,也是风流。

【注释】

①北池:在真定府,为镇州名胜之一。《读史方舆纪要》卷十四:

"常山宫后有池,亦曰北潭,州之胜游惟此。故牙城谓之潭城。"　②潋滟(liàn yàn):水波荡漾之貌。苏轼《饮湖上初晴后雨》:"水波潋滟晴方好,山色空蒙雨亦奇。"　③病酒:因醉酒而不适。明潘游龙《古今诗馀醉》卷三:"别病不可,病酒何妨?"

【评析】

　　这首词作于庆历五年(1045)的春天。当时真定府路安抚使兼知镇州田况调任秦州知州,仓促之间,朝廷命时任河北都转运使的欧阳修暂时代理州事三个月。

　　上阕明言在北潭荡舟,正值明媚的春天,作者当时的心情自然也不错,眼看着水中波光潋滟,湖岸边柳条轻柔地飘动,一切都那么令人陶醉。不过此时作者想到的却是:如此美好的光景还能有多少呢?人的一生,不就是春来愉悦,春去又盼春归吗?一番春来春去便是一年,年复一年,便会使人青春不再,变成白发老人了。这一年欧阳修只有三十九岁,并不算老,然而这个年龄也正是他担心很快变老的节点,所以发出这点轻微的哀叹,符合正常的心态。

　　下阕的情绪依然不错,陪酒的是位艳妓,嗓音也甜美可人,所以作者认为"不醉难休"——阳春三月,美酒佳人,尽情欢乐是很惬意的事。"独乐乐不如众乐乐",于是他劝友人开怀畅饮,没必要担心酒醉而拘谨自己。百花盛开的好时节里,就算常常喝得大醉,也算是风流雅事,有何不可?

　　此时的欧阳修在仕途上还算顺畅,官至河北都转运使,又兼一路节帅,属于等辈中的佼佼者了。然而他万万想不到的是,就在他在镇州"漾漾轻舟"的同时,朝中那些居心叵测的小人们已经暗中瞄准了他,冷箭很快就朝他射出了。《欧阳文忠公年谱》说:"时二府杜正献(衍)、范文正

（仲淹）、韩忠献（琦）、富文忠公（弼）以党论相继去。公上书辨之。小人素已憾公，会公孤甥张氏犯法，谏官钱明逸因以财产事及公，下开封鞫治。府尹杨日严观望傅会。上命户部判官苏安世、入内供奉官王昭明监勘，得无他。八月甲戌，犹落龙图阁直学士，罢都转运按察使，降知制诰、知滁州。"正所谓"今日北池游"，明日贬滁州。

定风波（把酒花前欲问他）

把酒花前欲问他，对花何吝醉颜酡①。春到几人能烂赏②？何况，无情风雨等闲多③。　　艳树香丛都几许④，朝暮，惜红愁粉奈情何？好是金船浮玉浪⑤，相向，十分深送一声歌。

【注释】

①醉颜酡：酒醉之后脸色发红。《楚辞》宋玉《招魂》："美人既醉，朱颜酡些。"　②烂赏：纵情地游赏。　③等闲：无端。　④都几许：总共能有多久。　⑤好是：好在能有。金船：大酒杯。庾信《北园新斋成应赵王教》："玉节调笙管，金船代酒卮。"倪璠注："《八王故事》曰：'陈思有神思，为鸭头杓，浮于九曲酒池。王意有所劝，鸭头则回向之。'金船，即鸭头杓之遗，陈思王所制也。"陈思王，曹植的封号。

【评析】

这首词及以下五首为一组，前四首以"把酒花前欲问"开头，都是发春光易逝的感慨，当是作者晚年之作。

上阕的"他"是个模糊词语,可能是作者在对自己说话,也可能是与一同饮酒的宾客说话。他忍不住发问:面对鲜花,为什么不肯拼却一醉?春天来到人间百花盛开,能有几个人真正纵赏这烂漫美景?此时作者已退居颍州,无官一身轻,在他看来,只有像他这样的闲人或是与他相类的人,才有时间和心情清清爽爽地饮酒赏花。即便如此,在这个季节里,风雨天还要占去大半。

下阕转入对花儿的惋惜:花儿虽然美艳,但它们的生命并不会太久,不过是几个朝朝暮暮罢了,想到这里,作者更对世间的美丽转瞬即逝发出深深的哀叹。好在此时有饮不尽的美酒,可以寄托对花儿的赞赏,还有那如花似玉的美人,为他献上优美动听的歌声。全词几乎都是惋叹之声,把作者对美丽生命的眷恋表现得淋漓尽致。

定风波（把酒花前欲问伊）

把酒花前欲问伊,忍嫌金盏负春时[①]?红艳不能旬日看,宜算,须知开谢只相随。　　蝶去蝶来犹解恋,难见,回头还是度年期[②]。莫候饮阑花已尽,方信,无人堪与补残枝[③]。

【注释】

①忍嫌金盏:岂能嫌美酒醉人。②回头:一回头的工夫,言时间甚短。年期:一年之期,言时间甚久。③无人堪与补残枝:意谓不可辜负青春,一旦青春逝去,没有谁能够替你找回。唐杜秋娘《金缕衣》:"劝君莫惜金缕衣,劝君惜取少年时。花开堪折直须折,莫待无花空折枝。"

【评析】

　　此词开篇用了一个反问句：难道就因为酒能醉人便不肯畅饮，辜负了一年一度的大好春光吗？接下来感慨：要知道鲜花盛开不会长久，不过是旬日之间罢了，不信的话可以掐指算一算，从花开到花谢，是不是紧紧相随？下阕继续这个话题，你看，蝴蝶飞来飞去，多么贪恋这难得的花期，一旦蝴蝶的倩影从眼前消失，就标志着再想见到百花盛开，要等到明年的此时了。后二句更加深情地劝告客人，或者说在劝告自己：等错过花期才会相信，无花的枝头不会再有人为添补，只能这样孤独地熬过一年的光阴。

　　这首词充满了对美好光阴的眷恋，而且是以过来人的感受劝告人们不要轻易辜负大好时光。人也如同花儿一样，甚至比花儿更加脆弱，因为花儿还可以来年再盛开，而人的大好年华一旦错过，一辈子也不会再等来弥补的机会。

定风波（把酒花前欲问公）

　　把酒花前欲问公，对花何事诉金钟①？为问去年春甚处，虚度，莺声撩乱一场空②。　　今岁春来须爱惜，难得，须知花面不长红。待得酒醒君不见，千片③，不随流水即随风。

【注释】

　　①对花何事诉金钟：面对鲜花，为什么还要把情愫倾注在酒中？钟，

酒盏。　②"为问去年春甚处"三句：问公去年大好春光时你在何处？回答是虚度光阴，只听到一片的莺声缭乱而已。　③千片：纷纷飘落的花瓣。

【评析】

　　此词的立意与上首相反，开篇问道：面对鲜花，你却为什么偏偏钟情于酒杯，而不来欣赏美丽的花朵呢？接着又是一问：去年春天你在何处？回答是：去年春天已是虚度，只听到莺声缭乱而已。下阕转回今天，作者告诫宾客，或者说同时告诫自己：今年的春天应该加倍爱惜，要明白花无百日红的道理而及时行乐。花期太短太短，你若不信，等到酒醒再看，片片花瓣都会随着流水和春风飘落而去。

　　作者提出了一个悖论：一方面是人无千日好，花无百日红，"花开堪折直须折，莫待无花空折枝"的理念，另一方面又强调对花饮酒才是二美兼得。美酒没有鲜花作为陪衬便觉得索然无味，面对鲜花开怀畅饮，又会因酒醉而耽误了赏花之乐。其实作者想告诉人们的恰恰是，世间的享乐不可能兼得。值得探究的是，词中"莺声撩乱"究竟指的是什么。有人说可能是一些政治上、官场上的烦心事，也有人说可能是指宾客流连于花街柳巷，与妓女缠绵太多，忘记了闺中的美妇。这种无解的题，现在怎么说都是没有根据的，也就姑且不再深究了。

定风波（把酒花前欲问君）

　　把酒花前欲问君，世间何计可留春？纵使青春留得住，虚语，无情花对有情人。　　任是好花须落去，自古，红颜能得几时新？

暗想浮生何时好①？唯有，清歌一曲倒金樽②。

【注释】

①浮生：人生。罗隐《投所思》："浮生七十今三十，从此凄惶未可知。"　②清歌：清唱。倒金樽：酒杯倾倒。谓喝得大醉。

【评析】

这首词的上阕把自然界的"春"与人生的"青春"有机地联系在一起，首先断定尘世之间绝没有任何方法可以留住春天，接着转到人生中，对人们千方百计想留住青春的希图给予了否定：即使你认为已经把青春留住，也是自欺欺人，韶华逝去后，纵然你对花有情，可惜花儿已经无情，于是你的情也就变得一文不值。下阕说的是客体，也就是花：任何好花都有开和谢的时候，这是不容置疑的规律。自古及今，好花抑或美女，能有几天光彩照人？人生怎么才叫过得好？思来想去，最后的结论是，听听歌曲，畅饮美酒，也就满足了。

此词写得惝恍迷离，究竟在感慨好花易谢，还是在感叹美色难留，谁也说不清楚。然而不管是鲜花还是美人，共同的一点是谁都不可能永葆绚丽，最能令人消解忧伤的只有酒，因为它可以把人带进无何有之乡，那就无所谓花开花谢，也无所谓美色难留了。

定风波（过尽韶华不可添）

过尽韶华不可添①，小楼红日下层檐。春睡觉来情绪恶，寂寞，杨花缭乱拂珠帘。　　早是闲愁依旧在，无奈，那堪更被宿酲兼②。把酒送春惆怅甚，长恁③，年年三月病厌厌④。

【注释】

①过尽韶华不可添：意谓已经度过的青春年华不可能弥补回来。韶华，青春年华。　②宿酲（chéng）：昨夜的酒醉。兼：控制。　③长恁（rèn）：经常如此。　④厌厌：通"恹恹"，精神萎靡懒于行动之貌。

【评析】

这首词主要感叹韶华易逝。人到老年，似乎怎么做都会感到没有乐趣，整体的情绪不高。上阕给出的画面是：昨夜饮了不少的酒，一直睡到第二天红日西沉、阳光依旧落在楼檐之下才懒洋洋地醒来，极度的寂寞感顿时将他围裹起来。睁开眼睛向外看时，见到的只有杨花沾满珠帘。下阕继续言愁：早知道酒醒之后依然如此百无聊赖，还不如让昨夜的宿酒继续把自己深深麻醉，不要醒来才好。看来用饮酒的方式打发春天也不是好办法，长此以往，岂不是要每个春天都处在病恹恹的状态了？

此词显现出来的低落情绪较之上几首尤甚，不但不再说赏花的雅事，就连饮酒之乐，也被作者否定了。我们想象不出，作者此时究竟遇到了什么烦心事，值得他如此"情绪恶"？其实人有时候十分脆弱，即便是俗世认为非常成功的人物，也莫不如此。那些把古代文人看得一成不变并以这种理论为研究基点的学者，实际上还是对"人"这种动物的本质没看透——再看下一首，情绪又变了。

定风波（对酒追欢莫负春）

对酒追欢莫负春，春光归去可饶人①？昨日红芳今绿树，已暮，残花飞絮两纷纷。　　粉面丽姝歌窈窕②，清妙，樽前信任醉醺醺③。不是狂心贪燕乐④，自觉，年来白发满头新⑤。

【注释】

①饶人：给人留情面。　②丽姝（shū）：美女。窈窕：美妙动听的歌曲。　③信任：任凭，任由。　④燕乐：即宴乐，酒宴欢饮的快乐。

【评析】

这首词的情绪回到了比较正常的状态，人生即使有再多的烦恼，对美好时光的追求和留恋都应该是主流，所以作者起首便劝人在大好春光里一定要"对酒追欢"，辜负了春天的美好，只是对自己的惩罚和不负责任，春光有限，它的来去绝不以人的意志为转移。看那满是鲜花的枝杈，如今已变得绿满枝头，盎然春意已到尾声，满眼所见，不是落英便是柳絮，你能把春天的脚步唤住吗？

下阕回到眼前，装扮入时的美女唱着醉人的清歌，在这陶醉的气氛里，最好的回馈就是畅饮美酒，即便不是因为歌声的悠扬，也该为不断增添的白发做些补偿吧？人生苦短，得乐且乐才是最佳的选择，如果任由烦恼占满心胸，活着还有什么意思？"今朝有酒今朝醉，明日愁来明日愁"或许是人们唯一正确的选择。对生命的珍惜，就表现在紧紧抓住能给身心带来愉悦的一切事物，哪怕很少，哪怕很小，哪怕很短暂，都应该加倍地珍惜。

蓦山溪（新正初破）

新正初破①，三五银蟾满②。纤手染香罗③，剪红莲④、满城开遍。楼台上下，歌管咽春风⑤，驾香轮，停宝马，只待金乌晚⑥。

帝城今夜，罗绮谁为伴⑦？应卜紫姑神⑧，问归期、相思望断。天涯情绪⑨，对酒且开颜。春宵短，春寒浅，莫待金杯暖。

【注释】

①新正：新年的正月初一。破：过去。 ②三五银蟾满：谓正月十五的月亮分外明亮。古代传说月中有蟾蜍，故称为"蟾月"或"银蟾"。罗隐《中秋夜不见月》诗："只恐异时开霁后，玉轮依旧养蟾蜍。" ③香罗：绫罗的美称。 ④剪红莲：将绫罗裁剪成红莲状的花灯。 ⑤歌管咽春风：春风中歌声和乐曲声都十分悠扬动听。 ⑥只待金乌晚：意谓一切准备停当，只等太阳下山。金乌，太阳。古代传说太阳中有三足乌。汉刘桢《清虑赋》："玉树翠叶，上栖金乌。" ⑦罗绮：锦绣衣裳。此处代指美女。 ⑧紫姑神：又称子姑，相传为人家妾，为大妇所嫉恨，每每以秽事相役使，正月十五日愤激而死，化为神。梁宗懔《荆楚岁时记》："正月十五日，其夕迎紫姑，以卜将来蚕桑，并占众事。" ⑨天涯情绪：思念远在天涯的情人的愁思。

【评析】

　　这首词写元宵节的景况和自身的感受。从"帝城今夜"判定，此词大约作于欧阳修自西京留守推官任满后回到京城的那段时间。作者还有一首《御带花·青春何处风光好》，也是这段时间里写帝京元宵的词，那首词写得激情四射，情绪十分高亢，而几乎同时所作的这首词，却显得较为收敛，很少过于张扬的文字。仔细比较这两首词，我们会发现两者间的某种联系：本词的上阕全在写元宵节晚间喧闹的"前奏"，即便是首句"新正初破，三五银蟾满"，也还是想象之词，因为下文还有"只待金乌晚"作为限定，说明写词的时候太阳还没落山。在这段时间里，女子们紧张地裁剪绫罗，扎成彩灯，为即将到来的元宵盛景增添色彩。富贵人家的香车宝马都已准备停当，单等太阳下山，便驱车跨马到最热闹的地方恣意取乐。到此为止，真正意义上的元宵节还没开始，仍处在"预备阶段"呢。

　　下阕该写元宵盛况了吧？我们却发现作者并没有按照"既定程序"去表现，而是调转笔锋，转移到一个孤独寂寞的女子身上去了："帝城今夜，罗绮谁为伴？"一个茕茕独立的女子形象顿时占满了整个画面，竟把满城喧闹的佳节气象排挤得见不到了。这位女子全然没有过节的喜悦，甚至显得怆惶，朝紫姑神问卜：心上的人什么时候才能回到我的身旁？可怜的女子并没有得到满意的答复，依旧是"相思望断""天涯情绪"。为了缓解难以释怀的相思，她斟满酒杯，不待杯暖便把酒喝了下去，因为她明白，春宵苦短，她想把自己麻木，以便尽快地入梦，到梦中去和情人相会。

　　再看那首《御带花》，写的却是"乐府神姬，海洞仙客。拽香摇翠，称执手行歌，锦街天陌"——我们可以理解为：作者在清理了寂寞和愁思后振起精神走到街上，渐渐被外面的热烈氛围所感染，变得豪放乃至癫狂,其实这也是一种宣泄。

浣溪沙（云曳香绵彩柱高）

云曳香绵彩柱高①,绛旗风飐出花梢②。一梭红带往来抛③。束素美人羞不打④,却嫌裙慢褪纤腰⑤。日斜深院影空摇⑥。

【注释】

①云曳香绵彩柱高:谓高高的秋千架上拴系着彩锦,仿佛是由天上的白云拽着随风飘扬。 ②绛旗风飐（zhǎn）出花梢:谓花丛上飘舞着绛红色的小旗。飐,风吹物使之颤动摇曳。 ③一梭红带往来抛:谓荡秋千的少女腰间的红带随着她的游荡来回飘飞。 ④束素:指女子的细腰。宋玉《登徒子好色赋》:"腰如束素,齿如含贝。"羞不打:害羞的样子。 ⑤裙慢褪纤腰:裙子过于宽大,荡秋千时容易露出纤细的腰肢。 ⑥影空摇:秋千上已经没有人,只剩空空的秋千板还在来回晃动。

【评析】

这首词写少女荡秋千的场景,词中出现的是两个女孩,如果我们猜测不错,这两个女孩应该是同一家里的姐妹二人。上阕写的是姐姐,胆子比较大,站在秋千上越荡越高,腰间的红丝带随着她的身体来回飘飞,表现的是一幅很逼真的美人秋千图。在欣赏美人荡秋千的同时,作者没有忘记为这幅图画加上背景,那就是"云曳香绵彩柱高,绛旗风飐出花梢"——秋千的华美和秋千架下的烂漫,前者是人为之美,后者是自然之美,而这两者都是静物,最美的当然还是正在前后摇摆越荡越高的女孩。如此动与静的结合、自然美与装饰美的结合,又是在鲜花盛开的贵家花园里,不是已经众美毕收了吗?

下阕又出新意,作者把目光集中到另一位女孩身上,因为她也贪玩,所以见到姐姐自由自在地在空中飞舞,十分羡慕。可当姐姐把秋千让给她时,她却没敢上架,因为她毕竟比姐姐小嘛。这个小女孩的可爱之处表现在她没有直接说出心里的惧怕,却只是在"拉客观"寻由头儿,为自己不上秋千架找到冠冕堂皇的理由:我的裙子太宽大了,荡起秋千来裙摆飞舞,多令人难堪!最终这位小妹上没上秋千,作者没有描写,而是留给读者去猜想。其实答案是明摆着的,她那既想玩又不敢玩的小心眼儿,怎么可能踏上秋千架呢?我们再做下一步猜想,那位姐姐一定嗔怪妹妹说:你真是胆小鬼!既然不敢上,那就回屋去吧!妹妹委屈地噘着小嘴,被姐姐拽回了前院,花园里只剩下空空荡荡的秋千架还在来回摆动。

浣溪沙(堤上游人逐画船)

堤上游人逐画船,拍堤春水四垂天①。绿杨楼外出秋千。白发戴花君莫笑,《六幺》催拍盏频传②。人生何处似樽前?

【注释】

①拍堤春水四垂天:谓湖中之水拍打着四面的堤岸,与四面垂下的天幕相接,浑然一片。 ②《六幺》:唐代琵琶曲名。白居易《琵琶行》:"轻拢慢捻抹复挑,初为《霓裳》后《六幺》。"

【评析】

　　这首小词也是歌咏颍州西湖的,究竟是知颍州时所作还是退居颍州时所作,从字面上很难考证。据词中"白发戴花"的老来天真之语,作于熙宁四、五年间的可能性更大些。

　　上阕以西湖为背景,写湖堤上的游人在追逐一条船,想上船到湖中荡桨游玩。一个"逐"字,勾勒出当时众多游人争相登船而不得的热闹场景,这种场景今天的我们也时常遇到:岸上想上船的人很多,而水中的船却不多,所谓"需求大于供给"。这个时候,便会有人焦急地搜寻着即将靠岸的船只,并摆手高喊,要求船老大把船划到自己面前先登为快。接下来描写西湖水盛之貌,溶溶春水拍打着湖岸,仿佛与天相接,蔚为壮观。这两个场景写完,作者突然把笔锋转到了湖边的某个院落,绿杨环绕的楼外,影影绰绰发现有人在自在地荡着秋千。这就使画面变得多元化了,有热烈争抢画船的近场面,也有湖水拍岸的大场面,又有女子自得其乐地荡秋千的场面,近景远景、大景小景、闹景静景浑然为一,既有层次又有融合,把"世上儿女多少得意欢娱"(清黄苏《蓼园词选》)的现状真切地描绘出来。

　　下阕全在写自己:一个白发苍髯的老者头戴鲜花,率意天真之态堪称淋漓尽致。作者似乎明白这种"真性情"很难为人理解,所以预先表明:诸君休要取笑老夫,请你们宽容一些,也让老夫跟着你们欢乐一把。人的一生如白驹过隙,转瞬即逝,头戴鲜花,纵情饮酒,此乐何极?难道欢乐永远只属于年轻人吗?所以《蓼园词选》又说:"第二阕写老成趣,自在众人喧嚣之外。末句写无限凄怆沉郁,妙在含蓄不尽。"其实蓼园先生说得不算很准,作者并没有完全置身于"喧嚣之外",只不过他年老体衰,不可能去跟年轻人争抢画船,可那个"白发戴花"的形象,是甘心于被甩在"众乐"之外的形象吗?正因为末句"凄怆沉郁",明知自己的生命即将完结,才更加不甘于寂寞,也要"自己摘花自己戴",不管旁人笑不笑呢。可知在作者的"凄怆沉郁"之外,还有深深的无奈和"与时间赛跑"的紧迫感,这才是蓼园先生所谓的"含蓄不尽"。

浣溪沙（湖上朱桥响画轮）

湖上朱桥响画轮①,溶溶春水浸春云②。碧琉璃滑净无尘③。当路游丝萦醉客④,隔花啼鸟唤行人。日斜归去奈何春。

【注释】

①画轮:华美的车轮。代指高官乘坐的华车。 ②溶溶:流水浩大的样子。杜牧《汉江》:"溶溶漾漾白鸥飞,绿净春深好染衣。" ③碧琉璃:碧绿的琉璃。喻平静无波的西湖水面。 ④当路游丝:横拦在路上的蛛丝。

【评析】

这是一首歌咏颍州美景的小词,格调清新,意境空灵。据"湖上朱桥响画轮"判断,此词当作于皇祐间,此时作者在颍州知州任上。上阕直言他的"画轮"行走在朱桥之上,说明他不仅是在"与民同乐",更显示出他对颍州美景的由衷欣赏。春天的湖水虽然丰满,却没有一丝水波,宁静得像一片硕大无比的琉璃。说它意境空灵,主要是就此而言。

下阕捕捉到的两种情景看上去都很细微,却很能表现作者陶醉其间的精神愉悦。明代董其昌《便读〈草堂诗馀〉》说此词"触景赋诗，古人胸次，何等活泼泼地"，那么作者究竟触到了什么景呢？无非是拦截在路上的蛛网游丝和隔着花丛自鸣得意的鸟儿。明沈际飞《草堂诗馀正集》说："人谓永叔不能作丽语，如'隔花啼鸟唤行人'，非丽语耶？'奈何'二字，春色撩人。"分析得十分精到。这句"隔花啼鸟唤行人"不但传神，用语也十分巧妙：啼鸟自有啼鸟之乐，未必一定是在召唤行人（具体来说就是作者本人），这完全是以人的意志和角度来写啼鸟，赋予它们与人互动的感情，这就使词的意境得到了升华，同时表达出作者对大自然中哪怕并不引人注意的细节都由衷地热爱。末句"日斜归去奈何春"，更是把具象美提到了抽象美的高度，不管是游丝还是啼鸟，也不管是春水还是春云，所有这一切，构成了完整的自然之美。在这样的美景中迎来夕阳西下，令人在尚未尽兴的时候不得不离开这里回到城中，岂不是很无可奈何吗？清黄苏《蓼园词选》说："'奈何春'三字，'唤'字下得有情，而'奈何'字自然脱口而出，不拘是比是赋，读之亹亹情长。"这种"情"不但可以留给作者去慢慢咀嚼，还能让读者产生"咱也去趟颍州西湖"的冲动。

浣溪沙（叶底青青杏子垂）

叶底青青杏子垂，枝头薄薄柳绵飞。日高深院晚莺啼。　　堪恨风流成薄幸[①]，断无消息道归期。托腮无语翠眉低[②]。

【注释】

①风流成薄幸：谓风流情郎一去无消息，成了无情郎。　②翠眉：即

黛眉。崔豹《古今注》:"魏宫人多作翠眉惊鹤髻。"

【评析】

　　这是一首写怨妇的词,风格凄切哀婉。上阕三句都在写景,同时交代出此时的节令:杏花早已开过,碧绿的叶子下面,青杏长得老大,挂在树枝上向下低垂;柳树枝头飘飞着一层白絮,原来已是暮春时节了。太阳升起,高高地悬在庭院上空,一直到傍晚时黄莺啼鸣。可以想象,大约正午以前女子就在庭院里踱步散心,直到黄昏日落还没有回到楼上,似乎一旦回到楼上,那种孤独更令她难以忍受。下阕是女子直白的心语,她恼恨情郎狠心薄情,把自己抛在家里,他倒是日日风流。你风流也罢了,连个音信都不肯捎来,到底要让我等你到什么时候?此时的女子就算怨恨再多,也找不到一个倾诉的对象,所以稍稍平静下来后,她只能手托香腮颦蹙蛾眉,继续打熬着索然无味的日子。

　　自古以来,男女爱情都是最美好的情感,然而今天的人们已经很难体会那时妇女的相思之苦,当社会把女人规定为男子的附属品时,女人的爱情就被打了太多的折扣:当男人离开她的时候,可以继续寻欢作乐,而女子则只能默默地守候着空寂的家,守望着不知何时才能归来的男子。汉代的《古诗十九首》里就有女子对这种不合理制度的控诉之音:"青青河畔草,郁郁园中柳。盈盈楼上女,皎皎当窗牖。娥娥红粉妆,纤纤出素手。昔为倡家女,今为荡子妇。荡子行不归,空床难独守。""明月何皎皎,照我罗床帏。忧愁不能寐,揽衣起徘徊。客行虽云乐,不如早旋归。出户独彷徨,愁思当告谁。引领还入房,泪下沾裳衣。"直到近代,妇女的爱情乃至正常情欲被践踏被压抑的情况仍没得到丝毫的改善。黄梅戏《徽州女人》表现的就是近代徽州女子婚后寡居、暗无天日的苦难生活,她们当中有很多人新婚即与丈夫分离,直到老死都难得再见一面。这种现在看来不可思议的人为苦难，其实就真实地发生在一百年前。欧阳修有不少这类的词作，可见一千年前的他，对深闺怨愤就寄予了深深的同情，可惜他没有任何力量改变这些女子的苦难，仅仅是寄予同情而已。

浣溪沙（青杏园林煮酒香）

青杏园林煮酒香，佳人初著薄罗裳①。柳丝摇曳燕飞忙。乍雨乍晴花自落，闲愁闲闷昼偏长。为谁消瘦损容光②。

【注释】

①初著薄罗裳：谓刚刚换上薄薄的罗衫。 ②容光：美丽的容颜。

【评析】

这首词在晏殊的《珠玉词》中有收录，《类编草堂诗馀》卷一又误作秦观词。唐圭璋《全宋词》收录在欧阳修词中，应该是有充分根据的。

这是一首清新别致的小词，主人公是位在园林中煮酒消闲的年轻女子，虽然心上人不在身边，但她却能排解内心孤独，有滋有味地过着"一人世界"的生活。开篇一句点明时间在杏子尚青的暮春，一位刚刚换下春衣穿上薄罗裳的女子在园中煮酒消闲。眼前展现的是柳丝摇曳、燕子穿飞、乍雨乍晴、落英缤纷的景象。作者对这些景象的描写十分轻松和欣快，初读时会感到这位佳人的心情一定也十分轻松和欣快，然而最后两句却让我们舒展的眉头不再舒展，因为佳人虽然还在有条不紊地煮着新酒，津津有味地观赏着穿飞的燕子和摇曳的柳条，还是难掩内心的愁闷，只不过这种愁闷不那么激越,而是丝丝缕缕若断若续那种感觉。我们终于明白,不管是外景上的欣快还是佳人表现得优雅自得,都有欺骗性,都把女子内心深处的愁闷淡化掉了。也就是说,佳人虽然有滋有味地过着一人世界的生活,但她努力地克制着对情郎的思念,却很容易被人忽略。作者在词的最后把女子的"闲愁闲闷"明确地交代出来,并说,千万不要把闲愁闲闷看得无足轻重,使她容颜憔悴的根源就是它呢。这样的表述温婉有致,比起直言相思之苦更显别致,读起来也有曲径通幽的感觉,古人称之为"造意"。意的最高层级是趣——任何文学作品如果没有趣,那就什么也没有了。

浣溪沙(红粉佳人白玉杯)

红粉佳人白玉杯,木兰船稳棹歌催①。绿荷风里笑声来。细雨轻烟笼草树,斜桥曲水绕楼台。夕阳高处画屏开②。

【注释】

①木兰船:用木兰木制成的船。泛指绘饰精美的船。棹歌:行船时所唱之歌。汉武帝《秋风辞》:"箫鼓鸣兮发棹歌,欢乐极兮哀情多。"②画屏:彩绘的屏风。此处喻眼前重重的美景像画屏一样展开。

【评析】

这首词的写作年代不好确定,一说是欧阳修知颍州期间所作,也有人说是熙宁五年(1072)退居颍州时所作。整体来看,作者写这首词时的心情相当愉悦,在他眼里,颍州的景致美轮美奂,目不暇接。您看,身边是红粉佳人,面前是白玉酒杯,西湖上的画船上传来优美的棹歌,翠绿的荷叶下传来游人清脆的笑声。下阕紧接上文,把目光扩大到西湖之外,天上下着蒙蒙细雨,薄雾笼罩着湖边的草木,小桥曲水环绕在楼台周边,夕阳将下的时候,万千景色层叠展开,此时的佳人早已化入画图之中了。

全词洋溢着对自然的热爱和赞美,在作者眼里,融入自然的美景,才是人生最高的境界。这也和作者期望在颍州度过晚年的衷情愫完全吻合。

浣溪沙（翠袖娇鬟舞《石州》）

翠袖娇鬟舞《石州》①,两行红粉一时羞②。新声难逐管弦愁③。
白发主人年未老,清时贤相望偏优④。一樽风月为公留⑤。

【注释】

①娇鬟:娇美的舞女。《石州》:词牌有《石州慢》,为慢词,同时也是一支歌舞曲。 ②两行红粉一时羞:指当时跳舞的少女是数人分为两行。羞,谓意态娇羞可人。 ③新声难逐管弦愁:新曲难以消解管弦带出的忧愁。 ④清时:清明时代,太平盛世。贤相:指赵概。《东都事略·赵概传》:"拜御史中丞,遂除枢密副使、参知政事。……英宗即位,再迁吏部侍郎。神宗立,进尚书左丞。"望偏优:声望甚高。 ⑤一樽风月为公留:一樽美酒专为挽留赵公。

【评析】

　　这首词作于熙宁五年（1072），时欧阳修退居颍州，赵概自应天府前来探望他。这段时间里欧阳修的诗词较多，此词是其中之一。

　　上阕写宴会的场景，身穿翠绿舞裙的妙龄女子很快排成两行翩翩起舞，舞的是新曲《石州》，那悠扬中带着苍凉的歌声，似乎在追逐着弦管的忧愁。下阕过渡到听歌观舞的尊贵客人赵概，虽然已是年届八旬的白发老人，但作者却说：赵公并没有衰老，还是那样神采奕奕。这其中更多表达的是作者对友人的美好祝愿。接下来还是对贵客的褒扬：虽然是在承平时代，贤能的宰相总是被人们寄予更高的期望。为了祝愿赵老身体永远健康，为了让人们对赵老永存敬仰，作者端起酒杯，向贵客表示出无比崇敬。

　　全词明白如话，既没用典故，又没加修饰，一读便懂，一读便能感受到作者对友人由衷的深情厚谊，可谓自然天成。

浣溪沙（灯烬垂花月似霜）

灯烬垂花月似霜①，薄帷映月两交光②。酒醺红粉自生香③。双手舞余拖翠袖④，一声歌已醻金觞⑤。休回娇眼断人肠。

【注释】

　　①灯烬垂花：油灯即将燃尽时灯芯结成的灯花，会比刚燃时更亮。月似霜：王维《奉和杨驸马六郎秋夜即事》诗："高楼月似霜，秋夜郁金

堂。"　②薄帘映月两交光：烛光映照着薄薄的帘子，与天上的月亮相映成辉，明如白昼。　③酒酽：喝酒喝到面红耳热。红粉自生香：佳人自身所带的香气。　④双手舞余拖翠袖：即"舞余双手拖翠袖"的倒装，谓女子舞罢，双手下垂，拖着长长的翠袖。　⑤歌已：唱罢。釂（jiào）金觞：将酒喝干，即今"干杯"之意。釂，饮尽杯中酒。《礼记·曲礼》上："长者举未釂，少者不敢饮。"郑玄注："尽爵曰釂。"

【评析】

　　这首词写观赏女子歌舞的场面，风格相对婉丽浓艳，与晏殊词的风格十分相近。

　　上阕直入主题，首句便写到了歌舞将罢的时辰，灯烛即将燃尽，烛光与月光相映成辉，说明已经到了午夜，客人也都饮得半酣，色眯眯地看着女子娇美的身体在地毯上回旋。这时候女子的舞蹈跳得如何不再重要，更令客人留恋的是女子迷人的身体和扑鼻而来的香气，香气想必是女子身体所散发出来的。

　　下阕紧接上文，写女子跳完舞后，两手拖着长长的翠袖走到客人面前，在客人的请求下又唱了一首歌，然后举起酒杯一饮而尽。按理说"节目"演完，应该是曲终人散才对，作者却别出心裁地说了一句：姑娘尽可离席，万不可"回眸一笑百媚生"，那样的话客人就实在受不了了。我们可以认为客人是个好色之徒，但作者真正想表达的并不是这一点，而是用这样的语言赞美舞女的天生丽质和精湛的舞技——惑阳城、迷下蔡不是女子的过错，恰恰是赞赏女子最妙的手段。从这个意义上说，词的末句可以称为全词的"眼"：前头所有的文字都是对舞女本人的描写，如果没有最后这一句，舞女便会成为"孤独的舞者"，失去了被人欣赏和赞扬的基础。正是客人这双色眯眯的眼睛，最终成全了舞女的完美和迷人。

浣溪沙（十载相逢酒一卮）

十载相逢酒一卮①，故人才见便开眉。老来游旧更同谁②。浮世歌欢真易失③，宦途离合信难期④。樽前莫惜醉如泥。

【注释】

①十载相逢：指作者与赵概分别十年才重新聚首。《东都事略·赵概传》："概既老，修亦退居汝南。概自睢阳往从之游，乐饮旬日。" ②游旧：与故旧同游。 ③浮世：古称人在尘世如水中浮沤，故称人世为"浮世"。 ④信难期：实在难有定准。

【评析】

这首词作于熙宁五年（1072）作者退居颍州之后。致仕在应天府的赵概到颍州看望欧阳修，令他十分感动，对这次的重聚也非常看重，写了很多诗词，此词是其中之一。开篇"十载相逢"四字，道出了为官者身不由己的深深无奈，随后用"酒一卮"三字作为了结：君子相见，杯酒之交，看的是道德的高尚和情义的真挚，不在乎言辞如何。老友相见，眉头舒开，坦露心扉，算来毕生之中，能如此心灵相通的又有几人？下阕感慨人生短促，友人相聚的快乐更是难得，更何况人在宦途，身不由己。为了这迟来的相逢，尽兴痛饮，哪怕喝个酩酊大醉又有何妨？

有学者称这首词属于豪放之作，开苏轼、辛弃疾之先河。我倒不这样认为。这样的词不仅欧阳修写过，也是其他很多人乐于试笔的题材和风格。一般说来，人到情绪激昂的时候，往往会发些豪迈之情，写几句豪放的话，但从整体风格来说，难以称之为"豪放词"。所谓"豪放词"是个整体概念，是指某位作者的总体风格而言，而不是摘出某人的某篇略带昂扬之气的词，便称之为"豪放"。欧阳修词的总体风格属婉约一派，这是自古以来很多学者的共识，无须再为他寻找豪放的根据。

御带花（青春何处风光好）

青春何处风光好，帝里偏爱元夕①。万重缯彩，构一屏峰岭，半空金碧②。宝檠银釭③，耀绛幕④、龙虎腾掷。沙堤远⑤，雕轮绣毂⑥，争走五王宅⑦。　　雍容熙熙作昼⑧，会乐府神姬⑨，海洞仙客⑩。拽香摇翠⑪，称执手行歌⑫，锦街天陌⑬。月淡寒轻，渐向晓、漏声寂寂⑭。当年少，狂心未已，不醉怎归得？

【注释】

①帝里：都城，此处指汴京。元夕：即元宵节。宋敏求《春明退朝录》卷中："上元然（燃）灯，或云沿汉祠太一自昏至昼故事。梁简文帝有《列灯赋》。陈后主有《光壁殿遥咏山灯》诗。唐明皇先天中，东都设灯，文宗开成中，建灯迎三宫太后，是则唐以前岁不常设。本朝太宗时，三元不禁夜，上元御乾元门，中元、下元御东华门，后罢中元、下元二节，而初元游观之盛，冠于前代。"　②"万重缯（zēng）彩"三句：指汴京的彩山。《东京梦华录》卷六："正月十五日元宵，大内前自岁前冬至后，开封府绞缚山棚，立木正对宣德楼。游人已集御街，两廊下奇术异

能、歌舞百戏,鳞鳞相切乐声嘈杂十余里。至正月十七日,灯山上彩,金碧相射,锦绣交辉,面北悉以彩结山沓,上皆画神仙故事。彩山左右以彩结文殊、普贤,跨狮子、白象,各于手指出水五道,其手摇动。又于左右门上,各以草把缚成戏龙之状,用青幕遮龙,草上密置灯烛数万盏,望之,蜿蜒如双龙飞走。" ③宝檠(qíng):华丽的灯台。银釭(gāng):银制的灯碗。 ④绛幕:绛紫色的帷幕。 ⑤沙堤:指宰相的府第。 ⑥雕轮绣毂(gǔ):雕饰华美的车。毂,车轮的中心部位,周围与车辐的一端相接,中有圆孔,用以插轴。 ⑦五王宅:《新唐书》卷八一《让皇帝宪传》:"初,帝五子列第东都积善坊,号'五王子宅'。及赐第上都隆庆坊,亦号'五王宅'。玄宗为太子,尝制大衾长枕,将与诸王共之。睿宗知,喜甚。及先天后,尽以隆庆旧邸为兴庆宫,而赐宪及薛王第于胜业坊,申、岐二王居安兴坊,环列宫侧。天子于宫西、南置楼,其西署曰'花萼相辉之楼',南曰'勤政务本之楼',帝时时登之,闻诸王作乐,必亟召升楼,与同榻坐,或就幸第,赋诗燕嬉,赐金帛侑欢。诸王日朝侧门,既归,即具乐纵饮,击球、斗鸡、驰鹰犬为乐,如是岁月不绝,所至辄中使劳赐相踵,世谓天子友悌,古无有者。"此处代指皇亲贵戚之家。 ⑧熙熙:和乐之貌。《左传·襄公二十九年》:"广哉,熙熙乎!曲而有直体,其文王之德乎!"作昼:把夜晚当成白昼。意谓夜以继日地享乐。 ⑨乐府神姬:官府中的乐伎。 ⑩海洞仙客:居住在海岛深洞的神仙客。 ⑪拽香摇翠:穿戴着染香的罗衣,摆动着翠玉的头饰。 ⑫行歌:一边走路一边唱歌。 ⑬锦街天陌:处处锦绣的天街大道。 ⑭漏声寂寂:报时的滴漏因天色将明而停止了运转,不再发声。

【评析】

　　这首词描写汴京城里过元宵节的盛况,作于欧阳修自西京留守推官罢任回到汴京之时。全词处处浓墨重彩，把帝京气象勾勒得美轮美奂，既体现出作者的无限激情，又体现出一个年轻官员志得意满的豪俊之气，客观上也展示了仁宗时期国泰民安的熙熙景象。

上阕开篇点明自己的"青春"，那时欧阳修还是个不到三十岁的年轻官员，正是活力四射的年龄。这两个字与下阕结尾处的"当年少，狂心未已"相互呼应，突出了作者为什么对帝里元夕有如此的情怀。接下来从大背景写起，眼前高入云天的彩山，层层叠叠，出神入化，构成了一片崇山峻岭，仿佛把本无山峦的汴京城带进了重峦叠嶂之中，而且是金碧辉煌的仙人之境。数不清的华贵银钉照耀在绛紫色的巨幅帷幕上，令人眼花缭乱，不知是在仙界还是在人间。绛幕前不时有龙腾虎跃，把汴京的夜晚变成了人与自然、人与天界完全融合的奇幻世界。随后写小景：壮美华丽的宰相府第、富贵豪华的五王宅院，车马相接，人头攒动，整个汴京像沸腾了一样，人人都沉醉在喧闹之中。

下阕继续写京城的热闹景象，所有汴京人都忘记了昼与夜，万人空巷地来到天街大路上，其中不乏官府里的乐伎、久居于海岛仙山的神仙羽客。女人们把最好的衣裳穿起来，把最美的首饰戴起来，素手相携，唱歌说笑，穿梭在大街小巷，观看各种各样的神奇景象。这样的喧嚣一直持续到天将破晓，游人们还没有散去的迹象。作者初次沉浸在如此恢宏的人间仙境里，无时不在的激荡、无处不有的惊奇无论如何也压抑不住，他真希望自己融化在这无与伦比的热烈之中。故而在心中狂喊：不醉不归，不醉不归！

欧阳修天圣八年（1030）中进士时只有二十四岁。当年便到洛阳任留守推官，深得留守钱惟演青睐，其间又结识了不少志同道合的朋友，直到景祐元年（1034）任满回京，时年二十八岁。这段时间里，他的仕途一帆风顺，且回京后等待他的是继续升迁，还不算是少年得志吗？在这样的境遇中，他的心情一直处在最佳状态，写出这样流光溢彩的词，也正是他内心满足和张狂的真实折射。或许正是这样的顺境，使他忽略了宦海中的险恶，时隔不久，他便因斥骂高若讷遭到贬谪，在他笔直如线的仕途上挽上了一个大大的结。

虞美人（炉香昼永龙烟白）

炉香昼永龙烟白①，风动金鸾额②。画屏寒掩小山川，睡容初起枕痕圆、坠花钿③。　　楼高不及烟霄半，望尽相思眼。艳阳刚爱挫愁人④，故生芳草碧连云、怨王孙⑤。

【注释】

①昼永：白日很长。龙烟：宛转升腾状如飞龙的白烟。　②金鸾额：帘子上端绣的飞鸾图案。　③花钿（tián）：用金、银、玉、贝等制成的花朵状首饰。　④刚爱：最爱。挫愁人：折磨忧愁的人。　⑤王孙：泛指游子。王维《送别》："春草明年绿，王孙归不归？"

【评析】

这是一首闺怨词，女主人公是位生活优裕但缺乏情爱的人，上阕数语，已将她的生活状态描绘得十分充分。屋内终日燃着香，烟雾缭绕，宛如升起的盘龙。一阵微风吹来，绣帘上端的"盖头"轻轻晃动，依然不失静谧典雅的气氛。屋里的屏风上山川纵横，却透出阵阵寒意。这番描写之后，作者把笔墨回到女主人公的身上，她懒懒散散地睡到了将近晌午，醒来后懒于梳妆，呆呆地看着枕上凹下的睡痕和滚落在枕上的花钿。外景、内景和女子本身，都带着浓浓的灰懒之气。

下阕写女子来到屋外向远处凝望，可惜望穿双眼，仍旧见不到心上人的踪影。其实良人不可能因她的凝望就会归来，这个结果是她本来就知道的，只是无法控制自己的相思之情罢了。头上是艳阳高照，晒得女子头晕目眩，可她依然没有离开楼头栏杆，反倒埋怨骄阳太折磨人，催生出连天的芳草把路途遮断。最后发出隐忍不住的呼喊：良人啊良人，你究竟什么时候才能回到我的身旁？

全词清丽委婉，外景的描写完全服务于女子内心的感受，写法上由大到小，由虚到实，由忧郁到呼喊，一步步达到情感的高峰。这也符合女子情绪变化的自身规律，因为她不可能刚起床就情绪激越，而是在经历灰懒、无聊、孤独、失望之后才变得越来越焦灼，越来越压抑，这个过程，明天或许仍将在她身上重演。

鹤冲天（梅谢粉）

梅谢粉①，柳拖金②，香满旧园林。养花天气半晴阴，花好却愁深。　　花无数，愁无数，花好却愁春去。戴花持酒祝东风，千万莫匆匆。

【注释】

①梅谢粉：梅花的粉红已经褪去。　　②柳拖金：柳枝上渐渐挂满了金黄色的嫩叶。

【评析】

　　这是一首惜春之作，开篇两句用简洁而颇具特色的语言，将写作的时间定位在早春。随后用"香满旧园林"表明此时已到了花香四溢的季节。到此为止，气氛被烘托得越来越浓，谁知下面笔锋陡转，突然感叹在这本该养护花儿的季节里，天气却时阴时晴，弄得人心情忽好忽坏，即便花好，心情也并不好——此时心情不好是由于阴晴不定导致的。继而转移到人世间，即便花好，怎奈不如意事常八九，使人连赏花时都充满了愁闷，于是原来的好心情变得一塌糊涂，原来的热烈气氛也变得兴味索然。这种转换称得上怪异，细细琢磨才明白，原来作者的心情本来并不好，仅仅是因为见到了明媚的春光，香气充满园林才变好的，很快由于阴晴不定，忧愁烦闷便重新回到他的心间。

　　下阕继续言"愁"——尽管已是繁花似锦，然而花儿越多，愁闷也就越多，为什么呢？因为鲜花盛开，恰恰预示着百花凋零的时节很快会到来。此时作者的"愁"，已经分不清是因为花开花谢，还是因为人生无常了。在烦乱的心绪中，他把摘下的鲜花插在头上，举起酒杯虔诚祝愿：东风啊东风请你慢些吹，千万不要频吹不止，要知道鲜花禁不起你不停地吹打，时光禁不起你越变越暖，让它们再开得长久些吧！能体会到，作者真正的祈愿，是希望人生的青春驻留得更久，尽量少些"朝如青丝暮成雪"的凄凉。

夜行船（忆昔西都欢纵）

　　忆昔西都欢纵[①]。自别后、有谁能共？伊川山水洛川花[②]，细寻思、旧游如梦③。　　今日相逢情愈重。愁闻唱、画楼钟动。白发天涯逢此景,倒金樽,殢谁相送④?

【注释】

①西都欢纵:指欧阳修任西京留守推官时,与朋友们一起度过的那段欢乐时光。《欧阳文忠公年谱》:"(天圣八年)五月,授将仕郎、试秘书省校书郎,充西京留守推官。(天圣九年)三月,公至西京,钱文僖公(惟演)为留守,幕府多名士。与尹(洙)师鲁、梅(尧臣)圣俞尤善。日为古文歌诗,遂以文章名冠天下。"西都,北宋指西京洛阳。　②伊川:即伊水,流经洛阳龙门的一条河流。《大明一统志》卷二九《河南府》:"伊水源出卢氏县闷顿岭东,流经嵩县、洛阳偃师县界入于洛水。"洛川花:指洛阳牡丹。　③旧游:指与欧阳修相交的梅尧臣等七人。王辟之《渑水燕谈录》卷四:"天圣末,欧阳文忠公……为西京留守推官,府尹钱思公(惟演)、通判谢希深(绛)皆当世伟人,待公优异。公与尹师鲁、梅圣俞、杨子聪(愈)、张太素(谷)、张尧夫(汝士)、王几道(复)为七友,其文章道义相切劘。率尝赋诗饮酒,间以谈戏,相得尤乐。凡洛中山水园庭、塔庙佳处,莫不游览。"欧阳修曾写过《七交》诗七首。　④殢(tì)谁相送:谓还能剩谁相送。殢,穷尽。

【评析】

这首词作于仁宗庆历八年(1048),当时欧阳修四十二岁。这年闰正月,他由滁州知州调任扬州知州,友人梅尧臣则从宣城赴陈州任签书判官,路过扬州时与欧阳修相会。老友相见,感喟良多,且此时洛阳旧交谢绛、尹洙、张汝士三人都已去世,更使二人的相聚充满了悲情。词一开篇,作者自然回想起当年在洛阳的情景,那时候几个人情投意合,且都在青壮年的年龄,故而洛阳名胜都共同游历过了,那段时光在作者的记忆里印刻得太深太深,结下的感情也非常深厚。转眼间十六年过去,七人当中三个人已成古人,张谷也已病入膏肓,除了梅尧臣之外,杨愈、王复都没有再见到过,所以作者感叹"自别后、有谁能共"?凄凉之情灼然可见。接下来又回到昔日的洛阳:登山玩水,春看牡丹秋赏菊,时而举行的宴会的热烈与惬意,如今都成了不可再得的旧梦。写到这里,不仅仅是作者本人,恐怕梅尧臣也在垂涕,读者也会为之黯然神伤。

下阕回到眼前,一句毫无修饰的"今日相逢情愈重",把故友相逢的真情显露无遗。可以想见,二人畅叙友情,共同回忆,互发感慨,举酒频频,抑或相对无言,静听远唱,不觉间已是"画楼钟动"的时辰了,这恼人的钟声更增加了他们依依惜别之情,于是感慨再发:这难得的一聚,再见不知要到何时。于是再斟美酒,恨不得一醉方休。从中我们看到了作者对友人感情的珍视。

夜行船(满眼东风飞絮)

满眼东风飞絮。催行色①、短亭春暮②。落花流水草连云,看看是、断肠南浦③。　檀板未终人去去④。扁舟在、绿杨深处。手把金樽难为别,更那听⑤、乱莺疏雨。

【注释】

①行色:行旅。　②短亭:古代路边供行人休息的地方。《白孔六帖》卷九:"十里一长亭,五里一短亭。"李白《菩萨蛮》:"何处是归程,

长亭更短亭。"　③南浦：送别之处。《文选》江淹《别赋》："送君南浦，伤如之何。"李善注："《楚辞》曰：'子交手兮东行，送美人兮南浦。'"
④檀板：檀木制成的拍板。此处代指乐曲。人去去：谓友人即将离去。
⑤那听：哪里还有心思去听。

【评析】

　　这是一首赠别词，可能是作者担任地方官时所作，时间在暮春。开篇"满眼东风飞絮"六字，让人感受到了作者内心的烦乱，这就把惜别的主基调定了下来。随后直言在日暮的短亭中，友人的离去已近在眼前。远远看去，落英片片，被无情的流水卷到远方，青草连云，一片凄迷之象。再遥望南浦，更加令人肠断。下阕写告别的场景：就在渡口前，主人公为友人设下宴席，请来歌伎，可惜此时情绪烦乱，歌还没唱完，友人便频频道别，走向绿杨深处的舟船。天上下起了小雨，更增重了主人公内心的阴郁：若在寻常时日，细雨黄莺，或许是最美的景致，可今天不是，因为与友人分别的惆怅，已使主人公没有了丝毫的闲情逸致。

　　以景托情，是本词最明显的特点。词中描绘的景色，如果不是在送别的背景下，或许很令人赏心悦目，一旦加入了离情别绪，这些景致便都变得兴味索然，甚至起到了相反的作用。比如连云的碧草，青绿的杨柳，还有疏雨中鸣啭的莺声等，谁能说不构成一幅美景？然而与满眼飞絮、落花流水的场景结合起来，让人感受到的，便都是离别时的愁肠了。

洛阳春（红纱未晓黄鹂语）

红纱未晓黄鹂语①，蕙炉销兰炷②。锦屏罗幕护春寒③，昨夜三更雨。　　绣帘闲倚吹轻絮，敛眉山无绪④。看花拭泪向归鸿，问来处、逢郎否？

【注释】

①红纱未晓黄鹂语：窗上的红纱听不懂黄鹂的话语。　②蕙炉：香炉。蕙，香草名，此处泛指所焚的香。　③锦屏罗幕护春寒：床边的锦绣屏风和罗幕遮挡着春天吹来的轻寒。　④敛眉山无绪：谓皱起眉头，显得无情无绪。《西京杂记》卷二："文君姣好，眉色如望远山。"

【评析】

　　这是一首思妇词。上阕写女子起床前的心绪，下阕写起身之后的行止和情感。开篇一句说明，女子虽然还睡在床上，分明已经醒了，所以才有"红纱未晓黄鹂语"的感受。唧啾鸣啭的黄鹂鸟在说什么，女子倒是听懂了：这是在告诉她天已大亮，该起床了。女子懒散地睁开眼，发现香炉里的兰麝燃烧得差不多了。屏风帘幕像是在抵挡着外面吹进的寒凉，因为昨夜三更时下了一场雨。且慢，昨夜三更时下雨，女子是怎么知道的？原来女子直到三更时还没能入睡，究竟辗转反侧到什么时候，怕是连她自己都记不清楚了。一句看似全不含情的话，却将女子满怀的愁情表露殆尽。

　　下阕过渡到女子起身下床来到帘前，看到的是柳絮轻飘。她捏起一团挂在帘上的白絮，把它轻轻吹跑，却没有从中获得任何乐趣，眉头依然皱得很紧。原因很简单，她全部的心思都在远方的情郎身上，世间的一切对她来说都索然无味。这时的心潮越来越激荡，她看着眼前的花触景伤情，忍不住淌下泪来，因为她深知自己的花容也会像鲜花一样，用不了多久便会黯然凋谢。一只鸿雁从头上飞过，女子用尽气力在内心呼唤：鸿雁啊鸿雁，你飞来的路上，可曾见到过我的情郎？思妇见到大雁便想到远方情郎的描写，在古代诗词中并不罕见，然而以急切的口吻直接向大雁发问，问得如此直白却不多见。恰恰是"问来处、逢郎否"这样近乎口语的坦言，更表现出女子思念情郎的炽烈。

雨中花（千古都门行路）

千古都门行路①，能使离歌声苦。送尽行人，花残春晚，又到君东去。　　醉借落花吹暖絮②，多少曲堤芳树。且携手留连，良辰美景，留作相思处。

【注释】

①都门行路：从京城通往他处的道路。古人送别，许多都是送人离开京城，故曰都门之路是离别之歌唱得最哀苦的地方。　②醉借落花吹暖絮：饮醉之时，借着满地的落花观看到处飘飞的柳絮。

【评析】

这是一首赠别词，作于作者在汴京任职期间，所送为谁不得而知。开篇一句写得很震撼，把送别之苦直拽到千古以前，虽然仅仅六个字，却包含了太多的凄怆和苦痛。接下来"送尽行人，花残春晚，又到君东去"三句，感情的激越丝毫没有减弱，反倒更显深沉与苍凉：在这里曾经送过多少友人，数都数不清了。如今暮春时节，心情本来就不算好，加之又要送友人离京，真不知这种摧人心肝的折磨还要持续多久。

大概是明知友人无法挽留，抑或是酒已喝得不少，下阕的情绪稍稍和缓了一些。他与即将离开都城的友人随意坐在满是落花的地上，闲看着到处飞舞的柳絮和屈曲的堤岸、岸边的绿树，又携手来到堤岸旁的绿树下继续流连，想把这地方的一切都刻在脑海里，留作时时忆起的纪念。

全词字数不多，情感却异常丰富，有炽烈也有含蓄，有激情也有绵远，展现了作者丰富的内心世界。

越溪春（三月十三寒食日）

三月十三寒食日①，春色遍天涯。越溪阆苑繁华地②，傍禁垣③、珠翠烟霞④。红粉墙头，秋千影里，临水人家。　归来晚驻香车，银箭透窗纱⑤。有时三点两点雨霁⑥，朱门柳细风斜。沉麝不烧金鸭冷⑦，笼月照梨花⑧。

【注释】

①寒食：古节令名。相传春秋时，晋文公征介子推入朝做官，介子推不肯，文公命人烧山，以迫其出，介子推抱木而死。为了纪念这位志士，文公下令国人在这几日里不准起火炊饭，故名寒食。梁宗懔《荆楚岁时记》："去冬节一百五日，即有疾风甚雨，谓之寒食，禁火三日。"　②越溪：河流名，在浙江绍兴东南，相传为西施浣纱之溪。此处代指京城之水。阆苑：阆宫，神仙所居之处。　③禁垣：皇城的宫墙。　④珠翠：指游春的女子们头上挂满珠翠。　⑤银箭：指古代计时用的滴漏中指示时间的箭。透窗纱：谓滴漏之声传进屋里。　⑥雨霁（jì）：雨停。　⑦沉麝：沉香和麝香。泛指香。金鸭：金制的鸭形香炉。晏殊《连理枝》："嘉宴

凌晨启。金鸭飘香细。"　　⑧笼月：朦胧的月色。

【评析】

  这首词约作于作者初到汴京时，上阕明显带有流光溢彩的痕迹，当是作者早期的作品。

  开篇用最平实的词语将本词的内容与时间做了准确的定位——寒食节、游春，随后对京城的豪富之家展开了夸张的描写：京城的汴河、五丈河如同江南的越溪，豪门大户的府第更是壮丽如神仙阆苑，而且大多都建在皇城附近。春意盎然的京城里，女子们身着华丽的服装，头上挂满珍珠翠玉，在轻烟红霞之中闪闪发光。这些"大背景"写完后，作者把目光"聚焦"在临近"越溪"的一座府第：鲜花开在高墙的墙头，墙里有美人荡着秋千。作者没有直写女子的容貌，而是用了一个"影"字，扩大了读者的想象空间，因为女子永远是一道最亮丽的风景，与其用些笨拙的词语去描摹，倒不如把她的美艳勾勒得朦胧些。

  下阕写游春的女子们纷纷归来，宝马香车在府第前停住，写到女子下车进门，此后的情景便任由读者去想象了。他在某个府第门前驻足良久，仿佛听到了滴漏的声音传进女子的闺房。这时天上忽然下了几点细雨，吹过几缕清风，细细的柳枝在风中婆娑摇摆，宛如游春回府的那位女子纤细的腰肢。可爱的女子啊，她究竟点没点香呢？要知道今天可是不许起火的日子，那神秘的闺房里如果不燃香，香炉可就冷了。仰头看时，朦胧的月光淡淡地照着雪白的梨花，不知道闺中的女子此时如何了。

  想象是本词的一大特色，虽然还不算流于香艳，然而作者所怀的痴情，也令人感到他实在有些自作多情，很傻很可爱。

贺圣朝影（白雪梨花红粉桃）

白雪梨花红粉桃，露华高①。垂杨慢舞绿丝绦②，草如袍③。风过小池轻浪起，似江皋④。千金莫惜买香醪⑤，且陶陶⑥。

【注释】

①露华高：露水十分浓重。　②绿丝绦（tāo）：绿色的丝带。贺知章《咏柳》："碧玉妆成一树高，万条垂下绿丝绦。"　③草如袍：绿草像厚厚的袍子。白居易《和谈校书秋夜感怀呈朝中亲友》："秋霜似鬓年空长，绿草如袍位尚卑。"　④江皋（gāo）：江边。《楚辞·九歌·湘君》："朝骋骛兮江皋，夕弭节兮北渚。"　⑤香醪（láo）：美酒。醪，汁渣混合的酒，又称浊酒或醪糟。　⑥陶陶：和乐之貌。

【评析】

这首词描写春景及在春天里陶醉的心情。开篇用对比强烈的色差表现出春的热烈、梨花的雪白、桃花的红粉，还有垂柳曼妙柔美的翠绿枝条，形成了红、白、绿三种颜色的交互美，而这些各擅其美的花与树，都笼罩在浓浓的雾露之下，又为春色增加了一层朦胧美。再看地上连片的青草已长得十分茂密，远远看去，仿佛是一件铺在地上的硕大绿袍。由于它的厚重，起到了衬托花与树的作用，使画面更加完整，更加充实。

下阕继续对上面的景致加以补充，一泓清水的小池上吹过一阵风，竟使水面卷起了层层清浪，仿佛把人带到了江边。这两句采用的是"缩微"

的手法,如同把大江沿岸按照比例画在纸上一样,既显示出池水及岸边景致的精巧,又能令人想起"江皋"的气象,造意十分新颖。最后两句是作者对春的赞美,人在此时,何不买酒纵饮,其乐陶陶?

全词格调清新,情绪平和,既没有大喜也没有大悲,用"沁脾"二字来概括,应该比较恰当。

洞天春(莺啼绿树声早)

莺啼绿树声早,槛外残红未扫①。露点真珠遍芳草②,正帘帏清晓③。 秋千宅院悄悄,又是清明过了。燕蝶轻狂,柳丝撩乱,春心多少④。

【注释】

①残红:飘落在地上的花瓣。苏轼《蝶恋花》词:"花褪残红青杏小。" ②露点真珠遍芳草:谓连天的芳草叶上布满珍珠般的露珠。白居易《暮江吟》诗:"可怜九月初三夜,露似真珠月似弓。" ③正帘帏清晓:正是人们掀开帘帏走出房门的清晨。 ④春心:惜春之心。

【评析】

这是一首惜春词,全词没有情节也没有人物,完全是作者对春天将尽发出的惋叹。开篇两句是对自然景色的客观描摹,几乎不加任何修饰:黄鹂鸟在绿树上啼鸣,而且来得甚早,给人的感觉是自然界里充满了活力,绝没有"打起黄莺儿,莫教枝上啼"的人为因素掺杂其中;落花洒满门槛外的台阶,还没有来得及打扫,给人的印象是春天渐渐远去,夏天即将到来。暮春时节,青草已长得十分茂盛,清晨看去,草上布满珍珠般的露滴,晶莹剔透,令人称奇。在黄鹂、落花、青草、露滴等远近景致都写完后,出现了帘帏的响动——有人起身,掀动帘子了。

然而下阕并没有真实的人物出现,恰恰相反,作者说的是"秋千宅院悄悄":屋里出来的人并没有来到秋千架前上下翻飞,这里依然静悄悄没有动静。算来清明节都已过去,人们踏青赏春的兴致似乎淡了不少,然而在作者心里,这却是值得惋叹的:春天多美好!春花春雨,春草春露,哪一样不令人心旷神怡?尤其是那宜人的暖意,能让躲在屋里数月之久的人们尽情游赏,尽兴方归。如今清明已过,天气渐热,人们再也不可能像初春那样如醉如痴地尽享春意,这难道还不值得惋叹吗?眼前看到最忙的是蝴蝶和燕子,还有早已枝繁叶茂的柳条,悠闲自得地摆弄着柔姿,它们不懂得春天即将过去的可惜,但人却最知道春天的可贵。末句对春的惋惜之情写得尤为真切,似乎在提醒自己,春天很快过尽,应该珍惜仅剩不多的时日,好好地度过。为什么作者如此感慨,而秋千架旁本该出现的少女却显得无所谓?细细体味,其实作者真正惋惜的是生命,而并没有局限在一个残春上面。这样理解,秋千架上不出现少女的身影就很好解释了:她们正当青春年少,完全没必要为一个春天的消失感到惋惜。

忆汉月(红艳几枝轻袅)

红艳几枝轻袅①,新被东风开了。倚烟啼露为谁娇②,故惹蝶怜蜂恼③。　　多情游赏处,留恋向、绿丛千绕④。酒阑欢罢不成归,肠断月斜春老。

【注释】

①红艳几枝轻褭：几朵红花刚刚在东风中开放，显得袅袅动人。②倚烟：笼罩在烟雾中。啼露：花瓣上落着露珠，仿佛美人脸上的香泪。③蝶怜：蝴蝶的爱怜。蜂恼：蜜蜂受到引逗。恼，撩拨。 ④绿丛千绕：在绿叶间千百回地行走。

【评析】

　　这首词写暮春时赴宴的情景。开篇写景，入题是几朵红花开得正盛，究竟是什么花呢？作者没有明确道出，在他看来有这几点红就足够了，是什么花并不重要。随后描绘红花的娇美，笼罩在烟霭之中，花瓣上还挂着珍珠般的露滴，引惹得蝶也乱蜂也狂。下阕由景入情，而且是"多情"。作者对这里格外留恋，竟围着绿丛来来回回走了数遭不忍离去。最后两句说破此来的情由，原来他是到这里赴宴的。酒也饮了，歌也听了，可他却依旧"不成归"。暮春的时节，天上挂着半月，作者的心情却越发伤感，以至到了肠断的程度，这究竟是为什么呢？唯一的解释是：作者身在暮春，深感自己已到暮年，"花儿还能几时红"呢？全词温婉深沉，看不出饮宴的快乐，透出来的全是伤感，所以我们推断，此词应该作于作者晚年。

清平乐（小庭春老）

小庭春老①，碧砌红萱草②。长忆小阑闲共绕，携手绿丛含笑。

别来音信全乖③,旧期前事堪猜。门掩日斜人静,落花愁点青苔。

【注释】

①春老:晚春,春天即将结束时。 ②萱草:又名忘忧草。《诗经·卫风·伯兮》:"焉得谖草?言树之背。"陆德明释文:"谖,本又作萱。"嵇康《养生论》:"合欢蠲忿,萱草忘忧。" ③音信全乖:音讯全无。乖,与原先的约定相背离。

【评析】

这是一首描写闺中少妇思念情郎的小词,没有太多的哀怨,更多表现的是她对远方之人的思念和记挂,因此还不能定为"闺怨"一类,时间是在晚春时节。上阕用了一个很耐人寻味的景物:忘忧草。我们基本上可以判定,这位女子与情郎分别已经很久,但她并没有怨恨之情。然而没有怨恨并不等于没有哀愁,哪个女子不希望所爱的人陪伴在自己身边呢?这种哀愁和忧思一刻不停地萦绕在她的心上,所以她更希望多看几眼忘忧草,把这份哀愁忘掉。遗憾的是,人间最难忘怀的就是男女之爱,所以她又不由自主地回忆起当初的甜蜜:与心爱的人儿携手绕栏,柔情蜜意,那情景什么时候想起,都会充满幸福和甜美。

下阕写分别。二人分手时,男子曾一再表示要写信给她,谁知已到如今,根本没收到只言片语。按照情理,女子此时一定会埋怨男子薄情,而此词却一反常态,写女子不但没有怨气,相反却在寻思:曾经的欢爱是否还有不周之处,令情郎对她感到不满呢?还是自己本没有十分的魅力迷住情郎呢?想到这里,她心里开始烦乱,忧愁自然随之而来,不过这点愁,还不足以摧毁她对心上人的思念和等待,她悄悄地掩上院门,恰看到落花片片飘在青苔上，仿佛也在为她没有题解的烦愁表示同情。可以说，清幽哀婉、惆怅多情，构成了本词的主基调。

凉州令（东堂石榴）

翠树芳条飐①，的的裙腰初染②。佳人携手弄芳菲③，绿阴红影，共展双纹簟④。插花照影窥鸾鉴⑤，只恐芳容减。不堪零落春晚，青苔雨后深红点⑥。　　一去门闲掩，重来却寻朱槛。离离秋实弄轻霜⑦，娇红脉脉，似见胭脂脸。人非事往眉空敛，谁把佳期赚⑧？芳心只愿长依旧，春风更放明年艳。

【注释】

①芳条：芬芳的枝条。飐（zhǎn）：风吹物使之颤动摇曳的样子。②的（dì）的：真切分明的样子。裙腰初染：谓石榴花开，仿佛刚刚染红了罗裙。　③弄芳菲：把玩繁茂的花草。　④展：铺开。双纹簟（diàn）：双葭织成的凉席。　⑤鸾鉴：鸾镜。古代饰有鸾凤的梳妆镜。　⑥青苔雨后深红点：雨后的青苔上落满了红色的花瓣。　⑦离离：庄稼或果实下垂之貌。《诗经·王风·黍离》："彼黍离离，彼稷之苗。"　⑧赚：骗取。

【评析】

从副题来看，这首词像是一首咏物词，仔细读上几遍，却发现"石榴"仅仅是一个衬托，或者说是故事的背景，作者真正要表现的，是一对恋人携手赏石榴的陶醉和分别后面对石榴的惆怅。这种构思本已新奇，加之风格柔丽而不纤弱,情深而不哀怨,故历来为文人所喜。明沈际飞《草堂诗馀续集》说此词"始终详婉,不以为纤",便是简约而中肯的概括。

　　这首词在花与人的安排上也颇为考究,上阕开篇写花,为人的出现做好铺垫。"翠树芳条飐"五字,把初开的石榴花描绘得娇艳无比,令人读罢便能想象出火红的石榴花在柔枝上颤颤巍巍的娇媚之态。随后出现了人——一位闺中少妇和他的情郎手牵着手来到花树前,摩挲着巧夺天工的石榴花和扶持红花的绿叶,爱抚之状,如同目见。我们猜想,女子一定在问男子:"是花儿美呢,还是我更美?"男子含情脉脉地回答说:"人都道'人面桃花相映红',我却说人面榴花相映红。"此时女子的甜蜜,应该是谁都能体会到的。两人在石榴树下铺开凉席,相对而坐,传达着彼此浓浓的爱意。正应着"女为悦己者容"那句古语,只见女子摘下一枝石榴花插戴在头上,拿出鸾镜仔细照看,生怕自己的芳容有丝毫的衰减。就这样一直待到傍晚,一场小雨把石榴花吹得落红满地:笔墨自然而然地再次回到石榴花上来,暗示着再美的花朵,也有衰败的那一刻。

　　下阕已是物换星移,男子离开了家,离开了他心爱的女子。不晓得男子此刻是什么心情,反正女子的落寞已经很深很深,她经常是房门空掩,也常常回到给她幸福给她甜蜜的石榴树下。此时已到了严霜频降的深秋,树上结满了石榴,那透着红润的石榴就像美人的粉脸,十分美艳,然而这美艳,却完全无法与暮春时的石榴花相比,因为它代表着成熟,而女子所渴望的,仍是满树红花的那份热烈。就在这时她蹙起了眉头,埋怨时光把她的热恋无情地剥夺了。然而她又在问:剥夺她热恋的真是时光吗?不,真正把她满腹柔情生生割断的,恰恰是自己最爱的那个人!这女子真可谓痴情,她的哀怨得到这点释放后,马上又宽解自己说:只要芳心常在就是幸福,最多等到明年春天石榴花开时,我们一定还会像今春一样在花树之下卿卿我我,尽享醉人的爱。

这首词属于长调，故可容作者进行细腻地刻画和演绎。把女子的内心勾画得灵动而真实，是本词的胜人之处。

南乡子（翠密红繁）

翠密红繁①，水国凉生未是寒②。雨打荷花珠不定，轻翻③，冷泼鸳鸯锦翅斑④。　尽日凭阑，弄蕊拈花仔细看。偷得裹蹄新铸样⑤，无端⑥，藏在红房艳粉间⑦。

【注释】

①翠密红繁：翠绿的叶子十分茂密，红花开得格外繁盛。　②水国：水乡。凉生未是寒：天气虽然转凉，却还没有寒意。　③轻翻：水珠在荷叶上轻轻翻滚。　④冷泼鸳鸯锦翅斑：寒凉的雨水滚落在鸳鸯身上。锦翅斑，指鸳鸯美丽的羽毛。　⑤裹蹄：汉代所铸马蹄形的金饼。《汉书·武帝纪》："（太始元年三月）诏曰：'往者朕郊见上帝，西登陇首，获白麟以馈宗庙，渥洼水出天马，泰山见黄金，宜改故名。今更黄金为麟趾裹蹄，以协瑞焉。'"颜师古注："更黄金为麟趾裹蹄，是则旧金虽以斤两为名，而官有常形制，亦由今时吉字金挺之类矣。武帝欲表祥瑞，故普改铸为麟足马蹄之形，以易旧法耳。今人往往于地中得马蹄金，金甚精好，而形制巧妙。"此言荷花半卷，状如汉代的裹蹄金。　⑥无端：无缘无故地。　⑦红房：女子居住的红楼。艳粉：女子化妆用的脂粉。南朝陈张正见《怨诗》："艳粉惊飞蝶，红妆映落花。"

【评析】

　　这是一首描写闺中女子生活片段的词,时间在秋天荷花盛开之际。上阕起首用"翠密红繁"四个字概括出荷花盛开的美景,不仅色彩光鲜,且很壮观很有气势,令人想到这一定是个水面阔大长满荷花的池塘,而这片水塘旁,便是女子居住的红楼。"水国凉生未是寒"一句,准确地交代了此时的节令,李清照的《声声慢》里有个词叫"乍暖还寒",此词则可以用"乍寒还暖"来解释,故而颇觉巧妙。接下来是女子细腻的观察:雨水打在伞一般的荷叶上,宛如数不清的珍珠在叶子上面轻轻翻滚。再看水中的鸳鸯,似乎并不在意雨水的冲刷,依然展现着美丽的羽毛。

　　下阕具体写女子的情态,她几乎整整一天都在倚着栏杆观看秋雨红莲,大概是雨过天晴了,她走下红楼来到池边,一会儿嗅一嗅莲蕊,一会儿把摘下的莲花拿在手里反复把玩。不知想到了什么,她又摘下一枝半卷的荷花回到绣楼,把它放在妆台前。词中没有具体写女子的容貌,行踪也显得影影绰绰,但读者却能感受到这位佳人内心的清纯,这是因为作者把女子放在了荷花丛里,那就一定是位"出淤泥而不染,濯清涟而不妖,中通外直,不蔓不枝,香远益清,亭亭净植,可远观而不可亵玩焉"的女子,如果不是如此,就完全不值得作者耗费笔墨了。不过我们还注意到了一个细节,那就是荷塘里的鸳鸯——它们的出现,隐含了佳人难以诉说的情感,如果她没有对情爱的渴望,就不会关注到这种鸟的存在。如此说来,佳人既强调了鸳鸯的美丽和独自经受秋雨的浇淋,又把羞涩的荷花带回闺房放在妆台,她那颗晶洁多情的芳心就不言自明了。全词含蓄温婉,字字句句都没有离开荷花荷叶、水中鸳鸯,却没有思妇的呼喊,说明这是一位十分内敛同时充满温情的柔丽女子。

南乡子（雨后斜阳）

雨后斜阳，细细风来细细香。风定波平花映水，休藏，照出轻盈半面妆①。　　路隔秋江，莲子深深隐翠房。意在莲心无问处，难忘，泪裛红腮不记行②。

【注释】

①半面妆：古代女子的一种化妆样式。《南史·梁元帝徐妃传》："妃以帝眇一目，每知帝将至，必为半面妆以俟。帝见，则大怒而去。"

②裛（yì）：通"浥"。沾湿。陶渊明《饮酒》诗之七："秋菊有佳色，裛露掇其英。"不记行：数不清有多少行。

【评析】

这首词也以独居女子的口吻写成，时间在莲花将落莲子已出的秋天。一阵细雨后，轻柔的风儿阵阵吹来，带来缕缕莲花的幽香。很快雨停，塘中之水平静得像镜子，荷花倒映在池水中，就像一个个美女梳成的半面妆。作者调皮地说：美女们休要躲藏，我已从水面看到你们的芳容了。下阕完全没有了方才的淡定，转而写观荷女子的心灰意懒，她感叹大路隔着秋江，塘中的莲子已经长出，深深地隐藏在翠绿的莲房当中。接下来用了一个双关语，诉说自己与情郎永远都是"连心"的，可惜如今却无处寻觅他的踪迹，有时候真想把那段深情彻底忘掉，却总是做不到。为了这段爱，她的粉腮上不知流淌下多少泪珠。

词写得婉约有致。上阕没有显露出多少思念之情，似乎在有意地压抑和控制，直到下阕才放开感情之闸，荡漾的春心无可阻拦地宣泄出来。这种过渡很符合女子思念远人的情感过程，末尾一句成为全词的高潮，女子的情绪也升腾到了最高点。我们可以想到，当女子离开这里重回绣房时，她的泪水会不会把锦被都打湿？那个夜晚她将如何度过？这正是所谓"余音袅袅，不绝如缕"的效果。

鹊桥仙（月波清霁）

月波清霁①，烟容明淡②，灵汉旧期还至③。鹊迎桥路接天津④，映夹岸、星榆点缀⑤。　　云屏未卷⑥，仙鸡催晓⑦，肠断去年情味⑧。多应天意不教长⑨，恁恐把、欢娱容易⑩。

【注释】

①月波：倾泻的月光。清霁（jì）：雨停雾散后的清朗。　②烟容明淡：云霭清丽。烟容，指薄云。唐张祜《题陆敦礼山居伏牛潭》诗："日影沉青壁，烟容静碧潭。"　③灵汉：银河。　④鹊迎桥路：喜鹊搭成的桥。韩鄂《岁华纪丽·七夕》："鹊桥已成，织女将渡。"注引应劭《风俗通》："织女七夕当渡河，使鹊为桥。"天津：天河。《晋书·天文志》上："天津九星，横河中。"　⑤星榆：如榆钱般密布的星星。古乐府《陇西行》："天上何所有，历历种白榆。"　⑥云屏未卷：床上的小屏风还没卷起。即还没起床。云屏，绘有云彩的床头小屏风。李商隐《为有》诗："为有云屏无限娇，凤城寒尽怕春宵。"　⑦仙鸡：鸡的雅称。葛洪《神

仙传》载淮南王刘安好道，白日升天，仙药尚在庭中，鸡犬舐之，皆得飞升。钱起《山居新种花药与道士同游赋诗》："蝴蝶舞留我，仙鸡闲傍篱。" ⑧肠断去年情味：为去年的欢爱如今不能再得而肠断。 ⑨多应：多因。天意不教长：上天不肯让两情相欢的时光稍稍长久。 ⑩欢娱容易：让那欢愉的时光那么快就完结了。容易，轻易。

【评析】

这是一首怨妇词，主人公是位独自居住的思妇。上阕开篇以"月波清霁，烟容明淡"点染出这个七夕的天气。由于有如此天气，所以银河如期显现，鹊桥如期搭建，甚至连银河两岸点点繁星都看得一清二楚。这些文字尽在描写星空的景象，其实七夕天气怎么样在女子心中并不重要，她最关注的是这个特殊的日子——牛郎织女一年一度的鹊桥相会。作者虽然没有明说女子是否在楼上观看星空，但如此清晰的描写，足以证明她昨晚的确怀着艳羡的心情见到了牛郎织女的相会。

下阕回到对女子的描写：鸡啼破晓时，她还没有起床梳洗，躺在床上细细回忆着去年此时与情郎相拥相偎的醉人欢爱。她还清楚地记得，两人亲昵细语，无限欢愉，可惜时间过得太快，还没亲热够，雄鸡就打鸣了。雄鸡打鸣意味着与情郎分别的时刻就要到了，那份欢情未足，那份依依难舍，至今在她脑海里清晰如画。那是多么令她陶醉的一晚啊，可如今除了回味，什么也没有了！最末二句写得出人意表，按照一般规律，大都是写女子肝肠寸断，怨气冲天，这首词却说女子的深深遗憾：去年那晚时间过得慢些再慢些，让我们的欢爱多些再多些，该有多美好。这话怎么理解呢？我们可以设想，这位佳人大概沉溺在去年那晚出不来了，也可以设想佳人说"天意不教长"，是在埋怨上天为什么不把时光停顿下来，一直延续到今年这个七夕？情是无限的，这位佳人绝不可能仅仅满足于对去年那晚的回味，她渴求的是情郎永永远远陪伴在身边，永不分离。

圣无忧（珠帘卷）

　　珠帘卷，暮云愁。垂杨暗锁青楼。烟雨濛濛如画，轻风吹旋收①。　香断锦屏新别②，人闲玉簟初秋③。多少旧欢新恨，书杳杳④，梦悠悠。

【注释】

　　①轻风吹旋收：一阵轻风吹来，雨很快便停住了。旋，随后。　②香断锦屏新别：锦屏见证我二人分别之后，再也没有燃过香。锦屏，锦绣的屏风。　③人闲：人变得无所事事。玉簟（diàn）：温润如玉的凉席。④书杳杳：书信断绝。

【评析】

　　这是一首闺怨词，主人公是位身在青楼的女子。不过这里所说的"青楼"可不是指妓院，而是指富贵之家青色的高楼。上阕写女子卷起珠帘，看到的是暮天的"愁云"。云本无心，愁的显然是楼中的女子，这是一种意象的过渡。随后是垂柳遮蔽的青楼，仿佛要把整座楼紧紧地锁起来，其压抑之情通过垂柳的浓荫引出，显得更加浓重。此外还有如同画卷般的霏霏细雨，整个天空变得烟雨迷蒙，这是最令人感到沉郁的一种景致。好在一阵清风刮来，云散雨歇，天空重现清朗之色。

　　下阕写女子的慵懒，回想起当年锦屏之内那无限的欢爱，至今令人心痴神迷。可惜好景不长，在一个欢情过后的早晨，心上人最终离开了她。那次的分别，锦屏能够见证，临别之时女子千叮万嘱，一定要勤写信来，聊解渴思。男子也一定信誓旦旦地答应了。谁料自从别后，至今已是初秋，望穿双眼也得不到一点消息。假定男子离开的时间在春天，那么在如此之久的时日里，女子一定做了很多重新欢会的美梦，梦醒后当然都是失望乃至绝望。然而我们能看出，女子对心上的男子仍恩情未泯，她在继续忍受孤独的煎熬，继续等待远方的书信，尽管希望早已渺茫，她仍痴心不改，这样的女子既令人同情，又令人感到鼻酸。

摸鱼儿（卷绣帘）

卷绣帘、梧桐秋院落，一霎雨添新绿。对小池闲立残妆浅，向晚水纹如縠①。凝远目。恨人去寂寂，凤枕孤难宿②。倚阑不足。看燕拂风帘，蝶翻露草，两两长相逐。　　双眉促。可惜年华婉娩③，西风初弄庭菊。况伊家年少④，多情未已难拘束⑤。那堪更趁凉景，追寻甚处垂杨曲⑥。佳期过尽，但不说归来，多应忘了，云屏去时祝⑦。

【注释】

①水纹如縠（hú）：谓水面的波纹轻细如纱。縠，一种有皱纹的纱绢。杜牧《江上偶见绝句》："草色连云人去住，水纹如縠燕差池。"②凤枕：绣着凤凰图案的枕头。　③婉娩（wǎn）：女子柔顺之貌。《礼记·内则》："女子十年不出，姆教婉娩听从。"郑玄注："婉谓言语也，

娩之言媚也，媚谓容貌也。"　④伊家：他这个人。　⑤多情未已难拘束：还在贪恋女色的年龄，很难管束。　⑥甚处：何处。垂杨曲：长着垂柳的转弯处。指青楼妓馆。　⑦云屏去时祝：离开家时女子在床头对他的嘱咐。云屏，用云母作装饰的屏风。代指床上之约。祝，嘱托。

【评析】

　　这是一首描写闺怨的词。上阕全在写景，女子午睡起来卷帘出屋，梧桐叶已经落满了小院。一场秋雨刚下过，洗刷得绿叶更加光鲜。她孤独地走到小池前俯身观看，才发现睡醒后的残妆显得十分凌乱。太阳渐渐西下，微风中一池清水漾起了细细的波纹。此时女子不由自主地朝远处望去，她所爱的情人却根本不可能有归来的影子，于是心生怅恨。想到那原本应该双枕双眠柔情无限的床榻上，今晚却仍无人陪伴在身旁，内心的凄凉，竟使她不愿回到屋里。暮色之中，她还在痴痴地倚栏四望，燕子穿飞在绣帘内外，蝴蝶翻飞在露草丛中，尚且都是两两相追随，偏我却形单影只，不觉羡慕起燕子和蝴蝶来。这种细腻的情感，通过寻常外景表述得十分清晰。

　　下阕写人。看到双飞的燕子和自在的蝴蝶，女子双眉紧蹙，这是再自然不过的本能反应。她在为自己叹息，如花似玉的容貌，二八佳人的年纪，却落得独自一人摩挲秋菊，心里有话却无人倾诉，不知眼前的菊花能不能理解她此时的孤寂。接下来作者把女子的无奈和哀怨具象化：谁叫自己嫁给了一个公子哥呢？既然得到梧桐院落、红楼栏杆的舒适居所，就得忍受男子的放荡，这应该是她走进这个院落前就应该想到的。自古贵家公子，有几个不是灯红酒绿、流连花酒？只是他做得太过分，没日没夜地追欢逐乐，完全不顾家中等待他的美貌佳人。如今他已经外出很久，好像早把这个家和这个人儿忘得干干净净了，甚至他离家时对他的那些殷殷叮

欧阳修词选　|　227

嘱，也被他当成耳边风，丢到脑后去了。

全词如泣如诉，哀哀婉婉，虽有对负心人的指责，但并不十分强烈，也没有捶胸顿足的呐喊，显得相对内敛，给人留下的感觉是个柔顺而多情的少妇形象。有学者分析说此词"集怨恨、惆怅、失望、谴责、幻想、谅解等多重情感于一词，却脉络清晰，写得百转千回"，确为中肯。

少年游（去年秋晚此园中）

去年秋晚此园中，携手玩芳丛。拈花嗅蕊，恼烟撩雾①，拚醉倚西风。　　今年重对芳丛处，追往事、又成空。敲遍阑干，向人无语，惆怅满枝红②。

【注释】

①恼烟撩雾：陶醉在轻烟薄雾之中。意即在轻烟薄雾中撩逗着花朵。恼，招引。撩，惹。　②惆怅满枝红：同样面对缀满枝头的红花，心情却十分惆怅。

【评析】

这首词可能是欧阳修于第一任妻子胥氏去世后写的，时间在明道二年（1033）。据《欧阳文忠公年谱》载，早在欧阳修未第之前，胥偃就把女儿许配给了他。中进士后，欧阳修于当年（天圣八年）即到河南府任推官，第二年专程到密州迎娶胥氏。明道元年（1032），胥氏有了身孕，这段时间，欧阳修小夫妻生活得十分美满，他对胥氏也十分满意。明道二年二月，胥氏生下了一个儿子；然而仅仅过了一个月，便患病去世了。这件事给欧阳修带来了很大的痛苦。

上阕回忆去年此时，他带着年仅十六岁的妻子在西园玩耍，娇憨的妻子在花园里东走西看，时或摘下一朵花轻轻摩挲，嗅着花的芳香，天真、幸福在她身上洋溢。尽赏芳红后，二人相偎相倚，品尝着清醇的美酒，在西风中久久停留。下阕回到眼前，还是那个秋天，还是那个西园，一切都没有变，却再也没有了去年与他同醉、与他卿卿我我的少年娇妻。他孤独地沿着雕栏慢步行走，间或也能见到一两个游人，却没有一点心情与他们闲话，依旧惆怅地凝视着那些曾经得到娇妻摩挲的红花红叶。

全词没有感情上的大起大落，只是用去年今日和今年同时物是人非的对比，展示作者对亡人深深的思恋。胥氏与欧阳修的婚姻虽然只持续了两年多，但二人感情弥笃，后来欧阳修又写过一些纪念胥氏的诗文，并最终将胥氏的灵柩迁到老家安葬。这首词用了《少年游》这样一个词牌，也颇有深意。

少年游（肉红圆样浅心黄）

肉红圆样浅心黄[①]，枝上巧如装[②]。雨轻烟重，无聊天气[③]，啼破晓来妆[④]。　　寒轻贴体风头冷[⑤]，忍抛弃、向秋光。不会深心[⑥]，为谁惆怅，回面恨斜阳[⑦]。

【注释】

①肉红圆样浅心黄：意谓圆圆的花苞显出肉红色，花心则是浅浅的黄

色。　②枝上巧如装：花枝上的花苞好像巧匠刻意装上的一样。　③无聊天气：令人感觉百无聊赖的沉闷天气。　④啼破晓来妆：指霏霏细雨把清晨的花朵淋湿，像把女人的晨妆淋坏一样。　⑤寒轻贴体：身体感到寒意。风头冷：一阵风吹过来令人感到寒凉。　⑥不会深心：不懂得人的内心。　⑦回面：回头。

【评析】

　　这首词写独居女子的清愁，虽然感情色彩不十分浓烈，但整体的基调仍以"惆怅"为主。上阕从外景说起，先写花枝。那精巧无比的花苞，花瓣是肉红色的，花蕊却是金黄色的，长在枝头，宛如能工巧匠刻意为花枝做的装点。再写天气，"雨轻烟重"四个字，把霏霏细雨、浓浓烟雾摹状得惟妙惟肖，且这种天气的确很容易令人感到懒散和无聊。

　　下阕出现了人，这个形象又是从她对外界的感知说起：黏黏的寒意像是紧贴在身上，令人感到十分难受；阵阵凉风，也让人觉得冷飕飕的。面对渐行渐远的秋光秋色，她突然感到无限惆怅，可惜眼前的一切都无法体会她究竟在为谁而惆怅。不知过了多久，雨停了，雾散了，太阳重新出来，却到了夕阳西下的时辰。她扭回头面对着夕阳，似乎在说：这么长时间里你为什么要躲起来？为什么任凭细雨把我的晨妆淋坏？这种含蓄，体现出词中的女子是个情感细腻而内心世界十分丰富的人，她的哀怨都是通过自然界的变化隐隐地透露出来，而不是大声喊出来。

少年游（玉壶冰莹兽炉灰）

　　玉壶冰莹兽炉灰①，人起绣帘开。春丛一夜②，六花开尽③，不待剪刀催④。　洛阳城阙中天起，高下遍楼台。絮乱风轻，拂鞍沾袖⑤，归路似章街⑥。

【注释】

①玉壶：王维《赋得清如玉壶冰》诗："藏冰玉壶里，冰水类方诸。"兽炉：兽形的香炉。　②春丛：春天的草丛。　③六花：六出之花，指雪花。《太平御览》卷十二引《韩诗外传》："凡草木花多五出，雪花独六出，雪花曰霙。"　④剪刀：喻春风。贺知章《咏柳》诗："不知细叶谁裁出，二月春风似剪刀。"　⑤拂鞍沾袖：谓雪花落满马鞍和两袖。⑥章街：章台街，妓女聚居之处。《汉书·张敞传》："敞无威仪，时罢朝会，过走马章台街。"颜师古注："在长安中。"

【评析】

这首词约作于天圣末年作者任西京留守推官时。前后两阕的内容虽然紧密相连，但层次却很分明：上阕写闺中女子清晨起床后的情态和见闻，先从屋内说起，玉壶表面蒙上了一层晶莹的水珠，取暖用的兽炉里，香炭早已燃尽。女子掀开绣帘，只见返青的草丛已被白雪覆盖，天上还在飞舞着雪花。下阕改为对男子的描写，看着洛阳城高入云天的双阙和鳞次栉比的亭台楼阁，白絮般的雪花在微风中漫天飞舞，把整个洛阳染成一片白色，连马鞍和袖子上都是白雪，回家的路怎么看都像章台街了。

这倒是件奇怪事，回家就是回家，为什么把回家的街路想成章台街呢？其实妙就妙在这里：这位彻夜未归的男子刚刚从"章台街"出来，怎奈全城都被大雪覆盖，变成银白世界，失去了旧有的模样。心思尚在章台街女子身上的他不由得产生了幻象，误以为自己还在往章台街里走，去享受妓女的软玉温香呢。

从词面上看，被丢在家里的孤独女子并没有发出怨叹，甚至还有赏雪的雅兴；冶游不归的男子也没有太多的歉疚，一副坦然神游的潇洒。正是这种平淡，留给读者不少的思索：难道这对男女早就达成了默契，还是两个人都已经习以为常？恐怕都不是，作者其实是把评判的权力交给读者，请问读者诸君，这样的男子还值得女子为他愤懑和哀怨吗？

鹧鸪天（学画宫眉细细长）

学画宫眉细细长①，芙蓉出水斗新妆②。只知一笑能倾国③，不信相看有断肠。　　双黄鹄④，两鸳鸯，迢迢云水恨难忘。早知今日长相忆，不及从初莫作双⑤。

【注释】

①宫眉：后宫女子所画的长眉。李商隐《效徐陵体赠更衣》诗："楚腰知便宠，宫眉正斗强。"　②芙蓉出水：喻女子的美艳。　③一笑能倾国：《汉书·外戚传》："（李）延年侍上起舞，歌曰：'北方有佳人，绝世而独立，一顾倾人城，再顾倾人国。宁不知倾城与倾国，佳人难再得。'"
④黄鹄（hú）：黄色的天鹅。　⑤从初：当初。

【评析】

这首词初看像是宫怨词，实则不然，因为女子仅仅是在学着画宫眉，并没有真的待在宫里，甚至女子与她所思之人是否属于少年夫妻，都还是个问号。有一点可以肯定，那就是女子从心底爱上了那个男子，而且有过不同寻常的爱。为什么这样说呢？看下阕的叙述就明白八九分了："双黄鹄，两鸳鸯"，说明她与男子曾成双成对恩恩爱爱，这是毋庸置疑的。接下来的话就令人生疑了，"迢迢云水恨难忘"，说明男子已离她而去，按常理她可以甚至应该把他忘掉了，可惜相处时恩爱太深，以至本该忘掉的萍水之情，却怎么也忘不掉了。这说明男子并不是她法定的丈夫，只是个逢场作戏的陌路人。女子本该"相逢开口笑，过后不思量"才对，哪知用情太深，反而害苦了自己。"早知今日长相忆，不及从初莫作双"二句进一步印证男子并不是她丈夫，如今是否"长相忆"那是你的事，甚至你现在如此"相忆"，男子根本就不知道。从这个意义上说，女子害的是"单相思"，这更显出女子的纯情与可爱，当然也有可怜的成分。全词写得如泣如诉，令人感到这位女子"情也真、爱也深"，可惜这份情爱，却成了摧毁她生命的毒药。

怨春郎（为伊家）

为伊家①，终日闷，受尽凄惶谁问？不知不觉上心头，悄一霎身心顿也没处顿②。　恼愁肠，成寸寸③，已恁莫把人萦损④。奈每每人前道著伊，空把相思泪眼和衣揾⑤。

【注释】

①伊家：你。这里的"家"为衬词，没有实际词意。　②悄一霎：一霎时悄然涌起。顿：安放，安顿。　③成寸寸：即"肝肠寸断"的意思。　④恁：如此。萦损：因愁思郁结而憔悴。　⑤揾（wèn）：擦拭。

【评析】

　　这是一首别开生面的怨妇词,用的都是当时口语。"为伊家,终日闷":为了你这个冤家,害得我一天到晚愁闷不已。"受尽凄惶谁问":尝尽了恓恓惶惶的滋味,可你却不在身边,还能有谁来抚慰我孤寂的心灵?"不知不觉上心头,悄一霎身心顿也没处顿":想亲亲想得发颤那种感觉时不时地涌上心头,那一会儿竟不知整个身心到了何处。多么生动又多么朴实的表述啊。下阕把"肝肠寸断"拆开来,表达的依然是相同的意思,她埋怨情人:你真要把奴家折磨得红颜憔悴才甘心吗?后面的话就让人忍俊不禁了:明明女子那样地怨恨情人薄情,把她抛闪得恓恓惶惶,却还要时常在别人面前说起他,而每当说起他时,眼泪就止不住哗哗往下流。这两句话把女子对情人既怨恨又珍爱的矛盾心理刻画得非常传神:恨是因为得不到爱,泪眼朦胧是因为太爱。满纸的恨,最终归结到一个字:爱。

千秋岁 (画堂人静)

　　画堂人静,翡翠帘前月①。鸾帷凤枕虚铺设②。风流难管束,一去音书歇③。到而今,高梧冷落西风切④。　　未语先垂泪,滴尽相思血。魂欲断,情难绝。都来些子事⑤,更与何人说?为个甚⑥,心头见底多离别⑦。

【注释】

　　①翡翠帘:用翡翠装饰的帘子。　②鸾帷:绣有鸾鸟的帏帐。凤枕:

绣有凤凰的枕头。虚铺设：白白铺设在床上。　③音书歇：音书断绝。　④高梧：高高的梧桐树。冷落：冷冷清清。西风切：西风甚急。　⑤都来：算来。范仲淹《御街行·秋日怀旧》词："都来此事，眉间心上，无计相回避。"些子事：这些事。　⑥为个甚：为什么。　⑦见底：见到的。

【评析】

　　这是一首用俗语写成的怨妇词。女子嫁进了一个富贵人家，住的是画堂，用的是翡翠珠帘，可惜他丈夫是个"风流难管束"的浪荡公子哥，自从离开家以后，再也没有只言片语寄给她，害得她独守空房，每天看着鸳鸯双枕，只剩垂泪的分儿。她难以抑制地埋怨丈夫太薄情，眼看着秋风频刮，梧桐落叶，还是没有任何消息。

　　下阕的情感更加激烈，"未语先垂泪，滴尽相思血"二句，不难想象这位女子终日以泪洗面的痛苦和"泣尽而继之以血"的绝望。思念情郎到了"魂欲断"的地步，可惜那份情却很难了断。这几个字可谓字字血泪，人也近乎疯癫了。好不容易稍稍平静些，又发出哀怨之语：这种男女情思的事，怎么可能对别人说起？只能独自忍受下来。真不知究竟为什么，天下的有情人都要经历这令人无法忍受的生离死别？

　　全词写得情意真切，尤其是女子的内心世界，刻画得非常到位也非常充分。加之语言生动质朴，所传达的情感很容易感染读者而形成共鸣。

千秋岁（罗衫满袖）

　　罗衫满袖，尽是忆伊泪。残妆粉，余香被①。手把金尊酒，未饮先如醉。但向道，厌厌成病皆因你②。　离思迢迢远，一似长江水。去不断，来无际。红笺著意写③，不尽相思意。为个甚，相思只在心儿里。

【注释】

①残妆粉，余香被：即"粉妆残，被余香"的倒装。谓粉妆因思念不得而残败，锦被却还留有余香。　②厌厌：通"恹（yān）恹"，精神萎靡或患病没有精神的样子。　③红笺：红色的信笺。著意：用心，认真。

【评析】

　　这首词写思妇，用语和造意都十分直白，没有多少婉转屈曲。开篇直言女子的罗衫两袖沾满了泪水，为情郎化的妆也因泪水的冲洗变得狼藉，掀开锦被，还残留着余香。好不容易起身下地举起酒杯，怎奈对案没有情郎相陪，还没饮已经先醉了。这种醉不是真醉，而是愁闷到了极点。接下来用最明白的语言倾诉道：冤家呀你知道不知道，我现在病成这样，都是因为思你太苦，念你太甚。

　　下阕将作者曾写过的两句词"离愁渐远渐无穷，迢迢不断如春水"（《踏莎行》）稍加改动，变成"离思迢迢远，一似长江水"，意在宣泄思念情郎却难以追攀的凄苦，随后又补充了"去不断，来无际"六个字，更突出了对男子有去无回的怨愤之情。然而这位痴情女子并没有因得不到情郎的书信彻底绝望，她变得十分主动：情郎没有书信来，我亲手写给他，看他回信不回信？由此可见这位女子还是个读过书的"知识女性"。末二句写得最俏皮也最有情致：女子取出最珍贵的红色信笺开始写信，糟糕的是，无论怎么构思措辞，都无法准确地表达出对情郎的思念，不由得怨恨自己：为什么心里想得火烧火燎，拿起笔却总是写不尽心中的相思，描摹不出那种感觉呢？说它写得最有情致，是因为即使在今天，少男少女们写情书，也都有过类似的经历，那种恨不得把情人抓在手里捏扁揉碎吞进肚里才甘心的挚爱，总找不到合适的语言去表达。

醉蓬莱（见羞容敛翠）

见羞容敛翠①，嫩脸匀红②，素腰袅娜③。红药阑边④，恼不教伊过⑤。半掩娇羞，语声低颤，问道有人知么？强整罗裙，偷回波眼⑥，佯行佯坐⑦。　　更问假如，事还成后⑧，乱了云鬟，被娘猜破。我且归家，你而今休呵⑨。更为娘行⑩，有些针线⑪，诮未曾收啰⑫。却待更阑⑬，庭花影下，重来则个⑭。

【注释】

①敛翠：敛起眉头。翠，此处指女子的翠眉。　②匀红：因害羞脸上一片红晕的样子。　③素腰袅娜：女子纤细的腰肢。宋玉《登徒子好色赋》："眉如翠羽，肌如白雪；腰如束素，齿如含贝。"袅娜，形容女子腰肢的柔软。　④红药：红色的芍药花。白居易《伤宅》诗："绕廊紫藤架，夹砌红药栏。"　⑤恼不教伊过：故作恼怒不准你到那里去。　⑥波眼：秋波般的眼神，指女子含情脉脉的眼神。　⑦佯行佯坐：假装行走假装坐定。　⑧事还成后：男女欢爱的情事发生之后。　⑨你而今休呵：意谓现在你不要怨恨我。呵，斥责。　⑩更为娘行：还因为我娘那里。娘行，我娘。　⑪针线：针线活。　⑫诮（qiào）：责备。未曾收啰：尚未

做完。 ⑬更（gēng）阑：夜深时分。 ⑭重来则个：（那时）你再来一回好吗？则个，唐宋时期俗语中的语气助词，表示委婉或商量解释的语气。

【评析】

　　这是一首饶有情趣的小词，全用当时俗语写成，所以更"接地气"，写的是一个情窦初开的少女在芍药栏边与情人相约的情景，可谓活灵活现。

　　开篇几句，一个刚谙人事、俏皮大胆又自认为心眼很多的少女形象跃然而出，看她见到情郎时，羞得满脸飞红，眉头也不由自主地皱了起来。她故作镇定地扭动纤腰，来到芍药栏边，拦住正往里走的小伙子。此时的少女心跳得无法自控，她尽力地遮掩着娇羞之态，颤声地问道："你到这里来还有谁知道？"大约是得到了小伙子"再无一人知道"的答复，少女稍稍冷静了一点，整了整罗裙，在芍药栏边一会儿行走一会儿坐下，那份紧张，连她自己都觉得太过装模作样了。

　　下阕接着上面的情节。大概是小伙子不情愿就这么离开，跟少女软磨硬泡非要与她亲热，少女再次开口，而且说了一箩筐的话，一直说到全词结束："就算现在我们的好事能成，弄得我鬓发凌乱，被我娘看破那还得了？不如我现在就回家去，你休要因此埋怨我。再说我娘那里还有些针线活儿没做完呢，万一我娘为这个到处找我怎么办？等到夜深人静时，你再到那庭花影下，我们痛痛快快地成其好事，怎么样？"

　　这位少女真是既可爱又让人揪心，你才这么小，春心就萌动成这个样子，执意要把自己交付出去，也太大胆了些吧？年纪虽小，可看她那副颇有算计的样子，又让人很揪心：万一让你娘抓住可怎么交代？如果换个角度看，这少女是个大胆追求真爱的"开放女性"，为了自认为纯美的那段真情,她什么都可以不顾,这样大胆,倒也值得赞扬,只希望少女千万不要选错了人,才是最重要的。

这首词真的出自欧阳修之手吗?沈雄《古今词话》引《名臣录》说:"仁宗景祐中,欧阳修为馆阁校理,两宫之际,奏并帘前,复主濮议,举朝倚重。后知贡举,为下第刘辉等所忌,以《醉蓬莱》《望江南》诬之。"意思是说欧阳修受到刘辉等人的忌恨,于是刘辉等便以欧阳修写过《醉蓬莱》《望江南》告发他写淫词。不管当时朝廷如何了结这段公案,本词的确出于欧阳修之手,倒是得到了有力印证。

于飞乐(宝奁开)

宝奁开①,美鉴静②,一掬清蟾③。新妆脸,旋学花添④。蜀红衫⑤,双绣蝶、裙缕鹣鹣⑥。寻思前事,小屏风、仍画江南。怎空教、草解宜男⑦。柔桑密、又过春蚕。正阴晴天气⑧,更暝色相兼⑨。佳期消息,曲房西⑩、碎月筛帘⑪。

【注释】

①宝奁(lián):华美的梳妆匣。奁,古代盛梳妆用品的器具。②美鉴:雕饰精美的镜子。 ③一掬(jū):一捧。清蟾:月光。此处喻女子映在明镜中的粉面,仿佛是可以用手捧起的皎月。 ④旋学:刚刚学会。花添:花样。 ⑤蜀红衫:海棠般红色的衫子。蜀红,指海棠。海棠一称蜀客,花色红,故名。 ⑥裙缕鹣(jiān)鹣:裙子下摆绣着比翼鸟图案。鹣鹣,传说中的比翼鸟。《尔雅·释地》:"南方有比翼鸟焉,不比

不飞,其名谓之鹣鹣。"郭璞注:"似凫,青赤色,一目一翼,相得乃飞。"张华《博物志》卷十:"崇吾之山有鸟,一足一翼一目,相得而飞,名曰鹣鹣。" ⑦草解宜男:用萱草来解忧。宜男,萱草的别称,又称忘忧草。周处《风土记》:"怀妊妇人佩其花则生男,故名宜男。" ⑧阴晴天气:说晴就晴说阴就阴的天气。指夏季。 ⑨暝色:暮色。亦指昏暗的天色。 ⑩曲房:内室。枚乘《七发》:"往来游燕,纵恣于曲房隐间之中。" ⑪碎月筛帘:谓月光透过帘子漏进屋内,成为像被筛过的点点碎光。

【评析】

　　这首词见于欧阳修《醉翁琴趣外编》,又见于张先的《张子野词》。《全宋词》收录在欧阳修名下,很多学者都认为此词当为欧阳修所作,今从之。

　　此词写思妇,不过用语平和,主人公的情绪也显得十分淡雅。上阕写女子起身梳妆,掀开妆奁,摆正宝镜,如花粉面映在镜中,秀色可掬。她精心地描画着,还把刚刚学来的花黄小心翼翼地贴在脸上。这一切进行了很长时间,随后才描写女子的衣着,她穿着一件海棠红的衫子,上面绣着一双蝴蝶;再看她的长裙,下摆绣着比翼鸟。到此为止,女子的形象已跃然纸上,这是一位独居小楼的贵家女,过着优裕的日子,生活的品质也相当考究。可惜在物质生活得到满足的情况下,却没有人与她相依相伴,孤独寂寞中,她回想起"前事":曾经同眠共枕的床榻上,那张小屏风还画着江南美景,如今却只能空望屏风,盼望心上人回归江南了。

　　下阕起首十分含蓄,女子轻轻地哀叹:像我这样的如花美眷,难道只能用忘忧草来排解幽怨吗?自从心上人离去,到如今过了春季又到夏天。度过了几多风雨阴晴,又迎来一个昏黑的夜晚。我的佳期究竟在何时?没有人能回答，只有那皎月把清光洒进门帘，变成了一片碎银般的亮点。

说此词写得淡雅，用语平和也不完全准确。如果我们把词多读几遍就会发现，女子其实是在尽量克制自己的情绪，希望不要失控。实则她心里对情人的期盼，并不比那些声嘶力竭的怨妇少，大概她明白，再"怨"也改变不了与心上人离别的现实，倒不如把日子过得淡些再淡些，少受点折磨，才是最明智的。

鼓笛慢（缕金裙窣轻纱）

缕金裙窣轻纱[1]，透红莹玉真堪爱[2]。多情更把，眼儿斜盼[3]，眉儿敛黛[4]。舞态歌阑，困偎香脸，酒红微带。便直饶、更有丹青妙手，应难写、天然态。　　长恐有时不见，每饶伊、百般娇騃[5]。眼穿肠断，如今千种，思量无奈[6]。花谢春归，梦回云散，欲寻难再。暗消魂，但觉鸳衾凤枕[7]，有余香在。

【注释】

[1]缕金裙窣（sū）轻纱：金线绣成的裙子一直拖到地上。窣，下垂。
[2]透红莹玉：透过薄薄的红纱，隐隐能看见女子美如红玉的肌肤。
[3]眼儿斜盼：斜着眼睛频频顾盼。　[4]眉儿敛黛：眉头微蹙。黛，女子的黛眉。　[5]娇騃（ái）：娇痴。　[6]如今千种，思量无奈：如今就是有千种思念，也已无可奈何。　[7]鸳衾凤枕：绣着鸳鸯的锦被和绣着凤凰的枕头。

【评析】

　　这是一首以男子口吻写成的恋情词,女主人公应该是位妓女。上阕数句都在描摹女子的娇美,先写她的衣着:她穿着缕金的长裙,裙摆一直拖到地上,更显出身材的颀长和婀娜。透过薄薄的红纱,能感受到她美如红玉的肌肤是何等诱人。这是个多情女子,每每都会用含情的眼神朝他顾盼,又似有什么隐情一般,总是蛾眉颦蹙,更是撩人。随后写女子的歌舞,但用语甚少,仅仅是点到而已,在作者看来,如此丽人,歌舞的精彩无须再费笔墨,于是直接过渡到女子舞跳完歌唱罢,满脸的困倦与酒后面色的微红。他认为这副样子才是女子最美的状态,于是大言道:就算是丹青圣手,也很难描画出女子此时的娇态。

　　下阕是男子回忆与女子相交的过程:他与此女交往非止一日,且因十分喜爱她而任由她撒娇撒痴。表面上在说男子是为了宠爱她才容许她如此撒娇,我们体味到的却是男子醉心于女子的娇痴,因为这种娇痴最能拨响他的心弦,令他格外陶醉。接下来的内容便显得扑朔迷离了:"眼穿肠断,如今千种,思量无奈。花谢春归,梦回云散,欲寻难再。"读到这里,读者不禁要问:女子究竟是怎么了?难道男子突然间就无法再与她相见了吗?思来想去只有两种可能:一是女子远离此地;二是女子与男子泉壤相隔,香消玉殒了。从男子万般无奈的情绪分析,不管是哪种情况,都注定他再也无法与之继续这段美好的恋情。这种哀婉,更加深了上阕对女子的赞美,同时给人留下无限的遐想和深深的惋叹。

看花回（晓色初透东窗）

　　晓色初透东窗,醉魂方觉[①]。恋恋绣衾半拥,动万感脉脉[②],

春思无托。追想少年，何处青楼贪欢乐。当媚景，恨月愁花，算伊全妄凤帏约③。　空泪滴、真珠暗落④。又被谁、连宵留著⑤。不晓高天甚意，既付与风流，却恁情薄。细把身心自解⑥，只与猛拚却⑦。又及至、见来了，怎生教人恶⑧。

【注释】

①醉魂：醉梦。　②万感：多重的感情。脉脉：情意深长之貌。③全妄：全都忘记。妄是个错字，当作"忘"。凤帏约：在闺房中与情人定下的誓约。　④真珠：即珍珠。此处喻泪珠。　⑤留著：留下。⑥细把身心自解：细细地把自己过去的情感清理一番。　⑦只与猛拚却：下决心与他彻底决裂。　⑧怎生教人恶：怎能叫人下得了狠心。

【评析】

　　这首词写一个青楼女子思念情郎的心态。开篇定格在阳光透过纱窗的黎明时分，昨夜饮了很多酒的女子终于醒来。醉意加上灰懒，使她继续偎在被子里不想起来，于是下面所有的思绪和情感，都是在已经醒来却没起身的状态下出现的。她懒懒散散地拥着锦被，思绪万千，却都没有离开一个"情"字。此时萦绕在她脑海里的人，当然是那个曾对他柔情蜜意百般温情的少年，从他那里得到的爱，是任何人都无法给予她的。可惜这个该死的情郎，此刻又不知到哪家青楼里贪欢取乐，把自己抛在一边不再光顾。如今正是花团锦簇的春天，是最美好的时节，没有少年的陪伴，只剩下恨皎月、愁春花了。这个忘恩负义的少年，把帏中枕畔的山盟海誓都忘到九霄云外去了！

　　由于过度伤心，下阕起首便写她暗自垂泪。在这伤心欲绝的当口儿，她还在自说自问：不知少年又被哪家姐姐留住了，难道她还能胜过我？

唉，真不知苍天是什么意思，既赋予了他百般风流，又令他如此用情不专，真把我坑死了！写到这里，女子的情绪变得激越，忍不住发起狠来：我要一点一点把这个薄情少年从心底彻底清除出去，不留下一点痕迹，更不留下丝毫的情感。等他在外面疯够了回到我身边，我定会把他打出青楼，与他决绝。然而女子的心刚刚变硬，没过片刻又软下来了——如果那冤家真能回到我身边，又怎能对他狠下心肠呢？词写到这里骤然煞笔，我们无法得知少年是否还会回到女子身边，能肯定的是：一旦少年奇迹般重新出现在女子面前时，女子今天所有的赌咒发誓都会化为乌有，她会冲上前去紧紧地把少年抱住，骂上一声："冤家，你这些时间到哪里去了？想死奴家了！"

此词最有情致之处就在最末两句，人们常说"女人心海底针"，其实女人的心思并没有那么复杂，只要能把爱这一样东西完完整整地交给她，别的一切对她来说都可有可无。遗憾的是，古往今来的男子，肯于把爱完完整整交给一个女人的，真是凤毛麟角。别听男子在女人面前总是信誓旦旦，几番云雨之后扭身就不是他了。而女子则往往对一个男子一往情深，只要没让她彻底绝望，她都能谅解背叛他的男子。从这个意义上说，真正称得上"海底针"的，倒是那些见到女色便迷了心窍的男人们。

蝶恋花（几度兰房听禁漏）

几度兰房听禁漏①，臂上残妆②，印得香盈袖。酒力融融香汗透③。春娇入眼横波溜④。　　不见些时眉已皱⑤。水阔山遥，乍向分飞后⑥。大抵有情须感旧，肌肤拼为伊销瘦⑦。

【注释】

①兰房：充满兰香的闺阁。禁漏：宫中计时用的漏刻。也泛指漏刻发出的声响。　②臂上残妆：手臂上留下的印痕。　③融融：指饮酒后心中的暖意。　④春娇入眼：眼中带着如春的娇媚。横波溜：眼波频动。⑤些时：不长的时间。　⑥分飞：喻男女离别。　⑦肌肤拼为伊销瘦：为了你情愿把身体拼得消瘦。"销"，通"消"。

【评析】

　　这是一首思妇词，我们不说它是闺怨词，是因为词中很少有"怨"，更多的是女子对情郎绵绵的思念。上阕开篇时，情郎已经离开了女子，或许这是女子独居闺房的第一夜，所以她一直在默默地听着更漏滴答的声音。偶然间看见臂上的残妆，想到这香气一定留在了心上人衫袖之上。随后两句是女子的回忆：昨晚喝了不少的酒，以至香汗淋漓，把轻衫都湿透了。娇媚的眼波一直在顾盼着她爱的同时爱她的情郎。

　　下阕重新回到现实：此时心上人离开了她，而且是到"水阔山遥"的远方。分别的煎熬真的很难忍受，哪怕只有片刻时间，也会不由自主地皱起眉头。"些时"究竟是多长的时间？可能是几天，也可能是几个月，那要看它的相对值。在本词中，其实只有几个时辰，因为昨天她还在向情郎频送秋波呢。也就是在酒宴散后，男子离开了她。这次的劳燕分飞，让女子悟出一个道理："大抵有情须感旧"——一定要珍惜两人在一起的日子，哪怕是为了爱情变得消瘦也是值得的，因为如果那时不把情用尽，爱享尽，分别之后再想柔情缱绻，就做不到了。

　　全词感情真挚而深沉，虽没有分别时的珠泪涟涟，而女子回味的这些言语，却道出了最真挚、最热烈也最深沉的爱情真谛。

宴瑶池（恋眼哝心终未改）

恋眼哝心终未改①，向意间长在。都缘为、颜色殊常②，见余花、尽无心爱。　　都为是风流煞。至他人、强来厮坏③。从今后、若得相逢，绣帐里、痛惜娇态。

【注释】

①恋眼哝（nóng）心：爱恋的眼神和情浓之心。　②颜色殊常：美丽异于别人。　③强来厮坏：强行前来败坏我们的好事。

【评析】

这是一首恋妓词，而且是个有具体情节的恋妓故事，虽然情节并不曲折，但是感情描写十分细腻，而且出现了悲剧性的结果，所以显得颇有意趣。

上阕先写女子对自己多情的眼神和浓烈的爱意一直没有改变，随后以男子的口吻道出原委：就因为这位姐姐比其他人都美艳，故而再见到什么样的女子，都不会再动心了。下阕说起与女子的交往，二人欢爱无限，两情依依，活脱脱一对金童玉女。就是这无比美好的爱恋，却受到了他人的忌恨，于是打上门来，生生把我二人的好事拆散了。究竟是何人如此霸道？他又用了什么样的手段拆散了两人？女子是受了欺骗还是受到了威胁？都没有具体交代，在作者看来，这些都用不着交代，重要的是他还在深深地爱着那位女子，日后如果有机会重逢，一定要在锦绣幔帐里把她爱到情浓，爱到死去活来。

把恋妓的过程以及这个过程中发生了哪些不愉快一一记录下来，这种题材的词作真不多见，唯其如此，更显得别具一格。

解仙佩（有个人人牵系）

有个人人牵系①。泪成痕、滴尽罗衣。问海约山盟何时②？镇教人③、目断魂飞。　　梦里似偎人睡，肌肤依旧骨香腻。觉来但堆鸳被。想忡忡④、那里争知⑤？

【注释】

①牵系：因爱恋而牵挂。　②海约山盟：男女之间的海誓山盟。柳永《洞仙歌》词："共有海约山盟，记得翠云偷剪。"　③镇教人：时常令人。　④忡（chōng）忡：忧愁之貌。《诗经·召南·草虫》："未见君子，忧心忡忡。"　⑤争知：怎能知道。

【评析】

这首词写女子与情人相约永不变心，结果却没能令她满意，于是出现了肝肠寸断的哀怨。上阕直奔主题，女子对心上人连绵不断的苦苦思念，泪水不知道流了多少，以至罗衣都已湿尽。还记得当初分别时两人曾立下海誓山盟，他信誓旦旦地表示永远不会变心。到如今又如何呢？女子日日朝远方眺望，可惜望眼欲穿，也见不到他的身影，心碎了，魂飞了，女子再也支撑不住了。要知道相思之苦是人世间最难挨忍的苦。

下阕的描写更令人心酸，女子好不容易进入梦乡，梦见的是重新与心上人搂抱在一起了，梦见自己依然是风情万种、香肌玉骨任凭他纵情地亲近。做这样的梦固然没什么不好，难受的是，再美的梦也有醒来之时，到那时明白方才的欢愉仅仅是一场春梦，那种伤心岂不更会达到"欲绝"的地步？果不其然，女子终于醒来了，不过她没有"欲绝"，只是愣愣地回味，好像这个梦还在继续，还在为她提供着借以安慰的精神食粮。即便是她彻底清醒了，那种怅惘，那种焦灼，身在远方的他又怎能知晓？全词情感浓烈，虽然这两个人并不属于长久夫妻，毕竟情意真时，爱也是无比美丽的。最后的结局如何呢？我们真希望男子能践行他的诺言，在不久的将来重新回到女子身边。如果他早把誓约忘到了脑后，甚至又到别处去寻欢作乐，女子这份真情就算彻底送错了人。

少年游（阑干十二独凭春）

阑干十二独凭春①，晴碧远连云②。千里万里，二月三月，行色苦愁人③。　谢家池上④，江淹浦畔⑤，吟魄与离魂⑥。那堪疏雨滴黄昏。更特地⑦、忆王孙⑧。

【注释】

①阑干：即栏杆。独凭春：春季里独自凭栏而望。　②晴碧：晴空中的远山。　③行色：行旅中的情状。苦愁人：不是苦人就是愁人。　④谢家池：《南史·谢惠连传》："族兄（谢）灵运嘉赏之，云：'每有篇章，对惠连辄得佳语。'尝于永嘉西堂思诗，竟日不就，忽梦见惠连，即得

'池塘生春草',大以为工。常云'此语有神功,非吾语也'。"后遂以"谢家池"为怀念弟弟的典故。　⑤江淹浦:送人出行的渡口。　⑥吟魄与离魂:此为作者自况之语,言远行在外,除了吟诗,更多的是离别之苦。　⑦特地:尤其。　⑧王孙:旧时对男子的尊称。《文选》左思《蜀都赋》:"有西蜀公子者,言于东吴王孙。"李善注:"王孙、公子,皆相推敬之辞。"此处指作者的友人。

【评析】

　　这是一首怀人词,如果此词确为欧阳修所作,其写作的时间当在明道初年任西京留守推官时,或在其后被贬谪夷陵时。整体看来,此词虽然造意甚佳,但情绪比较低沉,很像是处于逆境中的作品。

　　上阕开篇便呈现出一个孤独者的影像,他默默地凭栏眺望,身边没有任何人与他为伴。当此二三月间,路上的行人逐渐多起来,但看他们踽踽独行的样子,心中不是埋藏着痛苦,就是埋藏着愁闷,很少见到有兴高采烈的状态。这句很具概括性的语句,为自己此时的孤寂找到了佐证——哀苦愁闷的岂止我一人?

　　下阕进入对自身的描述。作者巧妙地用了两个典故,把自己的现状进行了高度概括:一天到晚心中所想,除了吟诗之外,只剩下离愁别绪时时萦怀,而且挥之不去。时近黄昏,天上下起了雨,更增重了他内心的沉郁。烟雨迷茫之中,他记起与自己十分交好的友人远在他乡,不由在内心呼唤:王孙公子,能感受到我对你的思念吗?全词充满了哀苦的情绪,连作者眼中行人深藏的苦闷,都被他敏锐地捕捉到了。特别是黄昏时下起了雨,更从自然外界的角度加深阴郁的程度,堪称造意的典范之笔。

阮郎归（雪霜林际见依稀）

雪霜林际见依稀①，清香已暗期②。前村已遍倚南枝③，群花犹未知④。　情似旧，赏休迟。看看陇上吹⑤。便从今日赏芳菲，韶华取次归⑥。

【注释】

①雪霜林际见依稀：尚存白雪寒霜的树林边，已能依稀看见梅花的芳姿。　②清香已暗期：梅花的清香可以暗自期待了。　③前村：化用五代诗僧齐己《早梅》诗"前村风雪里，昨夜一枝开"的成句。南枝：朝南的树枝。梁简文帝《双燕》诗："衔花落北户，逐蝶上南枝。"　④群花犹未知：百花还不知何时开放。　⑤看看：眼看。陇上吹：陇上所吹的笛曲，代指梅花。《乐府诗集·横吹曲辞四·梅花落》："《梅花落》，本笛中曲也。按唐大角曲，亦有《大单于》《小单于》《大梅花》《小梅花》等曲，今其声犹有存者。"　⑥韶华：春光。取次：依次。

【评析】

这是一首咏梅词，时间选在梅花将要开放的初春。上阕开篇用"雪霜林际见依稀"为读者勾画出一幅隐约可见又尚带朦胧感的梅花欲放图，梅花的清香已经值得期许了，因为前村有不少的梅枝开始含苞待放，赶在了百花的前头。下阕用"情似旧，赏休迟"表达对梅花一以贯之的喜爱和赞赏，多少年来，每当见到那"一任群芳妒"的清雅之姿，便忍不住驻足流连，多长时间都欣赏不够。如今终于盼来了梅花又要开放，尽管它还在含苞的状态，却可以从今天起就定下赏梅的日子，甚至赏花的日子——梅花绽放之时，离百花齐放就不算远了。

从下阕可以明显地体会到，作者喜爱梅花的同时，并没有排斥即将开放的百花，只不过梅花是百花齐放的先声而已。从这个意义上说，作者要表达的绝不仅仅是对梅花的偏爱，他期盼梅花的绽放，更加期待的则是万紫千红的烂漫春光。如果说截至"看看陇上吹"一直都在咏梅，那么"便从今日赏芳菲，韶华取次归"二句已经把自己的所爱扩展到了所有的鲜花——"芳菲"，他要珍惜春光带来的无比艳丽，把满园春色的"韶华"尽收眼底。这种既是咏梅又不单一咏梅的词，颇显得与众不同。

望江南（江南柳）

江南柳，花柳两个柔①。花片落时黏酒盏，柳条低处拂人头。各自是风流②。　　江南月，如镜复如钩。似镜不侵红粉面③，似钩不挂画帘头。长是照离愁。

【注释】

①花柳两个柔：花和柳各有各的柔美。　②各自是风流：各自表现各自的风流标格。　③不侵：不近。红粉面：女子的面容。

【评析】

这是一首闲适小词，除了写江南花和柳的柔美、月的圆满与弯环之外略加了些淡淡的感慨,也只是案头雅玩而已。

上阕写花和柳条。作者先明确地说,休要区分究竟是花更柔美还是柳更柔美,因为它们各有各的柔美,你看,花瓣飘落到酒盏里,令人怜爱,不忍剔除,柳条飘飘拂在人头上,同样令人怜爱,不忍将它折断,是不是各有各的风流呢?

下阕写月。月圆时像镜子,月弯时像帘钩,然而圆月毕竟不能当镜子用,因为它只能供你欣赏而不能供你映照;月弯时也不能当帘钩用,它在天上悬挂,绝不可能垂下来挂在谁家的帘头。作者为什么有此雅兴呢?原来是要说明,月的真正意义在于寄托人的离愁,如果把它当成镜子和帘钩,反倒失去了其更加含蓄更加广博的意义。

上下两阕分别写了人生最受关注的两种情,一是男女之情,二是离别之情。说它是闲情也可以,但人的一生并不都是金戈铁马、慷慨激昂、热血奔流、金刚怒目,更多的倒是这种闲愁,不信的话您可以仔细回忆您的一生,这种闲情是不是时时刻刻都围着您转?

夜行船(闲把鸳衾横枕)

闲把鸳衾横枕[①]。损眉尖[②]、泪痕红沁[③]。花时良夜不归来[④],忍频听、漏移清禁[⑤]。　　一饷无言都未寝[⑥]。忆当初、是谁先恁[⑦]。及至如今,教人成病[⑧],风流万般徒甚[⑨]?

【注释】

①鸳衾横枕:绣有鸳鸯的锦被堆在头下枕着。表示心绪不佳或有些赌

气。　②损眉尖：眉头一直没能舒展。　③泪痕红沁：谓泪水太多，甚至泣之以血。　④花时：百花盛开的时节。良夜：美好的夜晚。　⑤漏移清禁：滴漏已预示着夜将解禁。指拂晓时分。　⑥一饷无言都未寐：意谓每时每刻都无人说话，就这么熬过了整整一夜。一饷，片刻。白居易《对酒》诗："无如饮此销愁物，一饷愁消直万金。"　⑦是谁先恁：是谁先立下山盟海誓的。　⑧教人成病：叫人害了相思病。　⑨风流万般徒甚：就算有万般风流又有什么用呢？徒甚，徒有何用。

【评析】

　　这首词写男女离别，以女子的口吻写成。这女子显然是个多情的人，直到男子负她而去很久，她还思念得死去活来呢。

　　上阕开篇便是个不正常的场面：本来睡觉是头枕着枕头，可女子却把锦被拥作一团，枕在头下，此时枕头在哪儿，恐怕连她本人也找不到了。看她紧皱着眉头，眼角儿不知流了多少泪，她觉得眼泪已经流干，现在流出的该是血了！就这样哀哀切切地蜷曲在榻上，不知过了多久，反正那漏声已表示即将到解除夜禁的时候了。如此佳美的新春，如此醉人的良宵，可那冤家到底在哪儿呢？所有这些话，都是她发自内心的绝望呼喊，却又是呼喊给自己听的，因为偌大的房子里，除了她以外没有任何人。

　　下阕写女子苦苦打熬了一夜也没合眼，她在深深地怨恨着男子，当初若不是他信誓旦旦地对我倾吐衷肠，哪会有今天的恹恹成病？冤家呀，你真要凭着良心想一想，既然今天把我抛闪得如此凄惨，为什么当初要对我海誓山盟？把人弄成了这般模样，就算你有万种风流，又有什么用呢？人们常说处在恋爱中的女子智商等于零，意思是说女子对爱的赤诚，往往比男子要高出若干倍。千万不要听信男子的花言巧语，那都是他急于求欢说出的场面话，一旦把你弄到手，一百分的热情很快便会骤减大半，这还算是好的，像本词中这位风流公子，把人家女孩害得不浅，他却不知跑到哪里，向另外的女子信誓旦旦去了。从来是痴心女子负心汉，这民谚不是凭空来的。这位可怜的女子究竟还能不能把男子盼回来，实在是个未知数。

夜行船（轻捧香腮低枕）

轻捧香腮低枕。眼波媚、向人相浸①。佯娇佯醉索如今②，这风情、怎教人禁③。 却与和衣推未寝④。低声地、告人休恁⑤。月夕花朝，不成虚过，芳年嫁君徒甚⑥。

【注释】

①向人相浸：对人依偎缠绵。 ②佯娇佯醉：假装撒娇假装酒醉。索如今：直到如今。 ③怎教人禁：教人怎能忍耐得了。 ④和衣：穿着衣裳。推未寝：推说还没到休寝的时候。 ⑤休恁：休要如此，即不要急于行云雨之事。 ⑥芳年嫁君徒甚：二八芳龄嫁给你为了什么？

【评析】

这首词写一对少男少女新婚夫妇晚间的小把戏，写得别有情致，用现在的俗话说，写得挺好玩的。开篇写男子轻怜痛惜地捧着女子的香腮，女子的媚眼一眨一眨，传递着爱的情意，同时与男子相偎相依，亲昵无限，却又做出憨憨的娇态，正所谓"如醉如痴"。面对娇美的小夫人，男子的欲望一阵阵冲动，几乎到了无法忍受的地步。

按说应该水到渠成进入神仙境界了吧？谁想到下阕突然来了个一百八

十度大转弯——当男子急不可耐地搂抱小夫人打算行事时，女子却低声说道：我还没脱衣裳呢，不要急着做那种事好不好？这么美好的明月，这么美好的花朝，咱们不能虚度呀。我在如花似玉的年纪嫁给你，图什么？还不是想与你共度每一刻的大好时光吗？看来这位小夫人首先看重的是"精神之恋"，即便是有些矫情，也给男子上了一堂课：我们的爱不仅仅是性爱，能做到良辰美景赏心乐事皆为我有，花前月下的低低私语不是更加美好吗？

迎春乐（薄纱衫子裙腰匝）

薄纱衫子裙腰匝①。步轻轻、小罗靸②。人前爱把眼儿札③。香汗透、胭脂蜡④。　良夜永⑤、幽期欢则洽⑥。约重会、玉纤频插⑦。执手临归，犹且更待留时霎⑧。

【注释】

①裙腰匝（zā）：把衫子扎系在罗裙里面。　②小罗靸（sǎ）：精巧的小鞋。靸，古代小儿穿的鞋子，前帮深而盖住脚面，没有后帮。亦指形制与之相似的拖鞋。　③人前爱把眼儿札：在人面前喜欢频频地眨眼。札，通"眨"。　④香汗透、胭脂蜡：香汗透过薄纱衫子，肌肤宛如红蜡般润泽。　⑤良夜永：美好的夜晚显得很长。　⑥幽期欢则洽：幽会时尽情欢爱十分甜美。　⑦玉纤频插：多次握住女子纤细的双手。　⑧时霎：短暂的时间。

【评析】

　　这首词写女子与情人幽会的全过程。开篇描写女子的装束：她穿着薄纱制成的短衫，下摆都拴系在长裙的腰间，脚上穿着一双精巧的小鞋，步子别提有多轻盈。她来到男子面前，娇痴地眨巴着美丽的双眼，任凭男子对她温柔继之以激烈的爱抚，看得出女子已经激动无比，心跳加速，以至于香汗淋漓，湿透了薄纱，呈现出胭脂般温润的红色。作者不写两情欢愉的具体场景，而是巧妙地用"香汗透、胭脂蜡"隐晦地表现女子当时的愉悦与激动，这是和柳永词很不相同的表现手法，更能给人以遐想的美感。

　　下阕里这场欢会已告一段落，反弹琵琶地说这一晚是"良夜永"。为什么说它是"反弹琵琶"呢？因为一般写到男女欢会时，作者往往都在感慨"欢娱嫌夜短"，此词却说这一夜的欢愉实在太满足，已经足够了。这不是和常规唱反调了吗？作者接着又说："幽期欢则洽。"只要这场幽会尽情欢爱十分甜美，那就是最美好的，没有任何遗憾了。人们常说，偷尝禁果这种事是永远没有完结的，这里的少男少女也是如此，所以这次愉悦后继之而来的就是约定下一次。女子忍不住把纤纤玉手送到男子手中，那份黏黏腻腻的爱，表现得惟妙惟肖。到后来不得不分手时，女子还在央求男子：再待一会儿，再留一刻。这又是一个神情毕肖的描画，因为男女欢爱之后，还不能尽兴的往往都是女子，那份缠绵，那份依恋，那份不舍，那份深情，都在"更待留时霎"的央告中得到最准确的传递。

　　可以看出，这次的欢会对男子和女子来说都是第一次，女子频频眨眼、玉手频插等细节，都可以证明这一点。与此词相类的还有南唐李煜那首《菩萨蛮》："花明月黯笼轻雾，今宵好向郎边去。刬袜步香阶，手提金缕鞋。　　画堂南畔见，一向偎人颤。奴为出来难，教郎恣意怜。"稍加比较,即可看出两首词中初尝欢爱的女子形象几乎如出一辙,都是那么手足无措神色慌乱,又都是那么不顾一切地贪欢无极恨不得化在男子身上。

减字木兰花（去年残腊）

去年残腊①,曾折梅花相对插。人面而今②,空有花开无处寻。天天不远,把酒拈花重发愿③。愿得和伊,偎雪眠香似旧时。

【注释】

①残腊:腊月将尽的时节。 ②人面而今:化用唐崔护《题都城南庄》诗:"去年今日此门中,人面桃花相映红。人面不知何处去,桃花依旧笑春风。" ③拈花:手持梅花。发愿:立下誓愿。

【评析】

这首词写一个女子曾与情人相爱,后来天各一方。女子伤感之余,重新燃起希望之火,盼望在她真情的感召下,情人终会与她重新相聚。全词清新健朗,尽管女子切切实实地经受了离情的折磨,但她具有良好的心态,凡事都往好处想,故而没有出现悲苦哀切的场景,为了这一点,也该为她祈祷,为她加油。

上阕开篇是一幅很美好的图画:残腊之时,一对男女各持一枝梅花,含情相对,把梅花同时插在面前的雪地上,而后相依相偎,情意无限。如果可以把画面再生发一点,二人插花后一定会相对而视,低声许下誓愿:

愿我二人如今日的梅花，永远并蒂而开，生生世世永远相爱。接下来是一个一年之久的蒙太奇，时光已经来到了今天，还是残腊，还是梅前，不同的是，去年此时是二人相对，今年此时却成了孤独一人。令人惊叹的一幕发生了，女子再次摘回一枝梅花，又来到去年插花的地方，把梅花插在了这里。她默默地祷告：愿这枝梅花能为我续上前缘，让心上人感知得到，请神明告诉他，我仍愿与他相爱永远，告诉他只要他回来，我会和去年此时一样，与他相依相偎在雪地上。

　　这实在是位值得拥有、值得珍爱的好女子，雍容大度，爱得专一，爱得深沉。

减字木兰花（年来方寸）

　　年来方寸①，十日幽欢千日恨。未会此情，白尽人头可得平②。区区堪比，水趁浮萍风趁水③。试望瑶京④，芳草随人上古城⑤。

【注释】

　　①年来：一年以来。方寸：指心。　②白尽人头可得平：只有等到头发全白才能平复。　③水趁浮萍风趁水：浮萍漂在水面，风儿掠过水面。
　　④瑶京：同"玉京"，代指都城。　⑤芳草随人上古城：意谓又到春天，陪着心上人到达古城的只有芳草，自己却没有这份福气。

【评析】

　　这首词写女子与情人别后的思念。"年来"二字，把两个人分别的时间跨度一下子拉到了一年之久,难怪女子感叹之深。她哀哀切切地说道:这么久的岁月里,梦中与情郎幽会不到十次,却有千日处在怨恨当中。我们不必责怪女子的数学水平不及格,只要把这个百分之一的比例掌握好就行了,换成"一日幽欢百日恨"也是一样的。这份怨情,不知道还要多少时日才能了结,难道真的要我等到头发全白吗?

下阕把二人的情爱做了很形象的比喻,那几天的恩爱,就如同浮萍在水面上漂浮,风儿在水面上掠过,哪有彻心彻骨的感觉?又到春天了,她每每朝着都城的方向久久眺望,可惜明知心上人就在那里,伴随他的却只有连天的芳草。

这首词虽然字数不多,却有不少令人称绝的句子。如"十日幽欢千日恨",准确地表现了欢爱之短与离别之久;又如"白尽人头可得平",把思念用漫长的一生作为尺度,情感的张力可谓巨大;再比如"水趁浮萍风趁水",把爱情的不坚牢做了形象的比况,你不能说没有过,但这种曾经的拥有与下一次的拥有之间留下的空洞实在太大,遗憾和怨恨实在太多;还有"芳草随人上古城",内中的哀怨表达得既凄切又深重,是一场没有眼泪的痛哭。这些语句,都能给人留下十分深刻的印象。

定风波(把酒花前欲问伊)

把酒花前欲问伊,问伊还记那回时。黯淡梨花笼月影①,人静,画堂东畔药阑西②。　　及至如今都不认,难问,有情谁道不相思?何事碧窗春睡觉③,偷照,粉痕匀却湿胭脂。

欧阳修词选 | 259

【注释】

①笼月影：笼罩在月光之下。 ②药阑：种着芍药的花圃。 ③何事：为何。睡觉：睡醒。

【评析】

这首词是一位女子对男子薄情的愤怒控诉，开篇的场面令人心酸：一位女子举着酒杯对着花枝独自发问：冤家呀，现在我要问你一句话，你是否还记得我们的那一回？那是在梨花笼罩在月光里、夜深人静的时候，我二人在画堂东边那块药圃里做了什么事？这些话语与其说咄咄逼人，毋宁说满怀悲愤。这种悲愤到了下阕变得更加浓烈：如今你翻脸不认人，连你自己做过的事都不承认了。有句话我都不好意思开口，如果你真对我有情，怎么可能连一点相思之情都没有了？女子的发问到这里结束，下面的文字是写女子问过之后的悲伤情怀。她回到屋内一觉睡下，醒来时照了照镜子，才发现泪水早把脸上的胭脂冲刷得一片凌乱了。全词用了三分之二的文字写女子对负心男子的斥责，看上去不胜其怒，仿佛只要再见到男子，一定要当面斥责他的无情，但到了剩下三分之一的篇幅时，我们突然发现女子哭得十分伤感，这是为什么呢？有句话叫"痴心女子负心汉"，可以用到这里了。原来女子心里还没有彻底把男子放下，甚至还寄托着哪怕十分渺茫的希望，"万一"男子能回到她身边，上面那些指责和怨愤，就都可以化为乌有了。这就是我们为什么说这位女子"令人心酸"的原因。

玉楼春（艳冶风情天与措）

艳冶风情天与措①，清瘦肌肤冰雪妒②。百年心事一宵同③，愁听鸡声窗外度。　　信阻青禽云雨暮④,海月空惊人两处。强将离恨倚江楼,江水不能流恨去⑤。

【注释】

①艳冶风情天与措:艳冶的风情是上天赐予的。措,措置。　②清瘦肌肤冰雪妒:谓女子的肌肤雪白晶莹,惹得冰雪都会嫉妒。　③百年心事一宵同:百年的欢爱都在这一宿完成了。同,指男女皆同的爱意。　④信阻青禽:音信被青鸟所耽搁。青禽,相传为西王母传递信息的鸟。　⑤江水不能流恨去:江水也不能把心中的恨带向远方。

【评析】

　　这首词写一对男女的欢爱之情,以及别后无限思念的情怀。上阕起首描写女子的美艳,这段风韵用笔墨已经无法尽述,只能说是上天的赐予。短短几个字,不单道出了女子容颜的俊美,更把只可意会不可言传的风流雅韵也连带托出,又没有具体的表述,可谓善用词语。随后又用"清瘦肌肤冰雪妒"七个字把女子"肌肤若冰雪"的仪态表达到位,因为她肌肤的温润,已不是"如冰雪"那个档次,而是要引得冰雪都产生嫉妒了。到此为止我们仍难得知这位美女究竟长什么样,但谁都认可一点:她一定是位美得无法形容的女子。能与这样的女子完成百年一瞬的欢爱,对男子来说,当然至为难得,他也因此希望时间定格在那一刻,可惜时间不可能受他控制,很快,他们听见窗外的雄鸡开始啼鸣。

　　下阕写离别后的情景,以女子的口吻讲述出来。可以想象,二人离别之际,男子一定向女子表达了永不离弃的誓约,而处在爱情当中的女人几乎是没有智商的简单动物。姑且不说男子这一去是否还有回来的可能,我们看到的是,他连一封书信都没有捎回来,真该劝告这位痴情女子应该赶快从梦中醒来了。然而这样的规劝肯定没有用，即使她明知男子辜负了她，她也会找出许多理由来欺骗自己。此时她心里有多苦，只有她自己最清楚，她近乎绝望地依靠在江楼之上，望着滚滚而去的江水，发出了令人心碎的呼喊：江水呀江水，你能把我无限的恨捎给心上人吗？然而奔涌向前的江水根本听不到她的苦诉，依旧匆忙地朝前涌去。沈际飞《草堂诗馀正集》说："不能流恨，想从天落。子瞻'流不到楚江东'、少游'为谁流下潇湘去'识见略同。"意思是说作者用恨随水流的想象来表达内心无限的恨，可谓自天而来的奇想。这种造意手法，和苏轼、秦观的几句词同样奇特。我们注意到，这几句词的确都具有无穷的意趣，但欧阳修的"江水不能流恨去"是最先的创作。不敢说苏轼、秦观都借鉴了欧阳修此词，起码说明这些词家圣手具有同样高妙的手眼。

玉楼春（红楼昨夜相将饮）

红楼昨夜相将饮①，月近珠帘花近枕。银缸照客酒方酣②，玉漏催人街已禁③。　晚潮去棹浮清浸④，古岸平芜萧索甚。大都薄宦足离愁⑤，不放双鸳长恁恁⑥。

【注释】

①相将饮：相伴饮酒。　②银缸：即"银釭"，银白色的烛台。③玉漏：古代叫滴漏的计时器。街已禁：宋代夜晚有禁夜的规定，禁夜以后，街上不准人们继续行走。　④晚潮去棹浮清浸：晚潮时才划着船返回，船儿漂浮在清波之上。清浸，清澈的水面。　⑤大都：大多。薄宦：

卑微的官职。足离愁：总是满含着与家人分别的愁闷。　⑥不放双鸳：不允许夫妻在一起。长恁（rèn）恁：经常如此。

【评析】

　　这首词写薄宦生涯。开篇写与友人一道在红楼饮酒，颇带些"聊以解忧"的情绪。"月近珠帘花近枕"一句造意精美，把红楼的雅致一语道尽，同时告诉读者，此时已是明月高悬的夜间了，枕边花影，意境清幽。随后以"酒方酣"三字，把今夜畅畅快快饮酒的场面做了高度概括，却省略了具体的过程。一直饮到更深禁夜，宴会还没有完。

　　下阕写这场宴饮终于结束，作者划着船向自己的住处行进。由于饮宴时心情原本就不好，故而归途中见到清波水面和两岸的萧索凄凉，使他心情变得更加阴郁。方才不是饮得兴起十分畅快吗？为什么心情还不好呢？要知道千里为官，又是芝麻大的小官，还不如待在家里更踏实，因为外出为官不能携带家眷，总是这样独来独往，时间一长，寂寞难耐。这样一说，他为什么要与友人相将着到红楼饮酒取乐就有了落点，原来是想在那里打发无聊。"不放双鸳长恁恁"可以理解为没有妻子陪在身边，这种形单影只的生活，只能寻些空闲到红楼里散散心。按照黄畲《欧阳修词笺注》的解释，"双鸳"指的是女子所穿绣着鸳鸯的花鞋。如果此说成立，此句又可理解为"由于孤凄难忍，故而一旦遇到这种场合，总不甘心轻易放开女子而去，以往的日子经常如此"。不管怎样，此词大旨是表现对薄宦生涯的厌倦和无奈，这一点不至于偏离。

玉楼春（金雀双鬟年纪小）

　　金雀双鬟年纪小①，学画蛾眉红淡扫②。尽人言语尽人怜③，不解此情惟解笑④。　　稳着舞衣行动俏⑤，走向绮筵呈曲妙⑥。刘郎大有惜花心⑦，只恨寻花来较早。

【注释】

　　①金雀：雀形的金钗。双鬟：古代少女在头顶两侧梳成两个丫髻，表示年纪还小。　②蛾眉：把双眉画成如蚕蛾触须那样的弯眉。红淡扫：从眉毛到红晕的脸颊淡淡地刷一遍。意谓没有化浓妆。　③尽人言语尽人怜：对别人的叮嘱全部听从，很惹人喜爱。　④不解此情惟解笑：谓女子年纪还小，不懂得男女风情，只知道憨笑。　⑤稳着舞衣行动俏：穿着合身的舞衣，一举一动都令人怜爱。　⑥绮筵：华美的宴席。　⑦刘郎大有惜花心：东汉时天台人刘晨、阮肇入山遇到仙女，流连数月方归。此句言刘郎大有爱花的心意。这里以"花"喻美丽的舞女。

【评析】

　　这首词写作者参加一个宴会，偶然间见到一位尚在稚龄的舞女，用今天的概念说，大约只有十来岁的样子。年纪虽小，梳妆打扮起来，却着实令人爱怜，看她戴上金雀钗，画好蛾眉，匀完粉面，又乖觉又听话，一脸的稚气，似乎永远都在憨笑，即使有人用"黄段子"逗她，她依旧报以童稚的嬉笑。这几句话把一个未谙人事的少女形象勾画得十分传神，读到这里，女孩天真可人的音容笑貌都能印在脑子里。

　　下阕写女孩认认真真地开始向"老爷们"献艺，人虽然生得娇小，穿上舞衣后也蛮像那么回事。更令人称奇的是，女孩一开口便唱出了美妙婉转之音。写到这里，作者开始想入非非了：如此精巧的丽人谁不喜爱？可惜实在是年纪太小了，要不然非把她收入怀中尽情享受不可。我们无须把这段"奇想"理解得过于不堪，作者如此表述，仅仅在于从另一角度赞美女孩的纯美无邪、天真烂漫而已。

玉楼春（夜来枕上争闲事）

夜来枕上争闲事，推倒屏山褰绣被①。尽人求守不应人②，走向碧纱窗下睡。　　直到起来由自㥄③，向道夜来真个醉④。大家恶发大家休⑤，毕竟到头谁不是？

【注释】

①屏山：屏风。褰（qiān）：撩起。　②尽人求守不应人：尽心尽意地央求他仍在床上睡。求守，请求厮守在床上。　③起来：第二天早晨起床。由自㥄（tì）：任凭他纠缠。　④向道：对他说。夜来：昨夜里。　⑤恶发：因饮酒太多而撒酒疯。

【评析】

这首小词太有意思了，写的是两口子拌嘴闹气的过程。开篇先写一个不正常的场景，本来天晚了小两口恩恩爱爱云雨柔情该多好，偏偏男子喝高了，不知为了点什么便与夫人吵起嘴来，吵得还很厉害，又是推倒屏风又是使劲儿把被子一掀，怒冲冲地跳下床去，夫人拉都拉不住。这当口儿夫人先服了软，央求他别闹了，安心睡觉吧。谁知男子气不打一处来，怎么劝都不行，悻悻地跑到纱窗前自睡去了。下阕写到了第二天早上，男子的气还没撒完，一个劲儿地乱嚷嚷。夫人忍着气对他说：你知不知道昨夜里你醉成什么德行？还有脸继续撒疯？咱俩人吵架还得咱两人解决，我不跟你一般见识,但你得承认错不在我!看来这女人也不是什么善茬儿,还在不依不饶地跟丈夫摆理。你说你跟个醉汉较什么劲哪,等他酒醒了再说不行吗?

中国这个"酒文化"可真要命,古往今来不知造就了多少醉汉。男人喝醉了酒就没了德行,要多丢人现眼有多丢人现眼,可他们却总也改不掉这个坏毛病,一见酒就没了定力,非要喝得酩酊大醉才觉得尽兴。你倒是舒坦了,家里的老婆等半天等回一个醉汉,你说她心里窝火不窝火?所以男人喝醉了回家,老婆跟他吵架几乎是免不了的。即使在今天,因为丈夫饮酒无度被迫离婚的多得很,依我看都不怪女人们,谁愿意整天和一个神志不清的汉子厮缠?走你的吧,我还不跟你怄这份气了。

图书在版编目（CIP）数据

欧阳修词选/(宋)欧阳修著；李之亮注析. — 郑州：中州古籍出版社，2015.5
（家藏文库）
ISBN 978-7-5348-5081-3

Ⅰ.①欧… Ⅱ.①欧… ②李… Ⅲ.①宋词－选集 Ⅳ.①I222.844

中国版本图书馆CIP数据核字（2015）第090771号

家藏文库：欧阳修词选

选题策划　卢欣欣　赵发杰
约稿统筹　卢欣欣
责任编辑　闵世勇
责任校对　岳秀霞
封面设计　王　歌
版式设计　曾晶晶

出　版　中州古籍出版社
　　　　　地址：河南省郑州市经五路66号
　　　　　邮编：450002
　　　　　电话：0371-65788693
经　销　新华书店
印　刷　河南大美印刷有限公司
版　次　2015年5月第1版
印　次　2015年5月第1次印刷
开　本　640毫米×960毫米　1/16
印　张　18印张
字　数　200千字
定　价　27.00元